KB126617

아르테미스의 날개

야마다 마코토 지음 | **김현화** 옮김

contents

제1부
헤이세이*2년
(1990년)

---

* 일본 일왕 아키히토가 재위에 오른 해부터 사용하기 시작한 연호이다.

들어가며

나보다 훨씬 먼 미래를 살아갈 모토미야 미유에게.

이 노트를 펼쳐줘서 정말 고마워. 실은 만나서 내 입으로 설명해야 한다 싶었어. 하지만 지금은 만날 수 없어. 그게 서로에게 있어서 가장 바람직하다고 생각해. 왜냐하면 너와 내가 살아갈 시대가 달라서야.

우리가 다시 만날 수 있었던 건 우연이 아니었어. 하지만 그렇다고 해서 이대로가 바람직하다고 생각지 않아. 운명이란 건 잔인한 법이야. 이렇게 우연히 만났지만 역시 함께 걸어갈 수가 없네.

난 네 앞에서 자취를 감추려고 해.

대신 내가 누구보다도 사랑했던, 그리고 지금의 네가 누구보다도 알고 싶어 하는 사카구치 마유라는 소녀와의 추억을 남기고 갈게.

진심을 털어놓자면 너한테 알리고 싶지 않았어. 모르는 편이 행복하다고 생각했어. 하지만 네가 바라고 있다는 것도 잘 알고 있어. 그것도 당연한 일이야. 하지만 알고 나면 돌이킬 수 없어. 분명 더 괴로워지겠지. 그건 나도 마찬가지야. 너에게 전한 것을 후회하고 인생을 살아가면서 계속 힘들어하겠지.

하지만 그런데도 넌 사카구치 마유를 알려고 들 거야. 네 성격을 옛날부터 알고 있거든. 내가 뭐라고 해도 넌 네 발로 조사하고 자신의 귀로 듣고 자신의 눈으로 보려고 하겠지.

그래서 이렇게 일이 끝난 후 사무실 한 구석에서 노트를 펼쳐 써내려가고 있어. 내 기억에 남아 있는 사카구치 마유에 대한 모든 것을 감추지 않고 써서 남기려고 해.

본래의 네 연령대에서는 내용이 조금 어려울지도 몰라. 하지만 너라면, 지금의 너라면 분명 훑어보고 전부 이해할 수 있으리라고 봐.

이 노트를 읽은 네가 무슨 생각을 할지, 이 노트가 네 인생에 얼마나 영향을 줄지는 몰라.

하지만 이것만큼은 잊지 말아줘.

난 모쪼록 네가 자신의 발로 미래를 향해 걸어가기를 바라고 있어. 모토미야 미유라는 한 여성이 걸어가야 할 길은 역시 모토미야 미유여야 한다고 생각해. 그게 제일 큰 행복이라고 믿어 의심치 않아.

네 장래가 희망으로 가득 차 빛이 흘러넘치기를 바랄게.

이우라 요헤이로부터

[1]

내가 사카구치 마유를 처음 만난 건 초등학교 5학년 6월이었어.

헤이세이가 2년째로 접어들어 이제 겨우 새로운 연호도 정착되어 가던 차였고, '거품경제 붕괴'라는 말이 등장하기 직전이었지. 갈수록 텔레비전 특집 방송이 길고 화려해지고 가게 앞에 새로운 상품이 등장하는, 왜곡되었지만 풍요로운 시대의 마지막이었어. 그게 당연해서 쭉 이어지리라고 모두가 하나같이 믿어 의심치 않았어. 소비제가 도입된 것도 이 무렵이었던 듯해. 그 무렵에는 아직 3퍼센트였지만 자판기 캔 음료는 10엔이나 가격이 인상되어 110엔이 되었지. 그랬던 사실을 기억하고 있어.

이 지역은 지금은 니가타 시 미나미 구의 일부가 되었지만, 그 무렵의 쓰키가타에는 아직 촌장이 있었어. 큰 변화는 없었지만, 시라네에서 쓰키가타를 빠져나가 마키로 향하는 현 도로 옆의 논은 지금보다 훨씬 널찍했지. 지금은 주택가나 운송회사 창고가 된 주변도 논으로, 훨씬 건너편에 있는 야히코 산이 보이는 곳까지 한없이 펼쳐져 있었고. 오히려 나카노쿠치가와 강의 제방 주변은 딱히 변화가 없을지도 몰라. 백로의 보금자리가 생기고 아침저녁이 시끌벅적해졌을 정도라고 할까. 그 무렵에는 저녁에 우는 식용 개구리가 더 거추장스러웠던 듯해.

관광 과수원도 꽤 줄었어. 예전에는 복숭아나 배 철이 되면 곤도 상점 앞 부근에서부터 국도까지 몇몇 과수원 앞에 관광버스가 많이 세워져 있어서 배기가스 냄새를 사방으로 풍겼지만, 지금은 어지간해서는 볼 수 없게 되었어. 몇 군데 애를 쓰고 있는 곳에서 화려한 간판을 내걸고 있지만, 옛날 그때의 활기는 사라졌다고 해야 할까.

지금은 역 건물만 남아 있지만, 그 무렵에는 전철이 니가타에서 쓰바메까지 달렸어. 어쩌면 너도 초등학교에서 배웠을지도 몰라. '호박 전철'이라고 불렸던 듯하지만, 우리는 그렇게 부르지 않고 그냥 '전철'이라고 했지. 분명 그러고 보니 호박 같은 색을 띠고 있었던 듯하지만, 그런 생각은 한 적도 없어. 분명 조금 윗세대의 이야기일 듯해. 또는 쓰바메 쪽에서 부르는 호칭이었을지도 몰라. 그 무렵의 쓰키가타는 쓰바메 동네 공장에서 일하던 사람도 수두룩해서 역 앞은 승하차

하는 승객으로 소란스러웠어.

　슬슬 본론으로 들어갈까 해.

　내가 사랑했던 사카구치 마유는 초등학교 5학년이던 어느
날 전학생으로 나타났어.

　6월의 먹구름이 낀 날이었어. 칠판에 자신의 이름을 새긴
마유는 줄무늬의 긴 소매 셔츠를 입고 있었어. 같은 학년인
나보다 키가 컸고 손발이 길었으며 얼굴이 까무잡잡했지. 그
외에는 거의 기억나지 않아. 본인에게 그런 소릴 하면 혼이
날지도 모르지만, 도쿄에서 왔다는 것 말고는 딱히 인상에
남아 있지 않아. 당시의 나는 너무 어렸어. 하루하루 곤충
채집과 게임용 컴퓨터를 생각하는 데 열심이었던지라 전학
온 여학생에게 관심을 가질 겨를이 없었던 것 같아.

　내가 마유를 처음으로 의식한 건 그 며칠 후였어. 방과 후
우산을 쓰고 걸어가던 때였지. 한창 장마철이어서 하늘에 구
멍이라도 난 듯 비가 쭉쭉 내리고 있었어.

　통학로 중간에는 큰 저택이 있었고 길에 접한 정원에는 수
국이 여러 송이 피어 있었어. 그 아이는 빨간 책가방을 멘 채
쪼그려 앉아서 그 꽃을 지그시 보고 있더라. 우산은 가지고
있지 않았어.

　나는 무심코 넋을 놓고 보고 말았어. 어쩌면 발걸음을 멈

추고 있었을지도 몰라.

눈앞에서 꽃을 바라보고 있던 그 아이는 의아한 듯 내 쪽을 쳐다보았어. 고요하고 맑은 눈동자였지. 앞머리는 흠뻑젖어 이마에 들러붙어 있었어. 그런데도 그 아이는 우산을잊어버린 게 아니라는 생각이 들었어. 분명 일부러 젖어 있는 거였지. 어째서인지는 알 수 없었지만 깨달았어. 그리고그 아이는 어딘가 쓸쓸한 얼굴을 하고 있었어.

나는 지금도 그 광경을 잊을 수 없어.

사카구치 마유는 학교에서 밝고 씩씩한 소녀였어. 전학 와서 불과 며칠 만에 여학생 무리의 중심이 되어 누구보다도웃고 누구보다도 뛰어다녔지. 비가 내린 그날에 본 소녀는다른 사람과 잘못 봤는지, 또는 꿈이었는지 모르겠어. 나는그리 생각했지.

그 아이는 같은 동네에 살고 있었어. 그걸 안 건 여름방학전에 동네별로 모인 아이들의 집회에서였지. 분명 '어린이집회'라는 이름이었던가. 마을에서 가까이 가서는 안 되는수로나 저수지, 자전거로 가서는 안 되는 장소 등, 여름방학전에 선생님이 설명해주는 집회에서 동네별로 각각의 교실에서 일제히 시행됐어. 어쩌면 지금도 하고 있을지도 몰라.그 무렵에는 지금보다도 아이가 훨씬 많았지만, 우리 동네는고작해야 스무 명인 작은 곳이었어.

낯익은 사이뿐인 동네 아이들끼리인 가운데 사카구치 마유는 조금 겉돌고 있었어. 그것도 그럴 것이 동네에서 5학년은 나와 그 아이밖에 없어서였지. 어린 나는 여자아이에게 말을 걸고 싶지 않았어. 하지만 내버려둘 수는 없어서 "사카구치, 우리 동네였어?"라고 말을 걸었지. 그 아이는 당황하면서도 평소의 씩씩한 미소를 보여주었어.

그게 처음 있는 접촉이었지. 하지만 그날은 나의 초등학교 생활에 있어서 특별한 날도 아무것도 아니었어. 그저 여름방학이 착실하게 다가왔다는 1학기 종업식에 따른 고양감에 휩싸인 며칠간 중에 하루에 불과했어.

초등학교에는 여름방학에 동네끼리 벌이는 피구 대회가 있잖아?

그래. 너도 참가했던 그 대회 말이야. 가느다란 팔을 필사적으로 휘두르면서 꽤 상당한 강속구를 날렸었지. 남자아이들 못지않은 근사한 플레이였어. 만약 조언을 한다면 캐치를 좀 더 연습하는 편이 좋을지도 모르겠어. 넌 날 '못 미덥다'며 웃겠지만, 그 무렵에는 운동신경에 자신이 있었고 피구에 일가견이 있었지. 그래서 나도 그 시합을 고대하고 있었어.

내가 초등학생 시절에도 그건 있었어. 여름방학 막바지,

일요일에 PTA*가 주최하는 연례행사였으니 말이야. 대체로 노란색 티셔츠를 입은 사람들이 모금을 하는 24시간 텔레비전 방송과 동일한 날이었어. 해마다 각 동네에서는 여름방학에 연습해서 그날에 임하지. 숙제도 중요하지만, 그 이상으로 쓰키가타의 초등학생에 있어서는 소중한 이벤트였지. 지금은 그런 분위기도 옅어졌지만, 그 무렵에는 어른들도 많이 구경하러 왔었어. 물론 동네 안에 크고 작은 온도차가 있었을지도 모르지만, 대체로 그랬을 거라고 봐.

우리 동네에서는 아침마다 라디오 체조 후에 한 시간 정도 연습했었어. 근처 농가의 세키구치 씨가 감독을 맡았고 졸업한 중학생들이 연습을 도와주었어. 꽤 열심이라서 아담한 동네지만 성적은 우수했었지.

다만 내가 초등학교 5학년인 그 해에는 꽤 격렬한 시합이 벌어질 거라 모두가 생각했었지. 어차피 6학년 여학생 한 명, 그리고 5학년인 나와 사카구치 마유 두 사람밖에 없었어. 지금은 '저학년은 한 번은 맞아도 세이프'라는 친절한 룰이 있는 모양이지만, 그 무렵에는 그런 게 없었지. 그래서 고학년, 특히 6학년을 모을 수 있는지가 승패를 갈랐었어. 더구나 동네 6학년은 다정하고 영리했고 모두가 좋아하는

---

* 부모와 교사의 모임을 뜻한다.

누나였지만, 절대 운동을 잘하는 건 아니었어.

연습 첫날, 감독인 세키구치 씨는 나한테 말했어.

장마가 끝난 첫날인 일요일에 야히코 산 건너편 하늘에는 아침부터 큰 소나기구름이 보였지.

"요헤이, 네가 팀을 이끌어"라며 내 어깨를 두드렸어. 그건 각오하고 있었어. 작년부터 어렴풋이 느끼고 있었고 주변 사람한테도 들어서였지. 그리고 또 한 사람, 세키구치 씨가 말을 걸었어. 그게 바로 사카구치 마유였지. 그 아이한테는 "우리 팀에 와줘서 고마워. 꼭 이 녀석이랑 같이 힘을 이끌어가 줬으면 해"라고 했지.

나중에 들은 이야기로는 6학년인 여학생이 세키구치 씨한테 전했던 모양이야. 작은 초등학교인 만큼 사카구치 마유의 뛰어난 운동신경을 알고 있었겠지.

우리는 얼굴을 마주했어. 역광 속에서 마유는 얼굴을 일그러뜨렸어. 그건 햇빛이 눈부셔서가 아니야. 틀림없이 날 보고 웃었던 걸 테야.

그리고서 아침 연습으로 매일 얼굴을 마주했지.

둘이서 캡틴과 부캡틴을 맡아 마을 아이들을 이끌게 되었어. 수많은 아이들은 오봉*이 되면 가족끼리 여행을 떠나거

* 양력 8월 15일을 중심으로 열리는 일본의 추석이다.

나 부모님 고향으로 귀성하는 법이지만, 나와 마유는 그렇지 않았어. 조금 의아하게 생각했지. 우리 집은 아버지 본가였지만 당시에는 이미 할아버지 할머니가 돌아가셨었어. 어머니 본가는 고베에 있었는데 너무 멀어서 몇 년에 한 번, 정월에 갈 뿐이었으니까. 어머니 본가는 기독교였거든.

그래도 그 아이는 전학생이었어. 애초에 쓰키가타로 이사 온 사람이라면 원래 본가가 이쪽에 있고 무언가의 이유로 돌아오는 사람이겠지만, 그 아이는 그렇지 않았어. 사카구치라는 성은 모르고 더구나 이 주변에 본가가 있으면 근처 누군가가 전학 오기보다 먼저 알고 있을 테니까. 그게 아니면 부모님이 시라네 공장 부근의 일꾼일 텐데, 그렇다면 오봉에 어딘가로 귀성하는 게 보통이겠지.

오봉인 8월 13일에는 아이들이 다섯 명밖에 오지 않아서 연습이 중지됐어. 감독인 세키구치 씨가 멤버들을 보자마자 "오늘은 중지"라고 바로 선언해서였어. 오봉 때는 어른도 바쁜 법이야. 성묘도 해야 하거니와 친척을 맞이할 준비도 해야지. 특히 큰 농가는 사람들이 많이 드나들어. 분명 용건이 있어서겠지.

평소보다 빨리 끝난 라디오 체조 후에 나와 마유는 둘만 남겨졌어.

"캡틴, 둘이서 특훈할래?"

그 아이의 미소에 나는 고개를 끄덕였어. 공원 구석의, 세키구치 씨가 잡초를 뽑아서 만든 자체 제작 코트에서 잠시 캐치볼을 했어. 여자지만 키가 크고 가느다란 팔을 유연하게 휘둘러 힘 있는 볼을 던져주었지. 그건 남자라도 어지간해서는 잡을 수 있는 선수가 없어서 나는 그 아이 덕분에 한껏 실력을 끌어올렸다고 봐. 더구나 던진 후의 동작에서 숏커트를 친 머리카락이 풍성하게 흔들리는 게 근사했어. 스포츠머리를 한 나는 부러워서 죽을 것 같았어.

그 아이의 집이 모자가정이라는 걸 알았던 건 그날 돌아가던 길에서였지. 지금은 드물지 않지만, 그 무렵의 쓰키가타에는 딱히 없었어. 적어도 그 시절에 나는 그 아이 말고 다른 편모 가정인 집을 몰랐거든.

마유는 "그래서 여름방학에는 어디든 갈 곳이 없어서 한가해"라며 웃었어. 친구랑 놀면 좋을 텐데 싶었지만, 아무래도 학교에서 어울리는 아이들과는 바깥에서 놀 정도로 친하지는 않은 모양이었나봐. 여자애들의 인간관계도 참 힘들구나 싶었어.

"캡틴은? 오늘은 뭐하고 놀 거야?"

그 애는 그리 되물었어. 그 어감은 어딘가 수줍은 듯했지. 그런 내 표정을 보고 알아차렸는지 "그야 캡틴이잖아"라며 웃더라.

나도 그 애랑 마찬가지였어. 학교에는 친구가 있지만, 딱히 매일 어울릴 만큼 친한 친구는 없었고 같이 놀자고 물으면 어울리지만, 보통은 혼자인 편이 많았거든. 밖에서 곤충 채집을 하고 있으면 거의 동네 꼬마들이 모여드니까 외롭지 않았어. 집에는 게임용 컴퓨터도 있었으니까. 넌 모르겠지만 옛날의 그 게임용 컴퓨터 말이야. 그해 겨울에 최신형이 나왔지만, 우리 집에서는 그로부터 한동안 현역 역할을 해 왔지.

"저녁 무렵에는 성묘에 가는데, 그때까지는 한가하니 남은 숙제를 마무리하든지 게임을 하든지 해. 할 일도 없으니까."

"남동생이나 여동생은?"

"없어. 외동이라서."

"그렇구나. 그럼 같이 놀래?"

걔가 그렇게 말했어. 그게 우리의 시작이었지.

그로부터 여름방학 동안 둘이서 얼마나 놀았는지 몰라. 2주 하고 조금 더 되는 시간이었는데, 내 기억으로는 무한처럼 여겨져.

거의 아침에는 피구 연습에 몰두하고 숙제를 마친 오후부터 같이 놀았어. 지금까지 이렇게 친하게 지낸 친구는 없었고. 물론 마유가 같은 남자애였더라면 얼마나 좋았을까 했지만, 여자라서 신경 쓰이는 일도 없었어. 그때까지 학교 친구들 앞에서는 어딘가 날 억누르며 배려하고 있었어. 그런데 그 애 앞에서라면 시시한 애니메이션이나 게임 이야기에 맞장구 쳐줄 필요도 없었어. 같이 곤충 채집을 하고 슈퍼마리오에 흥분하고 때로는 불량식품이나 아이스크림을 사서 아동관의 아담한 풀장에서 소란을 떨기도 했지.

지금도 똑똑히 기억해. 바깥에서 놀고서 늘 같이 집으로 갔거든. 해 질 녘의 논두렁길에서 둘 다 모기에 물려 팔뚝이나 무릎을 벅벅 긁으면서 그런데도 즐겁게 내내 웃었지. 지금도 오후 다섯 시 시보를 들을 때면 떠올라. 그 '고추잠자리' 멜로디가, 익어서 고개를 떨어뜨리기 시작한 일면의 벼이삭에 물드는 광경을 볼 때면 내 가슴은 먹먹해져.

피구 경기 결과는 준우승이었어. 우리 두 사람의 활약으로 예상을 뒤집는 상당한 결과를 얻을 수 있었지. 표창식에는 나와 그 아이, 즉 캡틴과 부캡틴으로 단상에 올라 각각 상과 표창장을 받았어. 조금 수줍었지만 자랑스러웠어. 지금 생각해보면 내 인생에서 표창장을 받은 건 그게 처음이자 마지막일지도 몰라. 실은 그때 받은 표창장은 지금도 집에 있어. 기념사진도 같이 말이야. 그걸 너한테 보여주지 않고 떠나는 게 조금 안타깝네.

경기가 끝나고 여름방학이 끝나고서도 나는 그 아이에게

있어서 여전히 캡틴이었어.

그래, 쭉 '캡틴'이라고 불렸었어. 이제 와서 너한테 할 말은 아니겠지만, 그건 그 아이 나름대로 쑥스러움을 감추려는 행동이었다고 봐.

학기가 시작되고서도 그 아이와 놀았어. 교내에서는 서로 다른 친구들과 어울렸고, 가끔 가까운 자리에 오면 인사를 하는 정도였지만 집으로 돌아가고 나서는 매일 놀았지.

그 아이의 집에 처음 간 것도 그 무렵이었어. 그때까지는 늘 우리 집이나 바깥에서 놀았었고, 왠지 모르게 그 아이가 피하고 있는 눈치였거든. 딱히 신경 쓰진 않았어. 나도 여자애 집에 놀러 가는 게 조금 쑥스러운 마음이었으니까.

그날은 여름 막바지로 조금 거센 비가 내리고 있었지. 그 애가 웬일인지 감기에 걸려 학교를 쉬었던 날이었어. 난 학교에서 받은 프린트물을 그 아이의 집에 가져다주러 가게 됐고. 그런데 주소를 몰라서 교무실에 물으러 갔더니 "뭐야, 같은 동네에 살면서 여태 몰랐던 거니?"라고 담임선생이 지도를 펼쳐 알려줬어.

그렇구나 싶었지. 그 아이의 집은 동네 외곽의 다카하시 씨의 큰 쌀 농가 부지 내에 있었어. 분명 거기에는 목조 민가가 있었지. 지금은 이미 사라진 곳이지만.

그런 민가는 한때 큰 농가에서 흔히 볼 수 있었어. 지금도 이어지고 있다고 생각하는데, 당시의 농가는 쌀 생산량에 제한이 있었어. '감반*'이라고 하지. 학교에서 배웠던가. 그래서 농가는 쌀을 대신해 과수나 완두콩 재배로 교체하는 경우가 많았는데, 그것과 마찬가지로 맨션이나 주차장, 상가건물을 지어서 세를 주는 사람도 많았어. 우리 집도 그랬고. 쌀을 줄이고 과수를 늘렸어. 당시에는 백도가 도쿄에서 비싸게 팔렸으니까. 그리고 마유네 집도 분명 농가 사람이 논을 갈아엎어서 지었을 거야.

그 아이네 집은 작았어. 지붕에는 함석이 씌어져 있어서 바람이 불면 어딘가로 날아가 버릴 것 같았어. 늘 밝고 씩씩한 그 아이가 이 집에 살고 있을 줄은 생각지도 못했어. 하지만 현관 앞에는 학교에서 가져온 화분이 놓여 있었어. 더구나 낯익은 빨간 자전거도 보였고.

내가 초인종을 누르자 불투명 유리 건너편에 싸구려 전자음이 울렸고, 잠깐 틈을 두고 마유가 나왔어. 낯익은 티셔츠에 안색도 그저 보통이라서 도무지 아픈 사람으로는 보이지 않았어.

"어라, 캡틴이네?"라고 순간 미소를 지어 보여주었지만, 바로 겸연쩍은 표정을 지었다. 그리고 "……초라하지?"라고

---

* 減反: 농지 축소.

프린트를 건네받으면서 면목 없다는 듯한 얼굴을 하더라고. 난 고개를 가로저었어. 그런 건 신경 쓴 적도 없었어. 좁은 현관은 깔끔하게 정리되어 있었어. 확실히 낡았지만 깔끔한 집이라고 생각했어. 집 외관은 어린아이한테는 아무래도 상관없을 일이었지.

그때 집 안에서 신음이 들렸어.

"저앤, 남동생이야. 실은 내가 감기에 걸린 게 아니라 동생이 걸렸어. 돌봐줘야 하니까 결석한 거고."

그 아이는 장난스럽게 웃었지. 그렇구나, 모자가정이라면 엄마는 일하러 나갔을 테니 확실히 그런 법일지도 모른다. 그건 그렇지만.

그런 내 얼굴이 신경 쓰였는지 마유는 "보고 갈래? 그 김에 숙제도 같이 하자"라며 미소 지었어. 그 순간 그 아이가 진지한 표정으로 되돌아온 걸 나는 놓치지 않았지.

이유는 바로 알았어. 그 아이의 동생이 평범하지 않아서였어. 신지라고 하더라. 둥그스름한 체격에 무표정이었어. 날 봐도 힐끗 보기만 하고, 바로 손 언저리에 펼쳐들고 있던 그림책으로 시선을 떨어뜨렸지. 세 살 밑이라고 했는데 그렇게 안 보였어.

"신지는 마음의 병을 앓고 있어"라고 마유가 말했어. "보통은 엄마가 시라네에 있는 학교까지 바래다주고 가는데 오늘은 감기에 걸려서 집에 있는 거야."

그리 말하면서 그 아이는 내 얼굴을 가만히 들여다보고 있었어. 불안한 듯 입술을 꾹 다물고 이를 악물고 있는 듯하더라. 마치 날 시험하고 있는 것처럼 보였어.

"그렇구나"라고밖에 할 말이 없더라.

그때 내 뇌리에 떠오른 광경은 그 아이가 전학을 왔을 무렵에 본, 비가 오던 날에 수국을 보고 있던 시선이었어. 어딘가 심각하고 쓸쓸한 얼굴을 하고 있더라.

숙제 프린트물을 정리하면서 신지와 함께 놀았어. 블록 쌓기는 정말 오랜만이었는데, 셋이서 하니 의외로 즐겁더라. 그 아이도 기뻐해줬어.

마침내 깨달았지. 내가 신지를 보고 꺼림칙한 표정을 짓지 않을까 걱정했던 거야. 또는 과거에 그런 일이 있었을지도 모르고. 그래서 친구를 집에 부르고 싶지 않았던 거지. 장애가 있는 아이를 바보 취급하는 무식한 남자애들이 학급에 하나같이 한둘은 있는 법이잖아. 여자애들도 그렇고. 겉으로는 말 안 해도 남이랑 다르다는 사실에 인상을 찡그리는 녀석이 있지. 분명 마유는 그런 사람을 두려워하고 있었던 것 같아.

그래도 나한테 있어서는 아무래도 상관없었어. 나보다 어린 동네 아이들을 돌보는 일과 아무것도 다르지 않았거든. 그래서 신경 쓰는 일 없이 열심히 놀았어.

그때 그 아이의 집 냄새가 그 아이의 머리카락 냄새랑 같다는 걸 알아차렸어. 지금 생각해보면 당연한 일이지만, 초등학교 5학년인 나한테는 획기적인 발견이었지. 그 무렵의 나는 마유의 머리카락 냄새를 좋아했어. 샴푸나 비누랑은 다른, 생나무 같은 신기한 냄새였어. 지금도 그 무렵을 떠올릴 때 더불어 뇌리에 되살아나고 있고, 그리고 그때야말로 내가 그 아이를 좋아하게 되었던 순간이었을지도 몰라.

해 질 녘이 되어 두 아이의 엄마가 돌아왔어. 난 처음 만났지. 머리를 뒤로 묶은 반듯해 보이는 사람으로 마유와 많이 닮았는데, 어딘가 엄격한 느낌이 들었지. 그래도 내 얼굴을 보자마자 "네가 캡틴이지?"라고 빙긋이 웃어주었어.

"우리 애가 늘 이야기해줬거든. 고마워. 오늘은 둘 다 신세지게 됐구나"라며 일부러 내 손을 잡고 기뻐해주었어.

같이 놀기만 했는데 너무 요란법석을 떠는 게 아닌가 싶었지만 기분이 나쁘지는 않았어. 마유는 엄마한테 많이 사랑받고 있구나 느꼈지. 물론 어떤 부모든 보통은 그렇겠지만 그 아이의 엄마는 그 애정 표현이 직설적이었어. 남동생 신지에게도 그랬고. 홀어머니지만 다들 행복해 보였어.

돌아가는 길에 마유가 집까지 바래다줬어.

그때 엄마에 대해서 알려주더라. 아무래도 신지 때문에 이쪽으로 이사를 온 모양이었어. 시라네 마을 공장 사장이 장애에 이해심이 깊어서 아이들을 돌보면서 일을 하게 해줘서 니가타로 이사를 온 모양이더라.

"우리 집은 내가 철이 들었을 무렵부터 모자가정이라서 아빠가 없는 건 아무래도 상관없는데 역시 전학은 버겁더라"라고 그 아이가 말을 흘렸어.

"지금도 버거워?"

조심스럽게 물었지. 고개를 끄덕이면 어쩌나 싶더라.

"설마. 그때는 신지 때문이라고 생각하기도 했는데 지금은 여기가 제일 좋아. 친구도 많이 생겼으니."

그리 말하더니 내 스포츠머리를 가볍게 쥐어박았다.

"뭐 어때, 머리가 까슬까슬해서 기분 좋아. 마치 가쓰오 군* 같네."

"시끄러. 맘대로 건들이지 마. 이래 보여도 헤어스타일에 신경 쓰는 편이니까."

"진짜? 캡틴이 멋이나 부리고."

마유는 허리를 부여잡고 웃기 시작하더라. 휘청거리다 넘어지지 않을까 걱정될 만큼. 나도 덩달아 웃었어.

어딘가의 집에서 카레 냄새가 나더라. 해가 저무는 하늘에 박쥐가 원을 그리듯이 날아갔던 것도 똑똑히 기억하고 있어.

------

* 국민적으로 사랑받은 텔레비전 만화 사자에 씨에 등장하는 인물이다.

난 그 아이를 좋아했어. 다만 그건 독선적이어서 그 아이의 기분을 생각해보지도 않았어. 물론 알고 싶었지만, 물어볼 용기가 없었어. 어릴 적 첫사랑은 대부분 그런 법이구나 싶어.

전환기가 찾아온 것은 헤이세이 5년, 우리가 중학교 2학년일 적이었어. 역시 여름이었지.

[2]

J리그가 시작된 해일 거야. 지금도 그렇지만, 그 중학교에는 축구부가 없어서 딱히 화제에 오르지 않았지. 그런데도 텔레비전에서는 요란하게 방영되고 있었고, J리그 팀 디자인 필통을 학교에 가지고 오는 녀석들도 있었어. 아직 알비렉스*는 이 세상에 존재하지 않아서 모두 치바나 히로시마 팀 굿즈를 가지고 있었지. 응원한다기보다 유행했었어. 그거야말로 아디다스나 나이키 등의 스포츠 브랜드 같은 대우를 받았었고. 그리고 카즈댄스** 흉내를 어떤 교실에서든지 볼 수 있었어. 넌 얼마나 알고 있으려나.

---

* 일본 니가타 현 니가타 시를 연고로 하는 J리그 축구팀이다.
** 미우라 카즈요시 선수가 득점 후에 보인 삼바 퍼포먼스를 말한다.

난 중학교에 들어가고 나서 동아리 활동을 안 했어. 일단 '바둑, 장기 동아리' 명부에 이름이 있었지만, 활동에 참가한 적은 거의 없지 않았으려나. 1학년은 반드시 어딘가의 동아리에 들어가야 해서 어쩔 수 없이 입부해 그대로 타성에 젖어 이름만 빌려주고 있는 느낌이었어. 지금도 장기는커녕 바둑 룰도 모르고 해본 적도 없어.

그 무렵의 나는 카메라에 푹 빠져 있었지. 작년에 고모가 쓰키가타에서 사진관을 열었어. 그래. 지금 내가 일하는 '포토스튜디오 이우라'야.

고모는 고등학교를 졸업하고서 도쿄로 가 카메라맨으로 활약하면서 건너편 스튜디오에서 일하고 경영을 배워 고향에서 독립했거든. 너도 어쩌면 가게에서 만났을지도 몰라. 지금은 니가타 시 사진관에 있는 일이 많지만, 이쪽에도 자주 돌아오니까. 어쨌거나 에너지로 충만한 사람이고, 똑똑하고 그 무렵에는 미인이었어. 안면이 있는 사람은 모두 말할 정도였지. 지금도 그 모습이 남아 있기는 해.

처음에는 '굳이 시골인 쓰키가타에서 새 사진관을 열다니 실패할 게 분명해'라고 모두가 생각했지. 당시에도 시라네에 가면 근사한 스튜디오가 몇 군데나 있었고, 부르면 기념촬영을 하러 달려와줬지. 그런데도 고모는 멋지게 성공시켰어. 지역 운동회나 잿날에 자진해서 카메라를 가지고 가서 타고 난 밝은 천성과 싹싹함으로 근사한 사진을 촬영해 지금으로 말하자면 지역 무가지를 냈어. 신문 파는 곳에 끼워 넣어달라고 해서 온 동네에 배포했지. 지금은 개인정보 문제도 있으니 말도 안 되겠지만, 그 무렵에는 모두 너그러웠지. 광고는 근처 상점에 부탁하지 않았으려나. 그 무가지가 인기를 얻어 어느새 고모 사진관에는 수많은 사람들이 모이게 되었어. 때로는 촬영교실도 열어서 지역 사람들의 마음을 사로잡았지.

난 그런 고모한테서 오래된 일안 리플렉스 카메라를 물려받았어. 지금은 디지털이 주류가 되었지만, 그 무렵에는 어지간해선 없었고 아날로그가 보통이었지. 디지털 카메라는 카메라맨의 도구라기보다 컴퓨터의 주변기기가 아니었으려나. 아마도 말이지. 그래서 아이들이 가지고 있는 카메라라고 하면 1회용인 '우쓰룬데스'밖에 없었던 시대에 니콘의 묵직한 카메라는 자랑스러워서 목에 걸었을 때의 무게감이 견딜 수 없이 기분 좋았어.

고모의 호의로 필름 현상에 대해서도 스스로 할 수 있는 일이라면 암실이나 기재를 자유롭게 사용했지. 나는 카메라에 푹 빠져서 시간이 있을 때면 조금씩 고모를 돕게 되었어. 지금 생각해보면 고모는 나에게 어시스턴트 일을 시키고 싶었을지도 몰라. 지금 함께 일하고 있는 것도 역시 고모한테서 받은 제안이었거든. 곰곰이 생각해보면 내 인생은 고모가 쥐고 있었던 것 같은 느낌도 들어.

내가 찍은 건 각각의 계절에 볼 수 있는 곤충과, 그리고 풍경이 주였지. 이미 풍경은 깊게 의식하고 있었어. 그 무렵이었지 않으려나. 석양이 저무는 논이나 역광 속을 달리는 아이들이나 매일 보는 광경이라도 두 번 다시 같지 않다고 알아차린 거 말이야. 지금 눈앞에 있는 풍경이 한없이 흘러가는 시간 속에서 그 순간밖에 존재하지 않는다고 알아차렸을 때 난 카메라의 매력을 알게 되었어.

그 무렵 '포토스튜디오 이우라'에는 한 주에 한 번은 가고 있었어. 고모는 고향의 상공회 활동이라든가 영업으로 스튜디오를 비우는 날이 많았는데, 유구치 씨는 나에게 친절히 대해주었어. 지금도 스튜디오에 있는 카메라맨 유구치 씨 말이야. 그 무렵에는 수염도 나지 않았고 똑똑하고 무척이나 젊었었지. 난 그 사람에게 카메라 기초를 배웠어. 스승인 게지. 그래서 지금도 존경하고 있어.

방과 후 늘 카메라를 가지고 있는 날 볼 때마다 사카구치 마유는 "부디 귀여운 여자아이들만 찍어대는 변태가 되지 않도록 바라"라고 농담을 던졌어.

그런 마유는 1학년 1학기에는 취주악부에 들어갔는데, 신지 일도 있는데 연습이 잦아 바로 포기했지. 2학년에 올라

가서는 나랑 마찬가지로 귀가조였고.

마유는 여전히 여자아이들 중에서는 키가 큰 편이었는데, 중학교 1학년 여름에는 내가 마침내 추월했어. 조금 자랑스러웠어. 내가 안경을 쓰게 된 것도 그 무렵이었어. 원래 시력이 좋지 않았지만, 게임기를 너무 가지고 놀았던 게 컸는지 유전인지 근시라서 쓸 수밖에 없어졌어. 엄청 풀이 죽었어. 그런 날 그 애는 "키다리 노비타 군* 같아서 나쁘진 않네"라고 개성 넘치는 말로 위로해줬어.

그 무렵의 마유에게는 그늘이나 죄책감과 같은 게 완전히 사라져 있었어. 수국을 보던 그날의 얼굴은 어디에도 없었어. 적어도 내 앞에서는 그랬지.

여전히 나도 마유도 학교 바깥에서는 다른 친구가 생기지 않았지만, 그렇다고 해서 초등학교 때처럼 매일 같이 놀지도 않았어. 그건 각자 학원에 다니고 있던 탓도 있었어. 하지만 그뿐만이 아니었지. 같이 있으면 즐거웠어. 하지만 그 이상으로 어딘가 애절하고 죄책감이 느껴졌어. 난 실은 마유의 사진을 찍고 싶었던 거야.

한 학년에 두 학급밖에 없는 중학교지만, 난 1학년 때부터 마유와 같은 반이었어. 2학년이던 어느 날 교실에서 내 옆

---

* 도라에몽에 등장하는 주인공으로 국내에서는 진구라는 이름으로 알려져 있다.

분단 세 줄 앞에 앉아 있었어. 수업 중에는 늘 곁눈질로 그 아이를 보고 있었던 것 같아.

여름방학에 들어서고서 일어난 일이야. 잊을 수가 없어. 전철이 폐선된 날이었지. 동네 전체가 역사와의 이별 축제를 벌였어. 난 중학생이어서 그다지 관계가 없었지만, 초등학생 인 아이들이 그곳에서 합창을 펼쳤던 것 같아. 방송국 카메 라가 왔는지 안 왔는지, 그런 이야기를 엄마가 흥미진진하게 했던 것과, 우리 집에도 축제의 화려한 팡파르가 들렸던 걸 지금도 기억해.

그날 밤, 난 자전거를 몰아서 조금 떨어진 편의점으로 갔 어. 맥주를 사오라고 엄마가 심부름을 시켰거든. 급하게 집 에서 소방단 모임을 하게 되어 술이 부족해졌던 기억이 나. 아빠도 축제에 얼굴을 내민 탓이었을지도 몰라. 아빠는 동네 곳곳에 얼굴을 내밀고 다녔지. 어차피 비좁은 동네니까. 옛 날부터 이어져온 농가는 대개 그런 법이야. 소방단도 그렇 고, 절에서 하는 법요나 농업협동조합 집회나 무슨 일이 있다 하면 모여서 술을 마셔대잖아. 우리 집에서도 한 달에 몇 번인가 그런 날이 있었어.

내가 간 곳은 동네에서 제일 처음 생긴 편의점이었는데, 술을 취급하고 있었어. 아마 밤 9시 무렵까지 영업을 했던 것 같아. 아직 24시간 영업은 안 했어.

거기서 난 마유와 딱 마주쳤지. 야마자키 제과 빵밖에 취급 안 하는 빵 매대 앞에서 장바구니를 들고 있었다. 내 존재를 깨닫더니 "방가방가"라고 손을 치켜들었지. 조금 길어진 머리카락이 살짝 젖은 채 조명을 반사시켰고 가까이 가자 비누 냄새가 났어.

"뭐 사러 왔어?"

그 아이의 미소와 샌들을 신은 발끝을 번갈아 보면서 물어보자 "물건 살 일 말고 올 게 뭐 있겠어?"라고 익살스럽게 말하더라고.

"내일 아침 식사거리를 지금 사다두려고. 신지도 내일부터 여름방학이니까."

그렇구나 싶더라. 어머니가 아침 일찍 일하러 나가는 모양이라 그럴지도 모른다 싶었어.

"그런 요헤이는 어쩐 일이래?"

"맥주 심부름. 소방단 아저씨들이 집에서 술 드시거든."

갑자기 요헤이라고 이름으로 불려 깜짝 놀랐지만 나는 간신히 무난하게 대답했어.

장을 보고서 둘이서 나란히 돌아갔지. 나는 자전거를 끌었어. 적어도 내 쪽은 서둘러 돌아가는 편이 당연히 좋았겠지만, 그럴 기분이 들지 않더라. 그래서 천천히 걸었어. 평소의 그 아이라면 "이런 곳에서 농땡이를 부려도 괜찮아?"라며 걱정스럽게 묻겠지만, 그날 밤따라 그런 소리는 한마디도 하지 않더라고.

길가에 펼쳐진 복숭아 과수원에서 달콤한 향기가 났어. 초등학생일 적에는 아침 무렵에 그 부근을 걸어다니다 떨어진 열매에 들러붙어 있는 장수풍뎅이나 풍이를 산더미처럼 발견하고는 했는데, 중학생이 되자 흥미가 사라졌지.

여전히 답답하고 애절하고 머쓱했지만, 나는 슬슬 벽을 깨부수어야 한다는 느낌이 들었어. 그 느낌은 늘 가지고 있었지. 다만 용기가 조금 부족했어.

나란히 음료수를 마셨어. 그 아이는 옛날부터 칼피스소다*를 좋아했어.

"나도 이제 캡틴이 아니네."

"그야 그렇지. 중학생이잖아."

그 아이의 옆얼굴을 보고 다른 대답도 기대했지만, 그 후에 아무 말도 나오지 않았어.

그러고서 끝없는 이야기를 했지. 여름방학 숙제라든가 신지에 대해서라든가 거기다 내 취미인 카메라에 대해서라든가. 시시한 이야기뿐이었지만, 즐거웠어. 심취해서 이야

---

* 일본의 유산균 음료로 탄산이 들어간 것은 칼피스소다, 탄산이 들어가 있지 않은 것은 칼피스워터라고 한다.

기를 하고 들었어.

"역시 좋은 콤비네."

마유가 불쑥 말했지. 나는 그 말에 담긴 의미를 몇 번이나 생각했지만, 제대로 이해할 수 없었어.

큼직한 보름달이 떠 있더라.

마유의 집 근처 가로등 앞에서 그 아이가 발걸음을 멈췄어.

"이거 봐, 요헤이! 밤인데 나비가 날아다녀!"

장을 본 비닐을 치켜든 손으로 광원을 가리켰어.

확실히 그곳에는 커다란 나비 같은 생물체가 있었어. 빛을 원하고 있더라. 날개에 빛이 통과하더니 옅고 흐릿한 초록색으로 빛났어. 날개 아랫부분에서 뻗어나온 꼬리 두 개가 길었지. 여신 같았어.

나비가 아니었어. 그건 나방이었어. 이 부근에서는 볼 기회가 적지만, 도감에서는 몇 번이나 봤거든. 에메랄드 같은 아름다운 날개를 동경한 적도 있어. 하지만 우아한 모습과는 정반대로 나는 모습은 분답고 견해에 따라서는 어설퍼서 필사적으로 빛을 원해 날개를 퍼덕이고 있었지. 그 탓인지 날개 가장자리가 찢어져 있었어.

"저건 긴꼬리산누에나방이야. 나방의 동료로, 학명이 아르테미스. 그리스 신화의 여신의 이름이었던가?"

그랬어. 난 그리스 신화에는 흥미가 없었지만, 분명 아르테미스라는 여신은 달의 여신일 거야. 그 모습은 바로 그렇게밖에 생각할 수 없었지. 어두운 밤에 반짝이는 모습은 환상적이면서 어딘가 애처로워서 도저히 이 세상의 것이라고는 여길 수 없었어.

"나방이야? 흰불나방이랑 이미지가 완전 다른데?! 진짜 예뻐."

"아, 카메라 가지고 올 걸 그랬네. 어지간해선 보기 힘든데."

내가 그렇게 투덜거리자 마유가 어깨를 치며 웃더라.

"뭐 어때. 눈에 각인시키면 되지. 칼스모키도 불렀잖아. 무슨 곡이더라?"

"그러기 힘들잖아."

"아냐, 힘들긴. 내가 보증할게. 요헤이는 안 잊을 거야. 더구나 나도 있잖아. 난 쭉 안 잊을 거야. 1993년 7월 27일, 저기 그러니까 오후 7시 15분 무렵. 나, 사카구치 마유는 이우라 요헤이와 함께 그게 그러니까, 뭐더라? 나방 이름 말이야."

"긴꼬리산누에나방"

"아, 맞다 맞다. 이름이 복잡하네."

마유는 그리 말하더니 갑자기 진지한 표정을 지었어.

"1993년 7월 27일. 나 사카구치 마유는 이우라 요헤이와 함께 긴꼬리산누에나방을 봤습니다."

선언하자마자 내 손을 잡더라. 갑작스러운 일이었어. 무심코 몸이 경직되더라.

"캡틴은 주변에 여자가 없으니 이걸로 평생 안 잊게 될 거야."

그리 말하더니 마유는 큰 소리로 박장대소했지만, 나는 아무 말도 할 수 없었어. 그 아이의 손은 조금 땀에 젖어 있고 생각 이상으로 말랐지만, 무척이나 예쁘더라. 그건 하나의 발견이었어. 기억은 때로 사진을 뛰어넘는다는 사실을 나는 처음으로 이해했고.

하늘을 올려다보니 보름달은 조금 전보다 크고 조금 전보다 은색으로 보였어. 아니, 희미하게 푸른 기가 감돌고 있는 듯했어. 그건 긴꼬리산누에나방의 날개색 같더라.

지금 돌이켜보면 이 순간이 나와 그 아이의 마음이 가장 근접했던 순간이었을지도 몰라. 긴꼬리산누에나방을 올려다보는 그 아이의 눈이 가로등 밑에서 빛나고 있었어. 그 단아한 뺨도 서늘한 눈빛도 기다란 속눈썹도 귀 뒤로 살짝 넘긴 심한 곱슬머리도 그 모든 걸 나는 떠올릴 수 있어. 그리고 그 푸른 달도 눈앞에 보여. 지금 이걸 쓰고 있는 이 순간에도 말이야.

그날 밤 집으로 돌아온 건 오후 8시 전이었어. 역시 엄마도 기다리다 지쳤는지 "왜 이렇게 오래 걸렸어?" 하고 화를 냈지만, "마유를 우연히 만나서 바래다주고 돌아왔더니 늦어졌어"라고 대답하니 이해해주더라.

헤이세이 5년 여름에 쓰키가타 마을 안에서 변태 이상자 소동이 일어났거든. 주로 점심때였지만, 여자아이를 노리고 이상한 짓을 벌이는 젊은 남자가 나오는지 아이들은 한 발자국도 나가지 못하게 주의를 받았어. 밤은 더더욱 그랬지. 몇 년에 한 번은 그런 이야기가 있었지만, 나는 남자이기도 해서인지 딱히 실감 나지 않아 어딘가의 괴담처럼 딴 나라 이야기처럼 들렸어. 하지만 부모 입장에서 보면 남의 일 같지 않았을 거야.

그래서 엄마는 "넌 못 미덥긴 하지만, 도움이 됐다니 다행이네"라며 불편한 심기를 거두어들였어.

[3]

이튿날, 엄마가 준비한 점심인 냉라면을 다 먹었을 무렵, 마유한테서 전화가 걸려왔어. "지금 도서관에 가서 같이 숙제 안 할래?"라고 제안하더라. 엄마가 일을 갑자기 쉬어서 신지를 돌보지 않아도 된다고 했지.

망설이지 않고 나는 그러겠다고 했어. 아직 여름방학 초반이라 숙제가 다급한 시기는 아니었지만, 마유한테 받은 제안을 거절하는 일은 생각할 수 없었어.

약속 시간에 도서관으로 갔더니 마유는 학습실 제일 안쪽 자리에 있더라. 나를 보자마자 손을 힘껏 뻗어 불렀지. 흔해 빠진 아디다스 티셔츠도 그 아이가 입으니 눈부셔 보였어.

이용자가 드물어서 우리 말고는 고등학생이나 어른들밖에 없었어. 아직 여름방학 초반이라서라고 봐. 고등학생은 남자도 여자도 참고서를 펼쳐 아무 말 없이 얼굴을 찡그리고 있었고, 어른들 대부분은 나이가 많았는데 향토자료처럼 두툼한 책을 펼쳐 묵묵히 노트에 옮겨 적고 있더라.

상당히 조용했어.

우리는 한 시간 정도 책상을 마주했지만, 바로 질려서 공부하기를 멈췄지. 잠시 일반 공개서가 코너를 어슬렁거렸지만, 재미있는 일이 있을 리가 만무해서 둘이서 근처 자판기에 음료를 사러 갔어. 내가 쏘는 거였어.

도서관 뒤편, 공원 벤치에 나란히 앉아 음료를 마셨어. 그게 스포츠 음료였는지 콜라였는지 기억나지 않지만, 적어도 마유는 칼피스소다가 아니었어. 분명 고를 때 "소거법으로 이거"라고 말했으니까.

그때 나눈 이야기를 똑똑히 기억해. 마유는 새 가방이 가지고 싶은 모양인지 용돈을 모으고 있다더라.

"그래서 말이야. 이제 곧 목표액에 도달할 것 같아. 그런데 쓰키가타에는 기무라 가방점밖에 없잖아, 그래서 니가타의 프라카 쇼핑몰에 가서 사고 싶은데, 버스비도 꽤 하잖아. 전철도 없어졌고 하니 왠지 혼자 니가타에 가는 게 부담스럽네."

그 아이는 내 쪽을 보고 장난스럽게 하얀 이를 보였어.

"그래서 말이야, 둘이서 같이 안 갈래? ……니가타. 나 버스 타고 간 적은 없어. 그건 친구들한테도 말 못 하겠고."

마유는 얼굴을 붉히고 있었어.

나는 예상 밖의 제안에 당황하면서도 "갈게"라고 즉답했지. 그 후 제일 그럴싸한 핑계를 덧붙였지만, 실은 이유가 어떠하든 상관없었어. 니가타에서만 살 수 있는 책도, 볼 수 있는 카메라도 없었거든. 그저 그 아이와 둘이 있을 수 있는 게 기뻤지.

마음을 진정시키기 위해 그 아이를 기다리게 하고서 화장실로 갔어. 마유의 표정을 보고 그 의미를 모를 만큼 둔감하지는 않았거든. 그래, 무척이나 긴장하고 있었지.

도서실 뒤편 공원에는 예전에는 공중 화장실이 있었어. 오래되고 깨끗하다고는 말하기 어려웠지만 볼일을 볼 수 있으면 아무래도 상관없었어.

소변기 앞에서 한숨 돌렸지. 눈앞의 불투명 유리에는 거미가 집을 짓고 있었어. 얼른 돌아가야지 싶었어. 마유를 벤치에서 기다리게 하고 싶지 않았거든. 적어도 그 아이와의 시간을 소중히 여기고 싶었고, 혹시 내가 없는 사이에 사라지 거나, 또는 다른 친구가 껴 있으면 어쩌나 싶을 만큼 마음이 조급했어.

그때 옆 변기에 남자가 서더라. 위화감이 들었지. 소변기 는 네 개나 있고 나는 제일 앞쪽에 서 있었거든. 왜 굳이 옆 으로 왔을까.

곁눈질을 했어. 나와 키는 비슷했고 의외로 젊었지. 고등 학생이나 대학생이라고 해도 이상하지 않았어. 나와 마찬 가지로 안경을 끼고 있었는데, 그 프레임은 각이 져 있었고 얼굴과 어울리지 않게 이상하게 컸어.

남자 쪽에서 말을 걸어오더라.

"가, 같이 있는 애, 예쁘네. 여자친구야?"

말투는 빨랐지만, 조금 떨고 있었어. 대체 무슨 소리가 하 고 싶은 거지? 나는 수상하게 여겨 노려보려고 했어. 만약 마유에게 무슨 일이 생긴다면 용서하지 않을 작정이었지.

"그건 왜요?"

내가 그리 말하고 남자 쪽을 향하려고 했을 때 배에 격통 이 가로질렀어. 맨 처음에는 영문을 알 수 없었어. 푹, 하고 뭔가 문제가 있다고 싶었는데 아랫배를 봤을 때 눈을 의심했 어.

배에 작은 나이프가 꽂혀 있어서였어. 접이식으로 그 무렵에 유행하던 버터플라이나이프의 형상을 하고 있었어. 금속제 손잡이에는 말벌이 그려져 있었고. 그리고 칼날 절반 정도가 내 배에 비틀린 채 꽂혀 있었어.

내 티셔츠가 순식간에 붉게 물들었고 거무스름한 타일 위에는 피가 점점이 떨어져 있었어.

상황을 이해할 때까지 몇 초가 걸렸어. 찔린 거야. 나는 이 남자한테.

갈수록 몸에서 힘이 빠졌고 시야가 뿌예졌어. 이명도 들렸지. 너도 기립성 빈혈이나 허기로 힘이 빠진 적이 있을지도 모르겠네. 그 감각과 비슷했어.

힘이 더 빠져서 발걸음이 불안정해졌고 그길로 나는 쓰러졌어. 그때부터 앞으로의 일은 아무것도 기억나지 않아. 그저 바닥의 타일이 싸늘했고 난 그 위에서 계속해서 피를 흘리기만 했어.

[4]

의식이 돌아온 건 니가타 시에 있는 큰 병원에서였어.

내가 살아 있다는 게 이상했어. 눈을 뜨자 새하얀 방에 부모님이 계셨어. 일어나려고 해도 배가 아파서 견딜 수 없었어. 시야 끄트머리에 링거가 걸려 있는 게 보였지.

엄마가 "살아서 다행이야"라며 울면서 말하더라. 아빠는
표정을 감추려고 했지만 분명 같은 심경이었겠지. 눈을 깜박
이는 횟수가 많았어.

그런 두 사람에게 내가 맨 처음으로 한 말은 "마유는 어떻
게 됐어?"였어.

이곳이 어디인가보다, 지금이 언제인지보다도 그게 묻고
싶었거든. 난 우선 목숨을 건졌어. 앞으로 어떻게 될지 모
르지만 살아 있었어. 그럼 마유는 어떨까.

부모님은 얼굴을 마주보고 아무 말도 하지 않더라.

잠시 후에 의사와 간호사가 왔어. 부상 상태에 대해 들은
후 진통제랑 화농방지제를 먹게 하더라. 이미 칼에 찔린 날
에서부터 이틀이 지나 있더라고. 내장은 손상되지 않았지만,
상상 이상으로 부상이 깊었는지 한동안 일어날 수 없을 거라
는 이야기였어.

이러고 저러는 동안에 또다시 잠기운이 덮쳐오더라. 진통
제 때문일지도 몰랐어. 난 꿈을 꿨어.

그 꿈속에서 난 혼자였어. 어둠밖에 보이지 않더라. 하지
만 그 어둠 건너편 어딘가에 마유의 기척을 느꼈어. 그 아이
의 숨결이나 손가락 감촉이 어딘가에 있는 듯했어. 하지만
필사적으로 손을 뻗어도 찾을 수 없었어. 닿지 않았어. 답답
하고 애절하고 너무나도 슬펐어. 그 어둠은 절망에 지배당하

고 있더라.

내가 지른 비명에 눈을 뜬 건 한밤중이었어. 병실에는 아무도 없어서 고요했지. 온몸에 땀을 흠뻑 흘리고 있었어.

나는 몹시 마유가 보고 싶었어. 이야기를 나누고 싶었어. 지금, 어디서 뭘 하고 있니?

이튿날 니가타 현 경찰서 형사라고 하는 젊은 남성이 병실에 찾아왔어.

키가 크고 매서운 눈매를 한, 누가 보아도 형사 같은 사람이었어. 아오야마라고 이름을 대더라. 부모님에 따르면 내 의식이 돌아온 걸 듣고서 찾아온 모양이야. 난 부모님도 자리한 가운데 아오야마 씨의 이야기를 듣고 질문에 답했어. 그때 처음으로 마유의 상황을 알게 되었지.

"이미 텔레비전에서도 보도된 대로 아마 자넬 찌른 남자가 그 아이를 유괴한 걸로 보여."

아오야마 씨는 표정 하나 바꾸지 않고 말했어. 그리고 말한 후에 내 반응을 보고 후회하고 있는 듯했지. 그는 이미 내가 사정을 다 알고 있다고 생각한 모양이야. 이쪽은 일어나지조차 못한 채 통증을 견디며 누워 있는 것만으로도 벅찬데 말이야.

난 울었어. 후회와 공포, 분노, 그 이상으로 마유가 놓여 있는 상황을 상상하자 감정이 흔들흔들 일렁여서 정신이 돌아버릴 것 같더라. 천장을 올려다보고 무언가를 외쳤던 건 기억해.

왜 그 아이가 유괴당한 건지. 그 정신 나간 남자에게.

마치 거짓말 같았어. 지금까지 드라마 속에서밖에 본 적 없는 일이 눈앞에 일어난 거지. 그것도 최악의 형태로 말이야. 몇 번이나 거짓이라고 생각하고 싶었지만, 눈앞의 현실은 그걸 인정해주지 않았어.

"미안하구나. 그 아이는 반드시 우리가 찾아내 구해줄게."

미안했는지 형사가 그리 말하더라. 그 얼굴이 진지해서 아직 중학생인 나한테 그가 정면으로 마주하고 있는 것처럼 느껴졌지. 마음은 아직 요동치고 있었지만, 그런데도 나는 고개를 끄덕였어.

"그럼 너한테도 묻고 싶구나. 넌 널 찌른 상대를 기억하니?"

나는 본 것과 했던 이야기 중에 기억나는 걸 전부 설명했어. 배를 찌른 나이프는 경찰이 압수한 상태였고, "말벌이 그려져 있었어요"라는 내 말을 듣고 "용케도 기억하고 있네"라며 납득해주더라.

내 증언 중에서 특히 아오야마 씨의 흥미를 끈 것은 범인으로 여겨지는 남자가 젊다는 것과 그 특징 있는 말투였어. 나는 단순히 긴장해서 떨었을 뿐이라고 생각했지만, 그는

"말더듬이일 가능성이 있겠네"라고 말했어.

나는 입원해 있었어. 의식이 돌아와 사흘 후에는 일어날 수 있었지만, 아직 상처가 아물지 않았고 진통제가 필요해서 병원을 나갈 수 없었지. 목욕은 했어. 옷을 벗고 배를 내려다보면 오른쪽 측면에 크게 찢어진 자국이 있었어. 꿰맨 흔적이 이렇게 따가우니 나라는 인간이 용케도 살아 있구나 싶었고 그 이상으로 마유를 생각하면 불안감과 공포심에 마음이 답답했어.

텔레비전 뉴스나 와이드쇼에서는 연일 이 사건을 다루었지. 덕분에 나도 사정을 세세히 알 수 있었고, 마찬가지로 재차 내가 사건에 휘말렸다는 사실을 실감했어.

모든 프로그램이 마찬가지였다. 쓰키가타 풍경도 몇 번이나 비춰졌지. 우리 집 근처가 비추어지는 건 이상한 기분이 들더라. 더구나 내가 찔린 공원과 행방불명이 된 마유의 사진도 매일 텔레비전에서 봤어. 내 이름과 얼굴은 가려져 있었지만 '지금은 목숨을 건져 입원 중'이라고 상황이 보도될 때도 있었어.

브라운관 너머로 보는 사건은 내가 당사자인데도 어딘가 남의 일처럼 느껴지더라. 나마저 그러하니 분명 전국 시청자에게는 더더욱 남의 일처럼 보이겠구나 싶더라.

한 번은 병동 로비에서 텔레비전을 보고 있으니 옆에 앉아 있던 아주머니가 "찔린 친구는 이 병원에 입원해 있나보더라고. 너랑 비슷한 나이겠네. 끔찍했겠어. 왠지 가엽기도 하고. 텔레비전을 이렇게 무신경하게 틀어놓기나 하고"라며 인상을 찌푸리면서도 친절하게 말을 걸어왔어. 난 어떤 표정을 지어야 할지 알 수 없었고.

　무난한 봉합술은 퇴원할 때까지 2주일은 걸리는 법인데, 내 경우에는 민감한 부위라서 괜히 시간이 더 필요한 모양이었지만, 우선 아물기 시작하니 일주일 정도 만에 퇴원해서 통원 치료를 받기로 바꾸게 되었어. 병원 쪽의 배려도 있었던 모양이더라. 여기서는 내가 늘 사건의 당사자로 있어야만 하니까.

　오랜만에 집으로 돌아간 그날, 마유네 어머니가 병문안을 와줬어. 부모님은 마유네 어머니에게 몇 번이나 사과했어. 분명 그랬어. 난 마유를 지키지 못했으니까. 또는 그날, 도서관으로 놀러간 그날, 다른 선택을 했었다면 비극은 일어나지 않았을 거야.

　마유네 어머니가 날 불렀어. 솔직히 두려웠어. 나한테 화를 낼 것도 각오하고 있었지. 하지만 그 어머니는 차분했고 우선은 내가 입은 부상을 걱정하며 "무서웠지?"라고 말해주었어. 자신이 제일 사랑하는 딸아이가 유괴되고 범인을 찾지 못했는데도 말이야. 그래도 그 눈동자 깊숙한 곳에는 불안감 이나 슬픔이 흘러넘치고 있었어. 그건 누가 본다 한들 명백 했지. 하지만 마유네 어머니는 필사적으로 억누르고 있었어. 오히려 그 표정이 나한테는 괴로워서 견딜 수 없었어.

한동안 집에서 나가지 않고 텔레비전을 보면서 지냈어. 카 메라를 만지작거렸지만, 바로 질리고 말았지. 이 우울한 상 황을 사진으로 남겨봤자 뭐하겠어?

텔레비전에서는 아침부터 밤까지 이번 사건을 쫓고 있었 어. 마유의 사진을 보지 않는 날이 없었어. 난 점점 짜증이 나서 그걸 볼 때마다 채널을 돌렸지. 퇴원해서 이틀간은 보 험 설계사나 지역 관계자 같은 사람, 더구나 학교 선생님들 이 와서 카운슬링과 면담을 하고 갔어. 다들 당혹스러워하고 종기를 건드리는 것 같은 조심스러운 태도로 나를 대했지. 그리고 마지막에는 입을 모아 "여름방학이 끝나고 나면 학교 에 올 수 있지?"라고 물었어. 역시 마치 남의 일 같았어. 그 들의 할당량인 양 들렸거든.

그해 오봉 때는 아무도 집에 오지 않더라. 그냥 부모님이 조용히 불단에 향을 올리기만 했어. 그 뒷모습은 그저 고요 하고 생각했던 것 이상으로 보잘 것 없고 우울해 보이더라.

오봉이 끝나고 범인은 잡혔어.

그리고 마유의 죽음이 보도되었지.

텔레비전에서 범인의 얼굴 사진을 봤어. 안경을 끼고 얼굴이 갸름한 남자는 틀림없이 나를 찌른 젊은 남자였어. 아마 졸업 앨범 사진인가 그렇겠지. 교복을 입고 있었지만 일그러진 미소는 그때의 일을 나에게 떠올리게 했지. 마키에 사는 아사쿠라 나오야라는 사람으로 대학생이더라.

보도에 따르면 그는 도서관에서 나와 마유를 발견하고서 진즉에 마유를 점찍어둔 것 같았어. 그리고 우리를 미행해서 공원에서 내가 화장실로 들어간 틈을 노렸대. 나를 찌르고 그길로 마유가 있는 곳으로 가서 "친구가 찔렸다"고 꾀어내 차로 납치했다고 하고.

마유는 마을 변두리에 있는 한때 병원이던 폐허로 끌려가 살해당했어. 내가 찔린 그날 마유는 죽었던 거지. 아사쿠라의 진술대로 폐허에서 마유의 시체가 발견됐어. 시체는 손상이 심했다고 해. 아사쿠라가 죽인 후에 건드린 모양이야.

그 사실을 알았을 때 나는 소리 없는 비명을 질렀어. 마치 폐에서, 아니 온몸에서 영혼이 새어나가는 듯한 느낌이 들었지. 마유는 이 세상에 없다. 이제 만날 수 없는 거야. 긴꼬리산누에나방을 봤던 추억도 피구 대회고 뭣이고 그 아이는 기억조차 할 수 없는 거지.

브라운관 안에서는 병원 폐허 앞에 선 기자가 미간을 찡그리고 아사쿠라의 성장과정을 소개했어. 초중학생 무렵에는 말을 더듬어 왕따를 당했고 대학생이 되어서도 친구가 없었던 점, 나이차가 많이 나는 여동생을 맹목적으로 아낀다는 점, 그리고 초중학교 여학생에게 흥미를 드러내 방에서는 그런 찝찝한 느낌을 주는 소아성애자 잡지나 비디오, 여아의 속옷 종류가 다수 압수되었다는 사실이 보도되었어. 더구나 경찰에서는 요전번부터 지역에서 일어난 정신이상자 소동과의 연관성도 포함시켜 수사하고 있나보더라고.

저녁 무렵에는 텔레비전에 마유네 집이 비춰졌어. 방송국에선 마유의 엄마를 보도하고 싶은 모양이지만, 나오지 않았지. 대신해서 동네 사람이 인터뷰에 응해 "남동생인 신지 군이 장애가 있어서 큰일이죠", "여자 혼자서 애쓰며 살아왔는데"라고 쓸데없는 소리를 했대더라.

그날 밤 아빠엄마가 나를 마주하고 말하더라.

"그 애 일은 안타까워서 괴롭지만, 우린 요헤이가 죽지 않아서 솔직히 마음 놓았어. 너한테는 미래가 있으니 그 애 몫까지 열심히 행복해져야 해."

난 귀를 의심했지. 믿을 수 없더라고.

그건 분명 부모님의 본심이었을 거야. 지금 생각해보면 틀리지 않았어. 악의가 있었던 것도 아니고. 어른이 된다는 건 여러 사람의 죽음을 경험해가는 일이지. 부모님은 죽음을 두고 마음을 다부지게 먹을 수 있었던 거야. 죽음은 살아가는 데 있어서 그 누구도 피할 수 없다는 걸. 아들의 친구의 죽음은 확실히 가엽게 여겨지지만, 그게 전부가 아니라는 사실을 알고 있는 거야. 상대를 신경 쓰지 않고 생명의 무게를 모르는 해맑은 아이들은 잔인하다고 하지만, 어른도 다른 측면에서 잔인해. 지금이라면 그걸 잘 이해할 수 있어. 나도 그러니까 말이지. 슬프지만, 나는 어른이 되어버리고 말았어. 괜찮아, 너도 언젠가는 이해하는 날이 올 거야.

그런데 그때의 나는 어렸기에 부모님의 말을 이해할 수 없었지.

마유가 죽었어. 누구보다도 좋아했던 마유가 죽어버린 거야. 냉정하게 있을 수 있을 리가 없었고, 나에 대해 생각할 여유가 있을 리도 없었어. 내 불만스러운 표정에 아빠는 "어쩔 수 없잖아"라며 어깨를 토닥였어. 어쩔 수 없는 일도 아니고 알고 싶지도 않았어.

며칠 후, 마유네 어머니가 집으로 찾아왔어. 먼젓번과는 다른 사람 같았어.

나를 보자보자 울면서 노려보았고 성큼성큼 다가와 "왜 마유만 죽어야 한 거니?"라고 카랑카랑하게 외쳤어. 난 대답할 수 없었어. 같은 기분이었으니까. 부모님한테 그런 소리를 아무리 들어도 나만 살아남은 현재 상황에는 위화감만 느껴졌어.

그리고 마유네 어머니는 우리 부모님한테도 달려들었어. "내 딸을 돌려내!" "마유를 내놔!"라며 고래고래 소리를 질렀지. 부모님은 그저 현관 앞에 무릎을 꿇고 사과만 했어. 죽인 건 아사쿠라라는 대학생이지. 나쁜 건 전부 그 녀석이야. 그 사실은 그 자리에 있는 모두가 알고 있었어. 하지만 말할 수 없었고 사과하지 않을 수 없었어.

결국 난 마유의 장례식에도 가지 못했어.

그 사건에서 살아남은 쪽인 이상, "갔다가 괜한 소동이 벌어지니까"라는 부모님의 변명에 따랐어. 나도 그럴 작정이었어. 그렇게나 텔레비전에서 보도되어도 마유가 죽었다고 믿을 수 없었고 믿고 싶지 않았어. 가령 그렇다고 해도 그 아이의 영혼은 진즉에 옛날에 하늘로 올라갔든가, 또는 바람이 되어 세상을 걸어다니고 있을 듯했어. 그 호기심 왕성하고 경쾌한 소녀가 장례식장에서 가만히 있을 것 같지 않았거든.

마유의 장례식이 끝난 후에 형사 아오야마 씨가 사과하러 왔어.

"날 때려도 돼"라고 진지한 얼굴로 나한테 고개를 숙이더라. 그런데 때릴 수 있을 리가 없었어. 사건이 일어난 그날 모든 게 끝나 있었으니까. 이제 와서 무슨 말을 하겠어?

아오야마 씨도 "네 인생이니 네 자신을 소중히 여기면서 살아가길 바란다"라고 나한테 말했어. 역시 부모님과 마찬가지더라. 직업상 수많은 사람의 죽음을 접하며 살아왔을 거야. 만약 그게 어른이 되는 거라면 난 어른 따위 되고 싶지 않더라. 마유를 잊을 수 있는 인간 따위는 되고 싶지 않았거든.

여름방학이 끝나고 9월도 중순에 접어들었을 무렵, 난 학교에 다니기로 했어. 다닐 수 있다는 게 나 자신이 마치 어른 같아서 짜증났지만 그런데도 다녔어.

내 옆 분단 세 번째 앞자리에는 꽃이 놓여 있었어. 그게 시야에 들어오는 게 무엇보다 괴로웠어. 물론 반 아이들 모두, 학교의 모두가 나를 알고 있었어. 두려워하는 건지, 아니면 배려를 하는 건지 아무도 말을 걸러 오지 않았어. 돌아갈 때 담임이 의미심장하게 미소 짓기만 했어. 아무래도 나한테 부담이 되지 않도록 합의를 본 모양이지만, 딱히 아무래도 상관없었어.

난 그로부터 학교에서 공기 같은 존재가 되었어. 이야기하는 일이 거의 없었어. 선생님들도 배려해주는 건지, 날 건드리지 않았고 말이야. 그걸로 됐어. 어찌 생각하든 상관없었어. 곤충도 싫어졌고 카메라도 건드리지 않았어.

매일 살아 있는지 죽었는지 알 수 없는 하루하루가 이어졌어. 그런데도 난 마유의 환상을 어딘가로 좇고 있었어.

한 해가 저물어 봄이 되고 마유를 내버려둔 채 3학년이 되었어.

난 밤마다 니가타 동네를 배회하게 되었지. 해가 저물고 나면 버스를 타고 가서 첫차로 돌아왔어. 학교는 뻔질나게 결석을 했고, 몇 번인가 경찰에 인계되었지.

의미는 없었어. 그저 마을 어딘가에 있을 마유를 찾고 있었어. 보행자 중에서 불쑥 고개를 내밀지 않을지 마음 어딘가로 생각했어. 지금 생각해보면 그 무렵의 나는 그 망상을 붙잡고 필사적으로 살아가고 있었을지도 몰라. 그것도 필요한 시간이었다고 봐.

그 무렵, 우연히 접한 소문이 있었어. 엄마가 타일러서 오랜만에 학교에 갔던 날의 일이었어. 점심시간에 후배가 복도에서 이야기하고 있더라.

"작년 여름에 벌어졌던 사카구치 선배 사건 있잖아."

"응, 그런데?"

"그 범인인 대학생 집, 마키에 있는 상점가의 화과자점이래. 그 녀석 고등학생 시절에 가게를 본 적 있는데 진짜 음침한 녀석이었다고 하던데?"

애들이 거기까지 이야기하다가 내가 근처에 있다는 사실을 깨닫고 입을 다물더라. 하지만 그것만으로도 충분했어.

나는 학교를 뛰쳐나가 근처 공중전화 박스에서 전화번호부를 펼쳤어. 그 무렵에는 아직 휴대전화는 찾아보기 힘들었거든. 바로 마키에 있는 '아사쿠라과자점'을 발견했지. 어째서인지 몹시 목이 타더라.

일단 학교로 돌아와 우선 물을 마셨어. 그리고 돌아갈 채비를 하고 조리실습실로 숨어들었지. 교무실 벽에 걸려 있던 열쇠는 아무도 신경을 안 써서 들어가는 건 간단했어. 거기서 식칼 살균대를 헤집어 제일 큰 칼을 훔쳤지. '다마스커스 플러스'라고 칼날에 마킹된 스테인리스의 두꺼운 칼이었어. 그 녀석이 가지고 있던 버터플라이나이프보다 훨씬 크고 날이 잘 들어 보이더라.

식칼을 가방에 넣고 난 근처 버스정류장으로 가 20분 정도 기다렸다가 마키행 버스를 탔어. 만약 버스가 없으면 나는 조금 더 이성적이었을 테고, 조리실습실에 들어갈 수 없었으면 이런 생각도 하지 않았겠지.

마유를 죽인 아사쿠라 나오야는 나름대로 꽤 긴 세월을 형무소에서 보내게 되어 그 인생의 귀중한 시간을 잃게 되겠지. 하지만 사형되진 않았어. 공평하지 않다는 생각이 들더라. 나는 마유를 잃었어. 아직 중학생이었지만, 그런데도 인생의 절반 이상을 잃은 감각이 들었지. 앞으로 나는 마유가 없는 인생을 몇 십 년이나 살아가야 한다 싶으니 정신이 아득해지더라. 그리고 너무나도 좋아하는 마유는 그 인생을 빼앗겼지.

나는 버스 제일 뒷자리에 앉으면서 내 배에 손을 댔어. 통증은 사라졌지만, 그렇다고 해서 마유를 잊을 수 있을 리가 없었어. 흉터가 사라지지 않는 것과 마찬가지야.

그 녀석의 가족을 죽일 작정이었어.

가능하면 아사쿠라가 애착을 가지고 있다는 여동생이면 좋겠더라. 내가 받은 괴로움의 불과 몇 퍼센트를 맛보게 해주고 싶었어. 내 인생은 이미 아무것도 남아 있지 않았지. 마지막으로 그 정도는 용서받지 않을까.

마키 역 앞에 버스가 도착하자 나는 상점가로 향했어. 올 기회는 많지 않았지만, 예전에 여름 축제를 몇 번인가 구경하러 와서 길은 알고 있었지. 잠시 돌아다니다 상점가 변두리 쪽에 있는 건물 한 채에 '아사쿠라과자점'이라고 쓰인 간판을 발견했어. 셔터가 내려와 있었고 '오늘은 급한 용무 때문에 휴일입니다'라는 누렇게 변색된 벽보가 있더라.

뒤로 돌아가보자 그쪽이 거처인지 낯익은 오렌지 문이 있었어. 여름방학에 와이드쇼에서 실컷 본 '용의자의 집' 정경이더라. 틀림없었어.

누군가 있을까. 초인종을 누르려고 다가갔지만, 결심이 서질 않았어. 막상 그때가 되니 두려워진 거야. 정말 아사쿠라의 여동생이 나오면 어떻게 할까. 내가 죽일 수 있을까.

잠시 주변을 빙글빙글 돌았어. 수상한 사람이라고 생각했을지도 몰라.

이윽고 저녁이 되었고 불이 켜지더라. 역시 안에 누군가 있었던 거야. 더 기다리고 있으니 중년 여성이 현관을 열더니 "다녀왔어"라며 들어갔어. 그 안에서 "엄마, 잘 다녀왔어?" 하고 어린아이 목소리가 들렸어. 누구라고 할 것 없이 기운이 없었고 목소리가 작았지만 그런데도 따스했어. 분명 이번 사건으로 상당한 비난을 받아 괴로워했을 거야.

그때가 되어 그들이 아주 평범한 가족이라는 사실을 알아버렸지. 분명 가족 한 사람이 범죄자이기는 해. 그 죄는 용서받을 수 없는 법이고 말이지. 하지만 지극히 평범한 가족을 덮쳐서 뭐가 어떻게 되겠어?

난 아무것도 못하고 돌아왔어. 돌아오는 버스 안에서 울었고 말이지. 승객은 나밖에 없어서 조용했어. 봄이 한창인, 어두운 에치고 평야를 버스는 태연하게 달렸어.

중학교 마지막 여름이 지나갈 무렵 나는 한 가지를 결심했어. 그건 고등학생이 되면 고향을 떠나는 거였어. 나는 쓰키가타의 모든 것에 신물이 났던 것 같아. 민가가 줄지어 있는 마을도 지나가는 사람도 주위의 논밭도 그 건너편으로 보이는 신칸센 고가 선로도. 여름이 되면 마을을 뒤덮는 복숭아가 무르익는 향기도 희미하게 뿌연 야히코 산도. 그 어딘가에 늘 마유의 추억이 있었거든. 잊을 수 있을 리가 없었어.

난 엄마의 본가가 있는 고베 사립고등학교에 시험을 치기로 했어. 그게 내 나름대로 짓는 매듭이었지. 마유를 잊는 일은 평생 없을 거야. 하지만 나 자신이 앞으로 나아가야만 했어. 그건 부모님에게 굳이 들을 필요도 없었지.

당시의 부모님은 이유도 묻지 않고 허락해줬어. 생각해보면 그때까지 나는 외동아들치고는 떼를 쓰지 않는 아이였으니 대수롭지 않은 일이라고 생각했을 거야. 물론 사건 때문이기도 했지. 나한테 켕기는 마음이 있었을지도 몰라.

"밤에 돌아다니지 않고 고등학교에 가준다면 그거면 됐어"라고 아빠가 말해줬어.

끝을 맺으며

이게 나와 사카구치 마유의 이야기야. 그로부터 나는 고베에 가서 3년 동안 집으로 돌아오지 않았어. 도쿄에 있는 대학교로 진학할 때 부모님에게 한 번 얼굴을 비추러 간 게 고작이었던가. 여기에 쓰지 않았던 에피소드도 많아. 다퉜던 이야기도 그 이상으로 어마어마하게 즐거웠던 이야기도. 떠올리면 한도 끝도 없어. 한 번도 잊은 적이 없어.

생각해보면 내 인생의 여행은 늘 그 아이와 함께였어. 대학교 동아리에서 수다를 떨고 있을 때도 '어른이 된 마유는 어떤 얼굴을 하고 있을까?' 하고 이런저런 상상을 했고, 파인더를 들여다볼 때 늘 그 아이의 기척이 나지 않는지 확인했어. 쓰키가타를 떠나서도 마음까지는 버릴 수 없었을지도 몰라.

그런데 말이지.

그 아이는 이 세상에 없어. 과거는 기억 속에만 있어.

잘 들어. 마유의 추억은 내 머릿속에서밖에 존재하지 않아. 그리고 네 기억이나 감정도 마찬가지야. 그건 꿈이나 환상이나 마찬가지야. 내가 마유를 잃은 슬픔과 타협한 것처럼 너도 모든 걸 극복해서 살아가야 해.

네가 살아가는 시간 축 속에서 모토미야 미유라는 한 사람의 인간으로서 분명 새로운 삶을 움켜잡을 수 있을 거야.

지금 이 페이지를 쓰고 있는 곳은 본가에 있는 내 방, 즉 어린 시절을 보낸 방이야. 마유도 몇 번인가 들어온 방이지. 이곳에도 추억이 있어. 함께 게임을 했었고 공부도 했어. 때로는 바닥에 다리를 아무렇게나 뻗고 이야기를 나누기도 했지.

너무 더워서 지금은 창문을 열어놓고 있어. 난 에어컨이나 선풍기를 딱히 좋아하지 않아. 조금 전부터 비가 내리고 있고, 논에서 개구리가 우는 소리가 끊임없이 들리고 있어. 그러고 보니 그 여름 어딘가에서도 이런 날이 있었지.

이쪽으로 돌아온 지 아직 얼마 안 됐지만, 늘 마유를 생각해. 이 쓰키가타에는 아직 마유가 남아 있어. 그래서 너를 만났을지도 몰라.

하지만 오늘로 끝내려고 해. 난 너와 다른 길을 걸어갈 거야. 다른 시간을 살아가는 둘이기에 그렇게 해야 한다고 봐.

부디 건강하길 바랄게.

제2부
헤이세이 19년
(2007년)

[1]

니가타의 장마는 먼 기억 속에서보다 훨씬 우울했다.

신칸센 홈 틈으로 마을 경치를 내다보자 괜히 그렇게 느껴졌다. 서쪽 바다까지 두툼한 구름이 뒤덮고 있었고, 그곳에 이르기까지 구시가지의 넥스트21 빌딩이라든가 신시가지의 레인보우타워의 그림자가 보였다.

13년 전에는 보이지 않았던 고층 빌딩도 몇 군데 있었지만, 그것 말고는 아무 변화를 찾아볼 수 없었다. 어쩌면 고베나 도쿄와는 시간의 흐름이 다를지도 모른다. 상대성이론 같은 것이다. 즉 인구밀도가 높아지는 것은 도시가 변화하는 속도에 비례한다. 그게 경제격차라는 걸 아는 연령이 되어도 몸소 체험하는 건 별개의 이야기다. 정말 13년이나 시간이 흘렀는지 의심하고 싶어졌다.

이우라 요헤이가 니가타 역에 도착한 건 오후 1시 정도였다. 헤이세이 19년이 되어도 고향인 쓰키가타로 가는 교통수단은 달라지지 않았다. 택시로 가든지 노선버스로 가든지. 신칸센을 경유해서도 결국은 버스에 타야만 한다. 이미 전철이 사라진 지 오래다.

반다이 출입구에서 거리로 내려갔다. 자동개찰구로 바뀌고 세입자도 바뀌었지만 아직 기둥이나 간판 등 예전 흔적이 남아 있었다. 그 무렵의 자신들처럼 중고등학생인 남녀의 모습도 보였다. 하지만 그들의 눈에 자신은 비치지 않았다. 당연하다. 이미 스물일곱이 되었다. 그 무렵과는 다르다.

중학생 시절처럼 홈에서 서서 먹는 소바집에서 배를 채우고 역 앞 버스정류장으로 가자 때마침 쓰키가타 방면으로 가는 노선버스가 출발하던 차였다. 요헤이는 다급히 올라탔다. 차 안에는 어린아이를 데리고 있는 나이든 아버지가 있을 뿐이었다. 본가에 돌아가기 전에 할머니댁에 가서 인사를 할까 싶었지만 관뒀다. 대범하시기 짝이 없는 할머니다. "이럴 때는 제일 먼저 부모님한테 얼굴을 비춰야지"라고 말할 게 분명하다.

버스는 시가지를 빠져나가 국도 8호선으로 일단 나가고서 니쓰나 시라네 쪽으로 향한다.

국도 가장자리로는 새로운 가게가 많이 늘어서 있었지만,

교외로 나가면 차창에서 보이는 경치는 옛날과 달라지지 않았다. 비바람을 견디는 녹슨 정류장인 오두막이 있었고 곳곳에 판금 가게나 잡화점이 있었고 그리고 논밭이 펼쳐져 있었다. 하지만 표식이나 안내판만큼은 크게 달라졌다. 옛날의 쓰키가타 마을은 헤이세이의 대합병으로 니가타 시로 편입되어 '미나미 구'라는 행정구의 일부가 되었다. 마치 악마에게 이름을 빼앗긴 듯했다. 풍경은 크게 달라지지 않았는데 이름만큼은 13년 세월을 느끼게 하는 게 신기했다.

버스는 시라네 중심에서 우회전을 했다. 그 앞에는 나카노쿠치가와 강이 있었고 쓰키가타 집락이 펼쳐져 있었다. 주변은 과수농가가 많았다. 배나 복숭아를 재배하고 있었고 관광 과수원을 경영하는 집도 적지 않았다. 시즌이 되면 배따기나 포도따기 관광버스를 집락의 외딴 곳에서 볼 수 있었다.

요헤이의 집도 한때는 과수원 농가였다. 관광객은 받지 않았지만, 면적이나 출하량은 나름대로 넓고 많은 편이었다. 지금은 이렇게 대를 이을 자식이 바깥으로 나간 탓에 부부 둘이서 가꾸기 버거운 농지는 팔아버리고 농협협동조합 임원을 하면서 겸업으로 필요한 양만 생산하고 있었다.

선로에 서 있는 볏단을 걸친 가로수가 아직 남아 있었다. 푸르디푸른 잎이 무성한 나무들이 역광 속에서 고요히 서 있는 모습이 순수하게 아름답다고 느껴졌다. 카메라를 가지고 왔으면 좋았을 텐데 하고 조금 후회했다. 작업 도구는 한 발 먼저 본가로 보내버린 상태였다.

돌아온 이유는 전직이었다. 도쿄의 카메라스튜디오를 관두고 고모가 경영하는 '포토스튜디오 이우라'의 쓰키가타점에서 카메라맨 겸 점장으로 일하게 되었다. 그건 고모로부터 받은 요청이었다.

요헤이가 대학시절에 작은 콩쿠르에 입상하고 프로 카메라맨으로서 도쿄의 스튜디오에 입사한 것은 어디까지나 자신의 의사에 따라서였다. 누군가를 위해서도 아니었는데, 고모에게 있어서는 절호의 찬스였나보다. 고모 본인은 매상이 높은 니가타 점에 주력하고 싶었던 것이다. "쓰키가타랑 니가타를 오가는 것도 번거롭기도 하고"라며 웃고 있었다.

때마침 요헤이도 도쿄에서 하던 일이 잘 풀리지 않던 차였다. 그쪽에서는 스튜디오 대표인 유명한 카메라맨에게 사사받고 있었지만, 앞으로의 커리어에 전망이 보이지 않았다. 이대로 어시스턴트로서 끝나버릴지도 모른다는 두려움이 있었다. 이미 서른이 가까워져 있었다. 이직하기에는 적당한 타이밍이라서 고모의 제안에 귀가 솔깃해졌다.

본가에 살 수 있고, 월급도 지금까지 받은 것보다 훨씬 좋았다. 무엇보다 쓰키가타점에는 여전히 카메라맨인 유구치 기이치가 건재했다. 어릴 적부터 알고 있는 사람이 있다는 게 듬직하게 여겨졌다.

망설여지기도 했다. 스물일곱이 되어도, 그로부터 14년이
라는 세월이 지나도 여전히 그 사건을 잊을 수 없어서였다.
배의 흉터도 아직 남아 있다. 그 동네로 돌아가면 떠올리고
싶지 않은 것까지 떠올리게 될 듯해서 솔직히 말하자면 두려
웠다.

하지만 고모와 의논을 하자 고모가 웃었다. "기억이라는
건 실제로 떠올려보지 않으면 알 수 없는 법이야. 분명 이곳
에서 다부지게 자신과 마주하면 훨씬 편안해질 거야"라고 말
해주었다.

진실은 알 수 없었지만, 요헤이는 고모를 믿기로 했다. 고
모는 존경할 수 있는 어른으로 더구나 자기 자신도 그 타이
밍이 찾아왔다고 느꼈다.

예전의 쓰키가타 마을 동사무소, 현재는 미나미 구 주민센
터 쓰키가타 지부 한 정거장 전에 내렸다. 숄더백을 흔들면
서 오랜만에 본가로 걸었다.

본가에는 고등학교 졸업 후 며칠인가, 그리고 대학 시절
아버지가 입원했을 때 왔을 뿐이었다. 성인식 안내가 왔을
때 부모님이 "고향에 한번 와야지"라고 전화로 말했지만 거
절했다. 당시의 동급생을 만나는 게 두려웠다. 그들이 미운
게 아니었다. 그립기도 했고 사이가 좋았던 아이도 몇인가

있었다. 하지만 그들의 입에서 마유 이야기가 나오는 게 두려웠다. 그렇지 않아도 자신이 그 장소에 가면 반드시 그들은 마유를 떠올릴 테다. 그게 두려웠다.

무엇을 두고 두려워하는 걸까. 그건 자신의 마음의 변화였다. 예전에 자신이 사랑하고 누구보다 소중하게 여겼던 사카구치 마유가 이미 과거의 추억이 되어가고 있는 게 두려웠다. 그 사실을 인정하고 싶지 않았다. 잊을 수 있을 리가 없다. 배에 생긴 흉터와 마찬가지다. 그건 평생 사라지지 않는다. 하지만 통증은 서서히 옅어져갔고 이윽고 의식도 외면하게 되어 일상 풍경 가운데 하나가 되었다. 이따금 새벽 무렵에 꾼 꿈에서 떠올린 것처럼 통증이 도지는 정도였다.

물론 스물일곱이 되면 그게 당연한 섭리이자 인간으로서 살아가는 데 있어서 불가결하다는 걸 이해한다. 마음의 자기 방어기능이라고도 할 수 있다. 어른이 된다는 건 즉, 그런 것이다. 경험하고 뛰어넘고 둔감해져간다. 하지만 그건 너무나도 매몰차게 느껴져서 두려웠다.

부모님은 평소와 다름없이 맞이해주었다.

중학교 3학년 때, 그 사건이 일어난 후에 비하면 상당히 밝아졌다. 요헤이도 부모님도.

그런데도 마유에 대해서는 말하지 않도록 하고 있다. "마유 묘지에 성묘라도 가면 좋을 텐데" 정도는 들을 각오로 귀

향했는데 그런 일은 없었다.

밤이 되자 오랜만에 자신의 방에서 침대에 누웠다. 중학교 시절에 쓰던 책상은 이미 없었다. 부모님이 사촌동생에게 준 모양이다. 그뿐만이 아니었다. 옷장도 쿠션도 하나같이 새것으로 바뀌어 있었다. 요헤이의 취향에 맞춰서 새로 마련한 것이었다.

묘하게 신경을 쓰게 했다는 사실에 면목 없기도 했다. 하지만 그 이상으로 고마웠다. 지금은 소년 시절이 아니다. 그리 실감하게 해주는 것만으로도 기뻤다.

창문을 열자 큰 보름달이 떠 있었다. 포근한 밤바람에 땅강아지의 울음소리가 섞여 있었다. 장마 특유의 습한 공기 속에 여름의 기척을 느꼈다. 또 그 계절이 찾아왔다.

그로부터 하루를 쉬고 처음으로 출근했다. 사진관 외관은 놀랄 만큼 여전했다. 양쪽 가장자리의 문구점과 채소가게는 가게를 접은 지 오래되었지만, '포토스튜디오 이우라'는 외벽이 조금 거무스름해졌으나 건재했다. 이 부근에서는 드물게 3층짜리 빌딩으로 옥상 근처에 제비가 둥지를 틀고 있는 것도 옛날과 달라지지 않았다.

사전에 고모에게 들은 대로 오전 10시 개점에 맞춰서 얼굴을 내밀었다. 사진관 안도 변하지 않았다. 중학생 시절과 마찬가지로 카메라맨인 유구치가 얼굴을 내밀고는 "요짱, 하루 정도는 더 느긋하게 쉬어도 되는데"라며 웃었다. 몸이 조금 둥그스름해지고 머리카락이나 수염에 하얀 털이 섞여 있었지만 변하지는 않았다.

"여전해. 스튜디오도 현상실도 똑같아. 좋든 나쁘든 말이지. 요짱은 일하기 쉬울 거야. 지금은 디지털이 늘어서 현상 일은 줄었지만."

그리 말하며 웃는 유구치가 담배를 쥐는 법은 역시 옛날과 바뀌지 않았다.

그 외에 크게 달라진 걸 꼬집자면 그 무렵에는 없었던 사무실 컴퓨터와 열대어가 헤엄치는 큰 수조, 유구치가 소개해준 새로운 사무직원뿐이었다. 아직 젊은 여성으로, 자신보다 연하였다. 대학생 정도로도 보였다. 그녀는 "무라카미 나오입니다"라고 자기소개를 해주었다.

그러고 보니 옛날에도 몇 사람인가 사무직원이 드나들었던 느낌이 들었지만, 이렇게 젊지는 않았던 듯했다. 그리운 가게 안을 낯선 젊은 여성이 활보하는 모습은 새삼 시간의 간격을 느끼게 했다.

오전 중에는 유구치가 촬영을 하러 나갔다. 시라네 기업에서 의뢰가 있다고 했다. 요헤이는 일단은 점원으로서 무라카미로부터 서류나 장부 보관 장소를 배우고 그것들을 보고 있었다. 중학교 시절에 드나들 때는 고모가 같은 일을 하고 있었다. 안경 안에 자리한 날카로운 눈빛을 빛내면서 숫자를 응시하고 있었던 것을 떠올렸다.

점장이라고 해도 대략적인 방침이나 지시를 내기만 하고, 세세한 계산은 무라카미가 해준다고 했다. 그건 당연한 일이다. 고모는 니가타로 왔다갔다 했다. 그러니 스태프에게 맡기는 수밖에 없다. 이번에 자신이 이곳에 왔다는 것은 그런 부분도 바뀌기를 바란다는 고모의 의사도 있는 것처럼 느껴졌다. 하지만 본격적인 점장 업무는 잠시 미뤄야 할 듯하다. 지금은 상황을 살피는 것만으로 충분할 듯했다.

"시간이 있으시면 2층이랑 3층 세트나 스튜디오 청소를 도와주셨으면 좋겠어요."

그녀가 농담처럼 말했다. 성격이 밝아서 이야기하기 편했다.

"그럼요. 저쪽에서도 어시스턴트 시절에는 잡무가 대부분이었으니까요."

"그리고 정오 전에 기념사진 예약이 한 건 들어왔는데 부탁드려도 될까요? 제가 해도 되지만, 이렇게 첫날이기도 하시니……."

그녀가 조금 눈치를 보며 부탁했다. 상사와 부하라기보다 마치 여동생에게 받는 부탁 같았다. 그 얼굴을 보고 분명 지금까지 남자가 늘 따랐겠구나 싶었다. 솔직히 말해서 미인이었다.

요헤이는 흔쾌히 승낙했다. 분명 그녀도 새로운 점장의 실력이 신경 쓰일 테다. 때마침 좋은 기회였다. 이런 유의 일은 도쿄에서도 소화해내고 있었다.

"요헤이, 잘 지냈어?"

오후가 되자 고모가 사진관을 방문했다. 조카의 일솜씨를 체크하러 온 걸 테다.

그때 요헤이는 3층 창문에서 몸을 내밀어 제비집을 촬영하고 있었다. 그곳에 새끼가 있다는 걸 알아차려서였다. 무라카미에게 들은 바에 따르면 유행하는 블로그를 업무용으로 만들었지만 소재가 없어서 방치하고 있었다고 한다. 그렇다면 제비의 성장 일기라도 써야겠다고 생각했다. 요헤이는 사진 정도는 아니지만, 글을 쓰는 것도 좋아했다. 만약 편차치가 좀 더 높은 대학을 나왔더라면 글 쓰는 일을 목표로 삼았을지도 모른다.

가게 앞에서 큰 소리를 내는 고모에게 "잘 지냈어요"라고 위에서 말을 걸자 고모는 눈이 휘둥그레진 채 올려다보았다.

가게로 돌아와 사정을 설명하자 고모는 폭소했다. 더구나 점심에 촬영한 88세 미수연을 맞이하여 축하의 뜻으로 찍은

할머니의 기념사진을 보고 "이 정도면 괜찮은 것 같네"라고
말했다.

[2]

일에는 바로 익숙해졌다.

경영이라고 해도 딱히 새로운 일을 하는 건 아니었다. 요
헤이의 일은 카메라맨 겸 영업이었다. 가게 수입의 대부분은
기업 몇 주년 행사 등의 기념사진, 관혼상제나 학교행사 등
으로 이쪽에서 출장 가서 촬영하는 일이 많았다. 다만 무라
카미 나오에 따르면 길게 이어지는 불황의 영향을 받아 기업
관련 일은 감소한 경향이 있는 듯했다. 카메라나 렌즈, 또는
현상 서비스 수입은 미미했다.

그런데도 경영이 안정된 것은 학교 졸업 앨범 등 굵직한
단골이 대부분이라는 것과 고모가 아이디어를 낸, 기념 촬영
을 10년치 패키지화한 오리지널 상품이 히트를 쳐서였다.
'애정일기'라고 이름을 붙인 상품은 해마다 두 번, 10년에 걸
쳐 기념사진을 촬영하여 앨범으로 정리하는 회원제 서비스
이며, 지역 점유율이 상당했다. 그 회원수만 유지할 수 있으
면 경영에는 문제가 없을 것처럼 보였다. 이익률이 큰 선거
포스터 종류도 이 업계에서 독점하고 있다.

경영이라고 해도 대상은 지금까지 단골이 아니었던 노인 회나 자치회 등이 대부분으로 돌아오는 건수는 적었다. 이벤트를 하는 김에 명함과 함께 팸플릿을 건네는 정도였다. 그래서 처음에 거래처로 발걸음을 옮겨 점장으로서 인사를 하고는 오로지 카메라맨으로서 처리하는 업무가 많았다. 도쿄에 있었을 적에는 아마추어 모델 촬영이 중심이었지만, 이쪽에서는 활기 넘치는 거리 사람들의 일상을 촬영할 기회가 많아 마음이 무척이나 포근했다. 맨 처음 며칠은 유구치의 어시스턴트를 맡았지만, 유구치가 "나보다 솜씨가 좋네"라며 인정해준 덕분에 독립할 수 있었다.

유구치와도 무라카미와도 잘 지내고 있었다. 충실히 업무를 해내고 있다고 느꼈다. 도쿄에서는 얻을 수 없었던 감각이었다. 사람들의 일상을 도려내 영원한 것으로 만든다. 중학교 시절에 처음으로 카메라를 쥐었을 때의 즐거움과 같았다. 아날로그에서 디지털이 되어도 변하지 않았다. 도쿄에서는 같은 세대의 젊은 카메라맨과 격전을 벌였다. 그것도 즐거운 추억이지만, 지금이 더 좋았다. 콩쿠르 결과나 인맥 쌓기 등 건너편에서의 출세 다툼으로 지쳐 있었을지도 모른다.

하지만 쓰키가타 곳곳에 그녀와의 추억이 있었다. 현 도로로 이어지는 길이나 농협협동조합의 창고 뒤편, 손님의 발걸음이 뜸해진 기요미즈 푸드 처마 끝, 논 한가운데에 삼나무로 둘러싸인 아담한 신사, 과수원에서 감도는 농익은 복숭아 향기. 어디에서든지 그녀가 불쑥 얼굴을 내밀 것 같은 느낌이 들었다. 그건 초등학교 5학년의 장난스런 얼굴이기도 하고 중학교 2학년의 어른스러워져가던 아름다운 옆모습이기도 했다.

그날은 비가 내리고 있었다.

오후 3시경, 수금을 하고 돌아가는 길을 걷고 있었다. 그러자 길 끝자락에 초등학교 여학생이 보였다. 빨간색 책가방을 메고 멍하니 민가 뜰에 핀 수국을 바라보고 있었다. 저렴한 메이커 우산에 큰 빗방울이 떨어지고 있었다.

고요히 꽃을 바라보는 옆모습에 무심코 요헤이는 발걸음을 멈추었다. 닮았다는 생각이 들었다. 아주 닮아 있었다. 소녀는 잠시 꽃을 바라본 후에 요헤이의 존재를 알아차리지 못하고 빠른 걸음으로 걸어갔다.

순간 쫓아가려고 생각했지만, 멈추었다. 그럴 리가 없을 테니 말이다. 분명 초등학생 시절의 마유를 닮았다. 하지만 있을 수 없는 일이다. 그 나이대의 아이는 분위기가 닮았다고 해도 이상하지 않을 것이고, 무엇보다 그런 여자아이다운 우산을 가진 아이가 아니었다. 더구나 자신의 기억 속에 있는, 처음 만났을 때의 마유보다 훨씬 어렸다. 비슷하지만 다른 사람이다.

자신의 마음이 보여준 환영에 지나지 않는다. 요헤이는 그리 생각했다. 예전에 사카구치 마유가 살았던 집은 지금은 이제 없다. 그런데 자신은 아직 꿈에서 깨지 못했다.

대학 시절에 여자친구를 만들었다. 같은 학부 사람으로 상대가 고백을 해 반년 정도 사귀었다. 하지만 관계가 원만하지 않았다. 물론 싫지는 않았다. 하지만 "실은 나 안 좋아하잖아"라고 상대가 결별하자는 이야기를 꺼냈다. 당시에는 그 뜻을 이해하지 못했다. 자신은 그녀를 사랑하고 있었다. 그래서 당황했다.

지금은 그 말에 담긴 뜻을 이해한다. 결국 마음은 여전히 얽매여 있었다. 지금도 시야 어딘가로 사카구치 마유를 찾고 있었다. 그래서 이렇게 수국 앞에 선 소녀에게 마유를 겹쳐보고 말았다. 더 이상 이 세상에 존재하지 않는데.

자신은 그래도 괜찮다고 생각했다. 고통도 괴로움도 내내 끌어안고 있으면 그게 일상이 된다. 그뿐만의 일이다. 느껴지지만 않을 뿐 사라지지는 않았다.

[3]

이윽고 장마가 끝나고 한여름이 지났다. 사진관 처마 끝에서 소란스럽게 굴던 제비 새끼들도 어엿하게 성장해서 보금자리를 떠났다. 그 성장기록을 게시하던 블로그는 고향 타운 정보지에 소개되어 나름대로 화제가 되었다.

오봉이 끝났을 무렵, 초등학교 피구 대회 촬영을 하러 가게 되었다. 유구치가 "요짱이 초등학교 시절에는 내가 찍었었지"라고 자랑스럽게 웃고 있었다.

교직원용 현관에서 옛날에는 없었던 출입자 명부에 이름과 용건을 기입하고 방문자 증명서를 목에서 걸고 체육관으로 향했다. 여름방학이라고는 하지만 교직원들은 착실하게 출근하고 있었다.

체육관은 옛날과 다르지 않았다. 공기 조성도 그 시절 그대로였다. 그리운 냄새가 났다. 체육관에 장식된 패널이나 쇼와 47년도 졸업생이 남긴 양각 조각 등 마치 이곳만이 시간이 멈춘 듯했다. 기억과 다른 것은 천장 구멍이 막혀 있다는 것 정도일까. 옛날에는 상영회 때 등 구멍에 눌러 붙어 살던 박쥐가 어둑어둑한 천장을 날아다니고 있었던 걸 똑똑히 기억하고 있다.

아이들은 이미 모여서 소란을 떨고 있었다. 지금은 등교일이 아니라고 하니 오랜만에 얼굴을 마주하는 학급 친구들도 있을 테다. 머리 스타일이나 옷이 달라졌어도 본질적으로는 옛날과 달라지지 않은 것처럼 여겨졌다. 다들 이마나 팔 위로 땀을 흘리면서 활기차게 놀고 있었다. 그리고 자리에 있던 아이들 모두가 많든 적든 햇볕에 그을려 있었다. 그 무렵과 마찬가지였다.

대회라고 해도 오전 9시부터 정오까지 세 시간 정도로, 각 자치회에서 전부 해서 열네 팀이 참가했다. 옛날에 비하면 아이들이 줄어들기도 해서 여러 자치회가 합동으로 꾸린 팀도 있거니와 참가하지 않은 곳도 있었다. 여러 팀을 내보낸 자치회는 적었다.

물론 요헤이가 비교하는 것은 기억이 가장 선명한 초등학교 5학년 무렵이다. 마유와 함께 분투했던 그날 일은 지금도 또렷하게 기억하고 있다. 둘이서 캡틴과 부캡틴을 맡아 저학년을 이끌어 준우승했다. 이후 중학교 그날까지 요헤이는 그녀한테서 "캡틴"이라고 계속 불렸다. 문득 생각했다. 만약 그녀가 살아 있으면 지금도 날 그렇게 불러줄까.

개회식에서 정렬한 아이들의 모습도 역시 옛날에 비하면 적었다. 반대로 보호자가 늘었다. 다들 비디오카메라를 들고 있었다. 또한 여전히 지역 어르신들도 많았다. 쓰키가타에서는 운동회의 연장전 같은 대우를 받았다. 더구나 자치회 대항전이라는 점도 여하튼 분위기를 고조시켰다. 요헤이의 동네에서는 그렇지 않았지만, 그중에는 우승하면 마을에서 대대적으로 축하연을 여는 곳도 있다고 들었다. 지금도 하고 있을지는 모르지만.

경기가 시작되자 나머지는 표창식까지의 사이에 각 팀의 사진을 찍어나갔다.

여기서 촬영한 것 전부 다 사용하는 건 아니다. 언젠가는 졸업 앨범에 사용할 가능성이 있거나 자치회 기념잡지에 사용할 가능성이 있을 정도다. 그런데도 학교와는 몇 년간 계약되어 있어서 빠짐없이 발걸음을 옮겨다녔다. 수지에 맞는 일은 아니지만, 지역 밀착형 스튜디오로서는 빼놓을 수 없는 일이다. 가게 로고가 들어간 완장으로 존재를 확실히 어필했다.

요헤이는 옛날과 다르지 않은 아이들의 고군분투하는 모습을 사진으로 담아갔다. 유유자적한 일이다. 가지고 있던 물병에 담긴 차가운 보리차를 마시면서 관전했고 이따금 촬영하기 위해 일어났다. 그러길 반복했다. 그사이에 몇 사람인가 낯익은 얼굴과도 마주쳤다. 근처에 사는 노인이나 옛 동창생의 부모님 등이었다.

정작 제일 중요한 자신의 동창생은 보이지 않았다. 또는 있었을지도 모르지만 기억에 없었다. 상대도 인사를 하지 않는다는 것은 즉 그렇다는 뜻일 테다. 다만 다른 지인과 이야기하는 중에 예전 동창생의 현재를 알 수 있었다. 도쿄에서 일한다든가, 결혼해서 고향으로 돌아왔지만 친구는 없다든가, 자위대에 들어갔다든가, 가메다 빵공장에 아르바이트를 하고 있다든가 각양각색이었다. 물론 거기에 그녀의 '지금'은 없다. 14년 전에 그대로 내버려둔 채이다.

슬슬 하이라이트에 접어들었을 무렵, 파인더 너머로 강렬하게 눈길을 끄는 존재가 있었다. 한 소녀였다. 열심히 공을 쫓아가고 있었다. 번호표의 녹색을 보아하니 아직 4학년이었다.

마유였다.

직감으로 그리 생각했다. 그 표정이 똑같았다. 우연히 그런 일이 있을 수 있을까. 다만 마유를 방불케 하는 기다란 팔다리를 주체하지 못하며 공에서 허둥대며 달아나는 모습은 그녀와 달랐다. 기억 속의 소녀는 운동신경이 뛰어났지만, 눈앞의 소녀는 그다지 운동을 잘하지 못하는 듯했다. 얼굴이 시뻘게진 채 주위의 저학년을 배려할 여유도 없는 듯했다.

때로는 공을 던졌다. 그쪽은 어설프지 않은 모양이지만, 역시 예전의 마유와는 달랐다. 그때의 마유가 던졌던 공은 요헤이도 잡는 게 벅찰 만큼 스냅이 실린 묵직한 속구였다. 그에 비해 이쪽은 가벼운 스로인이다.

잠시 촬영하는 걸 잊고 넋을 놓았다.

이윽고 소녀가 장맛비에 수국을 보고 있던 소녀라는 사실을 깨달았다.

받아둔 프로그램 팸플릿에 표시된 선수명단을 보았다. 동요하며 페이지를 넘기는 손은 어쩔 줄을 몰랐다. 이 팀의 4학년은 남녀 한 명씩이었다. 그렇다는 말은 소녀는 모토미야 미유라는 아이일 테다. 역시 사카구치 마유가 아니었다. 닮았지만 타인을 많이 닮은 것에 지나지 않는다. 이미 마유는 이 세상에 없고 어머니도 쓰키가타를 떠난 지 오래다. 시간 축이 다르다. 있을 리가 없다, 이런 곳에.

어느새 시합이 끝났다. 그녀의 팀이 이긴 듯했다.

선수들이 정렬해서 인사를 한 후 문득 모토미야 미유와 눈이 마주쳤다.

한순간이 아니었다. 눈이 마주치자 그녀는 요헤이를 지그시 바라보았다. 카메라맨이 신기해 보였을까? 아니면 이쪽이 가만히 보고 있다는 걸 알아차리고 이상하게 생각하고 있을까.

역시 닮았다 싶었다. 그녀를 보고 있으니 마유를 떠올리지 않을 수 없었다. 마음이 술렁였다. 그 눈동자는 마치 "널 알고 있어"라고 조용히 말을 걸어오는 듯했다.

그날 밤 집으로 돌아온 요헤이는 자신의 방에서 초등학교 졸업 앨범을 펼쳐들었다. 찾는 데 고생하겠다 싶었지만 벽장의 옷장 케이스에 깔끔하게 들어 있었다. 그 무렵, 두 번 다시 보는 일이 없겠다 싶어서 소홀히 다룬 앨범이었는데, 아마 엄마가 넣어둔 모양이다. 언젠가 외아들이 과거의 짐을 덜어낼 날을 애타게 기다리며 말이다.

앨범을 열어 마유가 찍힌 사진을 펼쳤다. 어떤 페이지의 어떤 장소에서 어떤 얼굴을 하고서 찍혀 있는지 무의식적으로 기억하고 있었다.

직장에서 인화한 모토미야 미유 사진을 나란히 놓았다. 역시 닮았다. 아니, 닮았다는 레벨이 아니다. 도려낸 사진에서는 쏙 빼닮았다. 헤어스타일이 같으면 구분이 안 되지 않을까? 마치 쌍둥이 같았다. 믿을 수 없었다.

[4]

이튿날에는 보슬비가 조금 내렸다. 라디오 일기 예보에 따르면 먼 남쪽 바다에서 태풍이 발생했다고 한다. 손님들 발걸음도 뜸해서 사진관 안은 고요했다. 유구치는 혼자서 시라네의 게이트볼 대회를 촬영하러 나갔다. 고향 팀도 몇몇 출전했다고 한다.

무라카미 나오는 한가해 보이는 요헤이를 배려해서인지 업무하는 틈틈이 말을 조금씩 걸어왔다. 니가타 시가지에 생긴 맛있는 레스토랑이나 가메다의 쇼핑센터 등 그녀는 동네 일에 훤했다. 요헤이는 맞장구를 치며 이야기를 듣고 있었다. 자신에게는 할 말이 없다고 해도 남의 이야기를 듣는 건 즐거운 법이다. 하지만 그것도 점심을 지나면 이어지지 않는다. 일단 돌아온 유구치도 또 다른 용건으로 다시 나가버렸다.

너무 따분해서 요헤이가 2층 물건들을 정리하고 있으니 종소리가 울렸다.

"요헤이 씨, 손님 오셨어요"라고 나오가 아래층에서 불렀다. 그녀는 자신이 갓 왔을 무렵에는 "점장님"이라고 불러주었는데 언제부터인가 그렇게 부르지 않았다. 조금 걱정이 돼서 물어보자 딱히 점장답지 않아서 그렇다고 한다. 나이차도 나지 않아서 어쩔 수 없을지도 모른다. 아무리 생각해도 자신보다 리더십이 뛰어나고 경험도 있는 유구치가 있어서일지도 모른다. 이쪽으로서도 유구치 앞에서 점장인 양 행동하는 건 내키지 않아서 나오의 태도가 딱 적당했다.

계단을 내려가 출입구로 가자 나오는 "보기 드문 손님이세요"라며 미소 짓더니 "저렇게 예쁜 아가씨한테 지명을 받으시다니 점장님은 인기 폭발이시네요"라고 놀리듯이 말했다.

이럴 때만 점장 대우를 해주냐고 말하고 싶어졌지만 손님을 보자 하고 싶은 말이 전부 날아가버렸다. 응접 소파에 다

소곳이 앉아 있는 사람은 어제 본 모토미야 미유였다. 눈앞에는 얼음이 들어간 오렌지주스가 놓여 있었다. 나오가 준비해줬을 테다.

어째서 이곳에 찾아왔을까. 예측하지 못한 일에 요헤이는 정신이 없었다. 어제 일을 떠올렸다.

그때 눈이 마주쳤다. 그저 그뿐이었다. 자신의 입장에서 보면 미유는 마유를 빼닮은 사람이다. 하지만 그녀의 입장에서 본 자신은 그저 피구 대회를 촬영하러 온 동네 카메라맨이다. 아직 젊지만, 초등학교 4학년이 보면 "아저씨"라고 불려도 어쩔 수 없을지도 모른다.

마음을 가라앉히고 요헤이는 천천히 "처음 뵙겠습니다, 라고 해야 하나"라고 말을 걸었다. 그리고 마주하고 앉았다. 스스로도 묘하게 목소리가 떨리고 있다는 사실을 알았다.

미유는 요헤이의 얼굴을 올려다보고 조금 눈물을 글썽이면서 작은 목소리로 "저기요"라고 말했다.

요헤이가 마실 아이스커피를 가지고 온 나오는 걱정스러워하는 동시에 조금 호기심을 담아서 소녀를 힐끗 보았다.

"저기요" 하고 소녀가 반복했다. 이쪽은 자신 이상으로 목소리가 떨고 있었다.

"저기, 어제, 팔에 차고 있는 거에 이우라라고 적혀 있어서요……."

"그렇구나. 내 완장을 보고 와준 거네. 그래그래. 우리 가겐 초등학교 행사를 촬영하는 일을 학교에서 의뢰받았거든. 그래서 가끔 얼굴을 비치는 거고. 넌 4학년이지? 열심히 하더라."

그때 나오가 말에 끼어들었다. 걱정이 돼서 가만히 있을 수 없었을 테다.

"그렇구나. 거기서 요헤이 씨 이름을 알게 된 거네요. 느닷없이 '요헤이라는 분, 계세요?'라면서 와서 친척인가 싶었어요."

당사자인 요헤이는 놀라면서 소녀의 얼굴을 가만히 쳐다보았다. 그녀는 시선을 피하지 않았다. 이쪽을 도로 쳐다보았다.

어째서 이름을 알고 있을까. 이름을 대지도 않았고, 애초에 '지금' 처음 대화를 나누고 있다. 그녀가 이름을 알 턱이 없다. 알 수 없다. 누군가에게서 들었을까.

요헤이는 뭐라 대답해야 할지 알 수 없어서 입속으로 몇 번이나 반추했다. 그사이에도 소녀는 요헤이의 표정을 엿보았다. 그 얼굴을 보고 갑자기 한 가지 이유가 떠올랐다. 하지만 그건 너무나도 황당무계하고 의미불명이었다. 어쨌거나 이 자리에서 할 수 있는 이야기가 아니었다.

작게 한숨을 쉬고 나오에게 "잠시 가게 좀 비울게요"라고 말했다. 그리고 모토미야 미유에게 "알겠어. 우선 잠시 바깥에서 이야기할까"라고 말을 걸었다.

그녀는 눈을 끔벅이면서 고개를 꾸벅 끄덕였다. 이 동작은 요헤이의 내면에 자리한 의문을 더욱 짙어지게 했다. 그 동작은 먼 옛날에 본 적이 있는 듯했다.

바깥으로 나가자 이미 날이 개어 있었다. 두 사람은 근처 공원으로 가서 정자 벤치에 앉았다. 비가 그친 후라 흙냄새가 났다. 아무도 없었고 조용했다. 지면 곳곳에 남은 물웅덩이도 이윽고 사라질 테다. 유지매미가 거슬리지만 지금은 아무래도 좋았다.

"넌 마유니?"

요헤이는 물었다. 그게 얼마나 어리석은 질문인지는 스스로도 이해하고 있었다. 초등학교 4학년인 아이에게다 대고 14년 전에 죽은, 살아 있으면 스물일곱이 되는 여성의 이름을 꺼내고 있는 것이다.

순간 모토미야 미유는 침묵했다. 그 입술이 멈추었다. 무심코 놀라서 숨을 삼켰다.

역시 자신의 머리가 이상해진 것뿐인가. 그것도 그렇다. 그때 마유는 경찰 병원에서 해부되어 화장된 후 묻혔다. 이곳에 있을 리가 없다.

그리 생각했을 때 그녀의 가느다란 입술이 움직였다.

"……모르겠어요."

그녀는 쉰 목소리로 그리 답했다.

"모르겠어요. 그래도 전부터 알고 있었던 것 같아서요."

"내 이름을?"

소녀는 고개를 꾸벅 끄덕였다.

요헤이는 자신도 모르게 몸을 내밀었다. 묻고 싶은 게 산더미 같았다. 하지만 어디서부터 이야기해야 좋을지 몰라서 한동안 생각하고서 "그것 말고 아는 거 또 있어?"라고 물었다.

미유는 요헤이의 갑작스러운 집요한 모습에 당황하면서도 한동안 위를 보고서 답했다.

"……모르겠어요. 답답한 느낌이 들어요. 그런데 평범하지 않은 느낌이에요."

아이 특유의 더듬거리는 말투면서도 그 표정은 그녀의 몸에 범상치 않은 일이 일어나고 있다는 사실이 전해져왔다.

요헤이는 할 말을 골랐다. 그런 일이 있을 리가 없다. 필사적으로 머릿속에서 말을 반추했고 마지막에 입에서 새어나왔다.

"넌 어떻게 하고 싶어? 어떻게 하면 좋을까?"

"모르겠어요. 그런데 알게 됐으니 그냥 둘 순 없어요."

모토미야 미유는 그리 말하더니 울기 시작했다 "어제 요헤이 씨를 보고 나서 내가 내가 아닌 것 같은 느낌이 들었어요.

그래서 어떻게 해야 좋을지 몰라서……."

요헤이도 알 수 없었다.

애초에 이 나이대의 여자아이를 대하는 법을 알지도 못하거니와 더구나 한층 더 혼란스러웠다. 지금 그녀의 몸에 일어나고 있는 일은 있을 수 없는 일어어서이다. 아직 근거는 옅다. 하지만 요헤이에게는 '그렇게' 생각하는 수밖에 없었다.

그저 입에 올리지 않았을 뿐. 모든 것이 애매하지만 그 법도를 따라야 한다. 옛날이야기에서도 흔히 있는 일이다. 마법이나 기적은 말한 순간 어딘가로 사라져버린다.

요헤이는 그 생각은 마음속 깊이 봉인하기로 했다.

기껏 왔으니, 하고 그녀에게 캔음료를 사주었다. 우연인지 아닌지는 모르지만 미유는 자판기 앞에 서서 생전의 사카구치 마유가 좋아했던 칼피스소다를 골랐다. 캔은 당시보다 다소 세련되어져 있었지만, 이미지는 딱히 변하지 않았다.

"그거 좋아하나 보네?"

떨리는 마음을 억누르면서 물었다.

"딱히 그런 건 아니지만 소거법으로 골랐어요."

까치발을 하고서 어려운 단어를 사용했다는 게 조금 쑥스러운 듯했다.

하지만 그 말이 걸렸다.

'소거법으로 이걸로 할래.'

먼 옛날 마유가 그리 말하고 미소지어 주었던 것을 지금도 기억하고 있다. 그 여름날이었다. 잊을 수 있을 리가 없었다. 거기에 눈앞에 선 모토미야 미유가 수줍어하는 미소가 겹쳐졌다. 이것도 우연이라고 할 수 있을까?

그녀를 집 근처까지 바래다줄 때까지 이야기를 조금 나눴다. 특이한 점은 딱히 아무것도 없었다. 지극히 평범한 초등학생에 지나지 않았다. 알게 된 건 역시 확증은 없다는 사실뿐이었다.

모토미야 미유가 사카구치 마유의 환생일까?

그건 누구도 모른다. 요헤이의 얼굴과 이름이 낯익고 어딘가 그리운 마음이 들었지만, 그것 말고는 기억이 전혀 없었다. 무의식적으로 칼피스소다를 고른 것도 우연에 지나지 않을지도 모른다. 애초에 아이에게 인기 있는 음료이기 때문이다. 요헤이는 지역 이벤트에 몇 번이나 얼굴을 내밀었다. 어딘가에서 보고 기억하고 있다고 해도 이상하지 않다. 어차피 동네 노인들은 대체로 "요헤이짱"이라고 불러준다. 어딘가에서 들었다고 해도 이상하지 않지 않을까.

애초에 환생이 존재할 리가 없다. 그건 오컬트나 종교 이야기이며 현실에 일어날 리가 없다. 아마도.

요헤이는 돌아가는 길에 혼자서 도서관에 들렀다. 오랜만에 발걸음을 옮겼다. 그 사건이 있고서부터 한 번도 오지 않았다. 쓰키가타로 돌아오고 나서도 이곳만큼은 발을 들이고 싶지 않았다. 두 번 다시 오지 않으리라고 생각했지만, 지금은 신경 쓸 상황이 아니었다.

자동문이 열렸을 때 순간 마음속으로 움츠러들었지만 외관은 그대로라도 안은 리모델링되어 상당히 깔끔해져서 당시의 흔적은 어디에도 없었다. 조금 안심했다.

그리고 관내 단말기로 '환생' '윤회전생'이라는 키워드로 검색해보았다. 나온 것은 대부분이 어째서 공립도서관에 있는지 알 수 없는 오컬트나 초자연현상 책이었다. 그것 말고는 픽션과 종교, 심리학, 심지어 자기계발서 종류가 조금 있었다. 도움이 될 만 한 건 없었고 그 현상을 과학적으로 객관적으로 긍정할 수 있는 건 보이지 않았다.

즉 자신이 지금 믿으려고 하는 것, 그 기적이라는 것은 그 정도의 신빙성에 지나지 않는다는 것이기도 하다.

결국 책을 펼치는 일 없이 돌아가게 되었다. 나중에 인터넷으로 조사하는 편이 더 나은 정보를 찾아낼 수 있을 듯했다.

사진관으로 돌아가자 또 어린아이 손님이 있었다. 드문 날이다. 이번에는 중학생 남자아이였다. 하굣길인지 교복을 입고 있었다. 시계를 보자 오후 4시였다. 시간이 벌써 이렇게나 됐나.

"점장님, 왜 이렇게 늦으셨어요"라고 나오가 입술을 삐죽거리고 있었다. 유구치도 이미 돌아와 있었다.

사과한 후 사정을 설명했다. 물론 거짓말이었다. 조금 전에 방문한 모토미야 미유는 자신의 친척이며 상대는 기억하고 있었지만, 이쪽이 까맣게 잊고 있던 걸로 했다.

"그거 너무하네요. 그 나이대의 여자아이한테는 충격일지도 몰라요."

나오가 말했다.

혼자 의젓하게 아이스 아메리카노를 홀짝이던 중학생은 근처에 사는 스나다 다케히코라고 했다.

"이렇게 써서 다케히코라고 읽어. 신기하지?"라고 유구치 씨가 소개해주었다. 상대도 요헤이의 프로필을 유구치에게 듣고 "도쿄에서 프로로 일하셨다니 대단하세요"라며 표정이 누그러들었다.

그랬었다. 손에는 디지털 일안 리플렉스를 가지고 있었다. 상당히 좋은 물건이었다.

"중학생인데 그걸 사용하다니 대단하네"라고 말하자 "얻은 거지만요"라며 웃었다.

　그의 집은 요즘 시대에 보기 드문 전업농가로 아버지에게 물려받은 카메라에 매료되어 이 사진관에 드나들게 된 모양이었다. 확실히 디지털이라서 다루기 쉬워졌다. 요헤이가 어릴 적에는 1회용 카메라가 유행하여 처음에는 컴퓨터 주변기기였던 디지털 카메라도 지금은 일안 리플렉스에까지 이르러 이미 아날로그에서 교체되었다. 현재는 이우라 같은 사진관 대부분은 고전을 면치 못해 폐업하는 가게도 많다. 요헤이를 비롯한 직원에게 있어서 남의 일이 아니었다. 지금은 순조롭지만 10년 후에 어떻게 되어 있을지 알 수 없는 것이다. 이 업계는 큰 변화를 요구받고 있다.

　"우리 단골손님인데 내 제자나 마찬가지야"라며 유구치가 웃었다.

　스나다도 같이 웃었다. 상당한 미소년이었다. 키도 크고 어깨도 중학생치고는 넓었다. 자신의 동급생이었다면 여자아이들이 가만히 두질 않았을 테고, 많은 남자아이들은 선망의 시선으로 보았을 테다. 외양으로 판단한다면 중학교 시절의 자신과는 인연이 없는 인종이란 생각이 들었다.

　"왠지 아깝네. 운동부 녀석들이 가만히 두질 않았을 텐데."

　"농구부는 괜찮아요. 재미있었지만, 카메라가 더 좋아져서요. 내가 본 걸, 감동한 걸 도려내서 남기는 거 대단하지 않나요?"

그리 말하더니 눈을 빛내는 소년은 자신의 중학교 시절과 포개어졌다. 유구치도 마찬가지인지 "요짱도 딱 이 정도 나이일 때 사진관에 오게 되었다지?" 하고 아득한 시선을 하고 있었다. 그래서 예뻐하고 있을지도 모른다. 더구나 요헤이의 시대는 아날로그였다. 지금과는 차원이 달랐다고 말해주고 싶었지만, 자중했다. 당시의 자신은 이렇게 잘생기지 않았다. 말해도 호기를 부리듯이 들릴 듯했다.

기껏 만나게 되었으니 요헤이도 함께 아이스커피를 마시면서 이야기를 잠시 나누었다. 물론 화제는 카메라와 사진이었다. 조금 전에 모토미야 미유를 이제 막 만난 차라서 마음이 술렁였지만 이야기는 활기를 띠었다. 스나다는 중학생치고는 어른스럽고 무척이나 똑똑했다. 자신의 중학교 시절과는 완전 딴판으로 분명 성적도 좋을 듯했다. 찍은 사진도 몇 장 보여주었다. 아직 어설픈 게 많았지만 그런데도 어린 친구답게 자유분방하고 대담한 게 많아서 재미있었다. 자신의 중학교 시절보다 훨씬 능숙했다.

중학생 시절의 요헤이는 곤충이나 풍경만 촬영했지만, 그가 촬영하고 있는 건 한결같이 사람이 떠나 쇠퇴한 폐옥이나 폐허였다. 유리가 깨지고 기울어진 쇼와시대(1926~1989년)의 목조건축물이나 상점가의 뒷골목에 가만히 세워진 지저분한

폐빌딩이었다. 개중에는 황폐해진 술집 카운터도 있었다. 확실히 나쁘지 않았다. 응시하고 있으면 그 황량한 폐허 건너편에 예전 이 장소에서 시간을 보내던 사람들의 숨결이 들려오는 듯한 작품들이었다. 폐허 사진 그 자체는 드문 것이 아니었고 테마로 쫓고 있는 지인도 몇 있었지만, 중학생의 감성과 이 쓰키가타 근교의 시골 분위기가 어우러져서 특유의 느낌이 나고 있었다.

"꽤 재미있는 취미를 가지고 있구나."

"그런가요? 이런 거 좋아해요. 누군가가 옛날에는 살고 있었던 곳이 좋아요. 그 현재를 도려낸다고 해야 할까요."

문득 그의 작품 한 장이 신경 쓰였다. 시야에서 떼어낼 수 없었다. 설마, 하고 생각했지만 역시 틀리지 않았다. 그것도 폐허 사진이었다. 자신 말고 다른 누가 봐도 그걸 염두에 두는 일은 없을 테다. 또는 14년 전 사건에 엮인 경찰 관계자나 보도 관계자, 동네 사람이라면 알지도 모른다.

그건 사카구치 마유가 감금당해 살해당한 병원 폐허였다. 그 대학생 아사쿠라 나오야에게 걸려들어 그녀는 죽었다.

스나다 다케히코는 그런 사실도 전혀 모른 채 해맑게 "이건 저 현 도로에서 보이는 쓰키가타 병원 철거지예요"라며 웃었다. "흉가라면서 아무도 가까이 안 가요. 아세요? 거기서 살인사건이 일어난 거."

아무것도 모르는 소년이 물어왔다.

요헤이는 작위적으로 웃으며 필사적으로 수습하려고 했지만 어떤 표정을 짓고 있을지 자신이 없었다. 어떻게 대답해야 좋을지 몰라서 당황하고 있으니 사정을 아는 유구치가 "우리 점장은 겁이 많으니 그런 이야긴 삼가줘"라며 도움을 주었다.

"그러시군요. 전 궁금해요. 사고나 사건이 일어난 장소 말이죠. 그래서 근처라면 구경하러 나가게 돼요."

[5]

모토미야 미유는 이따금 사진관에 오게 되었다. 여름방학이 끝나고서는 가방을 멘 채 놀러 왔다. 나오는 얼굴을 볼 때마다 "동생이 생긴 것 같아"라며 예뻐해주었다. 그리고 한번 더 스나다 다케히코와도 만났다. 천하의 그도 초등학생을 대하는 게 익숙하지 않은지 "외동이라서 동생은 어떻게 대해야 할지 모르겠네요"라며 웃었다.

그날도 미유는 여느 때처럼 자동문을 빠져나오더니 "요헤이 씨 있어요?"라고 작은 목소리로 나오에게 말을 걸었다. 요헤이는 디지털 가공 작업을 잠시 중단하고 그쪽으로 향했다.

먼젓번에 미유의 부모님도 얼굴을 비추었다. 요헤이도 인사를 했다. 들어보니 그녀는 학교에서는 좀처럼 친구가 생기지 않는다고 했다. 그래서 이 가게에서 즐거운 시간을 보내는 데 놀라며 요헤이와 일행에게 고마워했다. 앞으로 스튜디오를 이용해준다고 하니 이쪽으로서도 고마웠다.

그 이상으로 놀란 것은 미유네 집이 옛날부터 쓰키가타 마을에 있던 갓포 요리점*이라는 사실이다. 아버지는 요헤이의 부모님과도 면식이 있다고 한다. 한편 어머니는 확실히 미유와 닮았다. 하지만 예전의 사카구치 마유의 어머니와는 닮지 않았다. 역시 혈연관계로서 전혀 연관이 없었다.

미유는 요헤이의 얼굴을 보자마자 "일은 어때요?"라고 물었다. 그 미소는 예전의 마유와 쏙 빼닮았다. 나날이 닮아가는 느낌마저 들었다. 그건 기쁘기도 하고 어쩐지 두려웠다.

미유는 요헤이에게 기시감을 가지고 있으나 구체적으로 사카구치 마유로서의 기억을 가지고 있지는 않은 모양이었다. 때때로 마치 마유를 떠올리게 하는 말투나 행동이 튀어나오지만 어디까지나 그뿐이었다.

그녀가 사카구치 마유가 환생한 것인지 아닌지 요헤이는 여전히 반신반의하고 있었다. 안타깝지만 그걸로 충분하다

---

* 일본의 고급 즉석요리점이다.

고도 생각한다. 그녀가 누구든지 같은 시간을 보내기만 해도 기뻤다. 신이나 부처나 마찬가지다. 기적이라고 믿음으로써 자신의 마음은 가벼워진다. 그것만으로 충분했다. 무엇보다 모토미야 미유에게는 자신의 인생이 있다. 그게 제일 중요하다고 본다.

"미유짱은 좋겠어요."

그녀가 돌아가자 둘만 있게 되었을 때 나오가 혼잣말처럼 중얼거렸다.

"그야 누구든 어린 시절로 돌아가고 싶은 법이죠. 다시 되돌리고 싶은 실패는 얼마든지 있으니까요. 아이는 희망의 상징이잖아요."

사무실 텔레비전을 곁눈질하고 요헤이가 대답하자 나오는 뺨을 살짝 붉히면서 고개를 가로저었다.

"그런 뜻이 아니에요. 그것도 분명 그렇지만, 더 단순하게 그렇게 요헤이 씨를 만나러 올 수 있는 게 부러워요. 그 아이, 분명 요헤이 씨를 좋아한다고요. 아이라도 같은 여자니까 알 수 있어요. 근사하지 않아요?"

"뭐라고요? 나오 씨도 초등학교 시절에 연상의 아저씨를 좋아했단 소리예요?"

"그게 아니고요! 그런 뜻이 아니에요."

그녀는 시뻘건 얼굴로 손을 파닥거렸다.

요헤이는 착각하고 있지 않다. 그녀가 자신에게 호감을 가지고 있다는 사실은 잘 알고 있다. 전부터 알아차리고 있었지만, 보고도 못 본 척했다. 좋아해주는 건 기쁘고 나쁘지 않다. 분명 이런 미인이 자신을 좋아해주면 보통 남자는 신이 날 테다. 하지만 요헤이는 그렇지 않았다.

전에 사귀던 여자도 그랬다. 결국 상처만 주고 말았다. 사카구치 마유가 살해당한 그날부터 자신의 마음은 변질되었다고 본다. 누군가를 상처 입히고 자신도 침울할 정도라면 차라리 연애는 필요 없다고 본다. 더구나 지금은 모토미야 미유도 있다. 물론 좋아하지는 않는다. 있어서는 안 되는 일이다.

하지만 초등학교 4학년인 그녀를 보는 건 즐겁다. 그녀를 일방적이어도 좋으니 지켜주고 버팀목이 되어주자고 생각한다. 중학교를 졸업했을 때의 얼굴을 보고 싶었다. 어른이 되어 자신의 곁을 떠나갈 때까지 지켜보고 싶었다. 그때면 자신도 달라질 것 같았다.

차례가 돌아온 자치회 돌림판을 별 생각 없이 펼쳤다. 지역을 상대로 하는 장사라서 체크를 빼놓을 수 없다. 오봉오도리*나 게이트볼 대회, 게다가 어딘가의 집의 상량식 등의 정보가 가끔 게시되어 있다. 대부분 A4 용지에 프린트된 것이 끼워져 있다.

펼쳤을 때 처음으로 눈에 들어온 것은 하늘색 종이였다. '경찰서에서의 알림문'이라고 되어 있었고 근처 파출소 인감이 찍혀 있었다. '수상한 사람에 대한 정보가 빗발치고 있습니다!' 하고 음산하게 적혀 있었다. 아무래도 여아를 노려서 말을 거는 사례가 빈발하고 있는 모양이었다.

중학교 2학년 그 여름을 떠올리지 않을 수 없었다. 모토미야 미유가 눈앞에 나타나기도 하여 마치 자신의 시간이 거슬러 올라간 것처럼 느껴졌다. 우연치고는 너무 잘 짜여 있었다.

---

* 일본의 추석에 해당하는 오봉에 추는 춤이다.

제2장

[1]

모토미야 미유의 집은 오래된 요리점이다. '갓포'라고 하는 모양인데 자세한 건 잘 모른다. 어릴 적부터 가업이 레스토랑이나 햄버거집이 아니었던 게 안타깝기만 했다. 초등학교에 올라가기 전에 아빠에게 "아이스크림 팔면 안 돼?"라고 몇 번이나 제안했지만, "나도 팔고 싶긴 한데"라며 웃기만할 뿐 상대해주지 않았다. 지금은 역시 그런 유의 가게가 아니라는 것 정도는 이해하고 있다.

자택 안은 가게와 이어져 있고, 연회용 객실이 몇 개나 있었다. 초등학교 저학년일 적까지는 동네 아이들도 자주 놀러와서 때로는 엄격한 할아버지한테 혼쭐이 나기도 했다. 가게는 근처 제삿날이나 자치회에서 여는 신년회, 더구나 선거때 등은 밤에도 시끌벅적했지만, 보통 때는 점심의 런치타임 말고는 그다지 바쁘지 않았다.

요헤이의 사진관에서 돌아오자 주방 쪽이 소란스러웠다. 오늘은 저녁 일이 있나보다. 책가방을 멘 미유를 보자마자 현관에서 맞닥뜨린 젊은 요리사 견습생이 "다녀왔어? 늦었네?" 하고 말을 걸어주었다. 술집에서 배달 온 맥주나 음료 케이스를 가지러 온 것이다. 주방 뒤편으로 난 문 쪽에는 분명 식자재가 쌓여 있을 테다. 신선도가 중요한 생선 등이 우선이고 음료는 이쪽의 자택용도 겸해서 뒤쪽 현관 쪽으로 배달이 오도록 룰이 짜여 있었다. 미유에게 있어서 음료라고 하면 집에도 상비되어 있는 병에 담긴 오렌지주스나 사이다 종류였다. 이것도 친구 입장에서 보면 흔치 않은 모양이다. 병따개를 사용해 여는 모습을 신기한 눈으로 바라보고 있었다. 분명 텔레비전 광고나 애니메이션에서도 병에 들은 음료수는 그다지 볼 기회가 없다.

오늘처럼 저녁 일이 있는 날은 가족 말고 다른 사람이 많이 집에 있어서 소란스러웠다. 태어났을 때부터 보아온 낯익은 광경이라 딱히 놀라지는 않지만, 친구는 역시 축제처럼 보이나보다. 상대에게 부러움을 살 때도 있었지만, 당사자인 본인으로서는 그렇지만도 않다.

"잠시 딴 길로 샜어요."

미유가 그리 말하자 그는 "그랬구나"라며 웃었다. 요헤이와 나이가 비슷할까. 하지만 역시 달랐다. 이우라 요헤이는 역시 미유의 내면에서는 특별한 사람이다.

처음 만난 것은 여름방학에 열린 피구 대회 때였다.

해마다 카메라맨이 왔는데 올해는 젊은 남자였다. 아저씨라기보다는 가끔 오는 교육실습생에 가까운 느낌이 들었다. 우연히 눈이 마주쳤을 때 그 시선을 뗄 수 없었다. 이상한 감각이 들었다. 처음 만났을 텐데 먼 옛날부터 알고 지낸 느낌이 들었다. 마치 새벽에 꾸는 꿈같은 애매한 기억이었다. 마음이 술렁였다. 그 순간 분명 마음의 샘에 잔물결이 일었다.

또는 사랑일지도 몰랐다. 그렇게도 생각되었다. 같은 학년인 요짱이 선물 받은 소녀만화에 그런 이야기가 있었다. 그런 걸 미유는 누군가가 사준 적도 없었고 애초에 갖고 싶다고 생각한 적도 없었다. 아이가 읽어서는 안 된다고 생각해서였다. 하지만 요짱은, 반에서 키가 제일 크고 어른스러운 요짱의 집에는, 그런 만화가 몇 권인가 책장에 나란히 꽂혀 있었다. 그중 한 권에 있었던 것이다. 어린 소녀가 꽤 연상인 슈트 차림의 남자를 사랑하는 내용의 책이 말이다. 처음에는 믿을 수 없었고 지어낸 거라는 사실을 알아도 창피했다.

하지만 이우라 요헤이에 대한 자신의 마음도 그럴지도 모른다. 아빠와 열 살밖에 차이가 나지 않는 남성을 좋아하다니 믿을 수 없었지만, 그것 말고는 생각할 수 없었다.

학습지 과제 프린트를 정리했다. 여전히 30분 정도 시간이 있었다. 어차피 보고 싶은 텔레비전 프로그램도 없다.

프린트는 절대 어렵지는 않았지만 좀처럼 집중할 수 없었다. 요헤이의 얼굴을 보는 날은 늘 그렇다. 어째서인지 애절하고 눈물이 날 것 같다. 온몸의 살결에 거품이 이는 듯한 느낌이 든다.

[2]

그로부터 태풍이 두 개 정도 니가타의 먼 바다를 통과한 후 지역 축제에 나갈 기회가 있었다. 모두가 '여름축제'라고 불렀지만 9월에 해서 굳이 따지자면 가을축제 분위기가 난다. 망루를 둘러싸고서 오봉오도리를 즐기고 사무소에서 어른들은 한잔하고 노점이 드문드문 줄지어 있을 뿐인 조촐한 축제지만 아이들은 기대하고 있었다.

아빠와 차로 외출했지만 정작 중요한 아빠는 지인에게 붙들려 사무소에서 술을 마시기 시작했다. 원래 주문 요리 배달도 겸하고 있는데, 이래서는 일이 가능할 리가 없다. 결국 미유는 남겨지고 말았다.

갈수록 낮이 짧아져 저녁 7시가 되면 하늘은 새까맸다. 경내에는 몇몇 노점이 늘어서 휘황찬란하게 불빛을 밝히고 있었다. 참배로에는 참배객이 조금씩 늘었다.

우연히 낯익은 얼굴과 마주쳤다. 동급생 중에는 싫어하는 아이도 자신을 괴롭히는 아이도 없다. 그래서 만나면 인사를 한다. 하지만 상대는 반드시 걱정스러운 얼굴로 "혼자야?"라고 물어왔다. 그건 혼자 있는 이유를 묻고 싶은 게 아니라 미유가 친구와 오지 않았다는 사실을 걱정하고 있는 것이다. 적어도 아빠가 곁에 있어주면 이런 일이 없을 텐데. 딱히 혼자라도 상관없지만 그렇게까지 걱정하게 만들자 왠지 자신이 비참하게 여겨졌다.

따듯한 바람에 실려 울려퍼지는 하야시*도 참배로의 혼잡함도 지금은 조금 짜증이 났다.

어쩔 수 없어 배전 뒤편의 돌담 위에 앉아 있으니 "어라? 미유짱?"하고 누군가 말을 걸었다.

가로등에 비추어진 그 얼굴을 보자 마음이 밝아졌다. 스스로도 믿을 수 없을 정도였다. 우연이 아니었다. 분명 운명이다. '운명'이라는 것은 어쩜 이렇게 달콤하고 행복한 어감으로 들릴까. 진심으로 생각했다. 미유는 무심코 돌담에서 뛰어내려 요헤이에게 안겼다. 아이의 특권이다.

---

* 박자를 맞추며 흥을 돋우기 위해서 반주하는 음악(피리, 북, 징 등을 사용한다).

"오늘은 혼자야? 걱정이네. 근처긴 해도 최근엔 이상한 사람이 출몰한다고 하니까."

"괜찮아요. 아빠랑 왔어요. 지금은 안에서 취했지만요."

그리 말하고 사무소를 가리키자 요헤이가 쓴웃음을 지었다.

"요헤이 씨는 일해요?"

"아니. 산책 겸 왔어. 오늘은 카메라도 없어. 잠시 신사 대표분들에게 인사하고 오자 싶어서. 이웃사촌과 잘 지내는 것도 업무 중 하나일지도 모르지만, 굳이 따지자면 노는 게 메인이려나. 난 취하기 전에 철수할 셈이지만."

그렇구나, 요헤이는 지금부터 사무소 쪽으로 가는 모양이다. 미유도 따라갔다. 아빠 상태가 신경 쓰였다. 요헤이와 둘이 있는 건 나쁘지 않지만, 아빠를 내버려둘 수도 없는 노릇이다. 음주운전은 범죄다. 가게에도 경찰 포스터가 붙어 있으니 철이 들었을 무렵부터 알고 있다.

사무소 객실에 아빠는 자고 있었다. 과음을 했다. 낯익은 어른들이 미유의 얼굴을 보자마자 "엄마라도 불러다줄래? 차에 태워 데리고 돌아가야지"라고 말했다. 우리 아빠지만 참 못 말린다 싶었다. 요리점을 하고 있지만, 술은 거의 못 마신다. 그러면서 연회는 좋아하니 차마 눈 뜨고 볼 수 없다. 예전에도 몇 번인가 이런 적이 있었다.

미유는 하는 수 없이 전화를 빌려서 집에 걸었다. 휴대전화를 사용하는 방법 정도는 안다. 옆에서는 요헤이가 다른 어른들과 무언가 이야기를 나누고 있었다. 선거 이야기인 듯하지만 요헤이도 잘 모르는지 진지한 표정으로 그저 고개를 끄덕이기만 했다. 곤란해한다는 걸 손에 잡힐 듯이 알 수 있었다. 조금 우스워서 어째서인지 기뻤다.

전화를 받은 엄마에게 사정을 설명하자 바로 다른 차로 오게 되었다. 수화기 건너편에서 한숨이 들렸다.

"니네 아빠도 참 못 말린다니까. 미유한테 미안하게 됐네. 미안해. 축제 구경을 더 하고 싶을 텐데."

엄마가 그리 말해주었지만 그렇지 않았다. 딱히 혼자 축제를 보고 있어도 즐겁지 않았다. 다만 만약 요헤이가 있어준다면 이야기는 달라진다. 좀 더 같이 있고 싶었다. 그래서 미유는 소소한 거짓말을 했다.

"괜찮아. 때마침 사진관 요헤이 오빠가 있어서 같이 집에 갈게. ……그럼 안 돼?"

조금 두근거리는 마음으로 기다렸다.

"……그럼 딱이네. 이우라 씨 댁 아드님이라면 안심이지. 최근에 이상한 사람이 출몰하는 모양이야. 상관은 없지만 민폐는 끼치지 않도록 해" 하고 선뜻 대답해주었다.

더구나 엄마가 전화를 끊을 때 "축제를 보는 것도 좋지만 괜히 뭘 사달라고 하면 안 돼. 얌전히 거절해"라고 빠른 말투로 덧붙였지만 그건 아무래도 좋았다. 가지고 싶은 건 달리 없으니까.

요헤이에게 사정을 설명하자 난처한 얼굴을 하면서도 받아들였다. 예상대로였다. 어째서인지 미유는 그의 행동을 예상할 수 있었다. 분명 자신의 부탁은 들어주리라는 확신이 있었다. 정말 옛날부터 알고 있었던 듯한 느낌이 들었다. 그리고 그는, 요헤이는 다정했다. 미유에게는 각별히 다정했다. 나오와 이야기할 때의 그와 비교하면 일목요연했다.

실은 요헤이도 미유를 좋아하는 게 아닐까 생각했다. 설마 어른인 요헤이가 초등학생인 자신을 좋아하다니 있을 수 없는 일이다. 하지만 그러면 좋겠다고 바라고 있고, 그 바람이 결코 꿈같은 이야기가 아니라고 믿기도 했다. 스스로도 이상하다는 건 알고 있다. 논리로 따질 수 없다.

바로 엄마가 와서 아빠를 데리고 갔다. 그 거구를 차에 욱여넣는데 요헤이도 도와주었다. 엄마는 떠나기 전에 요헤이에게 "고마워요"라고 고개를 숙이고 갔다.

잠시 둘이서 잿날의 떠들썩한 모습을 바라보고 나서 그 자리에서 물러났다. 미유는 빙수를 얻어먹었다. 물론 엄마에게는 비밀이었다. 요헤이는 자신이 가장 좋아하는 시럽이 블루하와이라는 걸 알고 있었다. 요헤이는 딸기였다. 왠지 모르게 예상했던 대로라서 그것도 기뻤다.

색으로 물든 서로의 혀를 보여주면서 역시 운명의 사람일지도 모른다고 생각했다.

처음 봤을 때부터 그랬다. 내내 마음이 답답했다. 그리고 요헤이도 자신의 내면에 무언가를 찾아내었다. 의미는 잘 모르지만 처음 만났을 때 들었다. 그런 건 평범하게 일어나는 일일까? 특별할 것 없는 초등학교 4학년 아이에게.

집까지는 둘이서 천천히 걸었다. 밤바람이 기분 좋았다.

큼직한 도로에 접할 때까지는 가로등도 드문드문 있었지만, 둥근 달이 나와 있어서 어둡지는 않았다. 아직 물이 차 있는 논에 달빛이 반사되어 반짝거리고 있었다.

때마침 신칸센이 통과했다. 고가 선로 위에 차체 윗부분만 보였다. 엄청난 속도로 도쿄로 향해 달려갔다. 한 번 정도는 도쿄에 가고 싶었다. 가업 관계로 여름과 겨울은 바빠서 가족여행을 갈 수 없었다. 더구나 부모님은 딱히 소란스러운 곳을 좋아하지 않았다. 하지만 요헤이는 도쿄에서 카메라맨으로 일했다. 언젠가 가보고 싶다. 그곳에서 요헤이가 어떤 일을 하고 있었는지 알고 싶었다.

주택가 도로를 걷고 있으니 가로등이 비추어진 아스팔트의 거의 아슬아슬한 바닥에서 벌레가 날아다니고 있었다. 나비 친구일까. 격렬하고 불규칙하게 필사적으로 나는 모습은 어딘가 애절하고, 동시에 죽음의 기색을 두르고 있었다. 날개는 만신창이였고 아마 해가 뜰 때까지 살아 있지 못할 거라고 생각했다. 오늘은 그녀에게 있어서 마지막 밤인 것이다. 마치 끊어지기 전의 삶을 불태우려고 춤추고 있는 것처럼 보였다.

그리고 그 푸르게 빛나는 날개가 낯익었다. 지금은 찢어져 있지만 실은 날개에는 길고 아름다운 꼬리가 뻗어 있었던 것이다. 그건 나비가 아니라 나방이었다. 달의 여신의 이름을 본뜬 아름답고 고상한 곤충.

"긴꼬리산누에나방."

어째서인지 곤충의 이름이 입을 뚫고 나왔다. 지금까지 본 적도 없는, 모를 터인 곤충인데……. 어째서 자신은 알고 있을까.

그 순간 시야가 번졌다. 어째서인지 눈물이 흘러넘쳤다. 감정 속에 격렬한 폭풍우가 불었다. 뭐가 뭔지 알 수 없어졌지만, 우선 시야를 손으로 문질렀다. 그러자 눈앞에는 걱정스러운 듯이 이쪽을 들여다보는 요헤이의 얼굴이 있었다. 어째서인지 그의 소년시절의 얼굴이 떠올랐다. 그리고 그 배경에는 둥근 달이 있었다. 조금 푸른 기가 도는 신비한 빛을 띠는 큼직한 보름달이 하늘에 떠올랐다.

"이름을 어떻게……."

요헤이가 신음하듯이 말했다. 어째서인지 서글픈 얼굴을 하고 있었다.

여전히 마음속에 격렬한 태풍이 사납게 불고 있었다.

대체 어떻게 된 걸까. 곤충을 보기만 했는데 왜 자신의 마음은 이렇게 요동치고 있을까. 그 요동치는 마음은 그 어떤 감정이라고도 할 수 없었다. 굳이 꼬집어 말하자면 '모든 것'에 해당되었다. 기쁨과 슬픔과 분노와 공포. 모든 것이 엉망진창으로 뒤섞여 거무튀튀한 색을 띠고 있었다.

순간 의식이 멀어졌다. 마치 눈을 뜨고 있는데 꿈의 세계에 떨어져가는 것 같았다.

점점 자신이 모호해졌다. 내 이름은 무엇이었을까.

나는 모토미야 미유. 정말로 그럴까?

외동에 사실은 언니가 갖고 싶었다. 정말로 그럴까?

집은 배달요리도 겸하는 갓포 요리점. 그럴까?

그건 절반은 맞고 절반은 틀렸다. 자신에게는 그렇지 않은 기억이 있다.

농가인 다카하시 씨 댁 뒤편에 살고 있었고 엄마와 동생인 신지와 셋이서 살았고 신지는 집에 있다. 자폐증이었다. 그렇다. 요헤이에게 "자폐증이야"라고 가르쳐주었다. 어째서인지 가슴이 두근거렸다. 미움받지 않을까 두려워하고 있었다.

몇 가지 이미지.

수국은 예쁘지만 얄미웠다.

요헤이는 캡틴이었다. 나는 부캡틴. 늘 함께였다.

나는 요헤이와 같은 학년이었다.

그리고 가장 잊어서는 안 되는 기억. 그날 밤에 본 긴꼬리산누에나방. 나는 평생 잊고 싶지 않았다. 요헤이와 보았다. 손을 잡았다. 그 순간이 영원히 이어지면 좋을 텐데 싶었다. 그로부터 어떤 인생을 보낸다고 한들 그 추억이 있으면 살아갈 수 있다고 생각했다.

좋아했다. 이우라 요헤이가 누구보다 좋았다. 쭉 함께 하고 싶었다.

하지만 그건 이루어지지 않았다.

[3]

그날 요헤이가 화장실로 간 후 벤치에서 멍하니 기다렸다. 손에는 음료캔을 들고 있었다. 칼피스소다가 품절돼서 어쩔 수 없이 환타 오렌지를 골랐다. 꽤 미지근해져 있었다. 요헤이는 텔레비전에 선전하던 투명한 콜라 같은 걸 골랐다. 탭 클리어였던가? 캡틴은 이상한 면에서 유행에 민감했다.

문득 낯선 젊은 남자가 나를 불렀다. 지금의 요헤이보다도 조금 젊었던 것 같다. 큼직한 안경을 쓰고 있었다. 요헤이도 안경을 썼지만, 이쪽은 어울리지 않고 사마귀 얼굴처럼 보였다.

'큰일 났어. 건너편, 에, 남자애가 피를 흘리면서 쓰러져 있어.'

남자는 그리 말했다. 긴 소매의 소맷부리에 피가 묻어 있었다. 분명 요헤이의 피일 테다. 거짓말이 아니라는 생각이 들었다. 눈앞의 남자는 요헤이를 구하려고 한 게 아닐까.

'이, 이쪽이야. 따라와.'

다급히 남자의 뒤를 쫓았다. 요헤이는 괜찮을까. 걱정이 돼서 조금 비틀거렸다.

'어, 어서 가자. 괘, 괘, 괜찮아. 둘이서 구하면 돼.'

남자는 다정하게 말을 걸어주었다. 그 목소리가 조금 떨고 있었다. 조급해하고 있는 걸까.

그 남자는 도서관 뒤편에 펼쳐진 잡목림으로 들어갔다. 그런 곳에 요헤이는 왜 들어갔을까. 화장실에 있지 않았던가? 왠지 찜찜하다면서 그런 엉뚱한 행동을 할 리가 없다. 남자에게 위화감을 조금 느꼈다. 곰곰이 생각해보면 소맷부리에서 늘어난 긴팔 티셔츠도 어딘가 수상한 느낌이 들었다. 애초에 이런 사람은 모른다. 마을 사람이 아닌 것 같았다.

'진짜예요?'

불안해져서 이쪽에서 물은 순간 남자는 격변했다. 갑자기 뛰어들어 덮쳤다. 그리고 때렸다. 눈앞에 울퉁불퉁한 주먹이 날아와 코끝에 닿았다. 욱신거리는 통증과 동시에 뜨거운 것이 뿜어져나왔다. 뺨과 입술에도 흘렀다. 또다시 한 번 더 남자는 주먹을 휘둘렀다.

'왜 이러세요?'라고 말하려고 했지만 말을 뱉기 전에 다시 한 번 더 주먹으로 얻어맞았다. 이번에는 오른쪽 뺨이었다. 심한 이명이 났다.

공포와 분노, 절망감이 마음을 지배했다. 일이 왜 이렇게 된 걸까?

마지막으로 한층 더 강한 힘으로 얻어맞고서 정신을 잃었다.

의식이 돌아온 것은 달리는 차 안에서였다. 눈가리개를 쓴 채 양손양발이 묶여 있었다. 여전히 머리가 지끈거렸다. 뺨을 움직이니 퍼석퍼석하게 굳어버린 느낌이 들었다. 코피가 말라붙은 듯했다. 지금 어디로 향하고 있는 걸까. 이것도 그 남자의 짓일까.

입은 틀어 막혀 있지 않았다. 하지만 외치고 싶어도 목소리가 나오지 않았다. 그 결과 무슨 일이 벌어지는지 모르는 게 두려워서였다. 한순간도 근육이 이완되지 않은 채 꼼짝도 할 수 없었다.

이윽고 차가 멈췄다. 문이 열리자 남자가 말을 걸었다.

'다, 다리만 풀어줄 테니 스, 스스로 걸어.'

그리 말하더니 등에 차가운 것을 댔다. 아마 칼이나 총이다. 남자는 눈가리개를 벗겼다.

이미 날은 저물어 눈앞에는 크고 까만 그림자가 있었다. 예전의 쓰키가타 병원 흔적이 남은 폐허였다. 바로 알았다. 여기서 소리를 질러도 소용없을 테다. 주위에는 논과 수풀밖에 없었다. 자신은 이 안으로 끌려들어가 살해당하는 것이다. 또는 폭행을 당할지도 모른다.

다리가 움츠러들어 제대로 움직여지지 않았다. 하지만 울어서는 안 된다. 딱 한 가지 남자에게, 이 악마 같은 최악의 젊은 남자에게 물을 게 있었다.

'요헤이는?'

'아, 그 꼬맹이 녀석? 이, 이제 죽었어. 널 납치하려는데 바, 방해가 되기도 했고. 내가 화장실에서 죽였어, 배, 배, 배, 배를 쑤셔줬지.'

남자가 말했다. 마침내 그가 긴장하고 동요해서가 아닌 단순히 말을 더듬는다는 사실을 알았다.

자신의 몸에서 힘이 빠져나가는 것을 알았다. 이제 아무래도 상관없었다. 얼른 죽여주기를 바랐다. 지옥이었다.

나쁜 일이라고는 전혀 한 적이 없다. 인생에서 딱 한 번 자폐증인 동생이 사라지면 좋겠다고 생각한 순간은 있다. 전학한 직후의 일이다. 저녁 식사 때 입 주변을 더럽혀가면서 엉망진창으로 햄버그를 먹는 신지를 보고 사라져주기를 바랐다. 새로운 생활을 하는 데 있어서 그 존재가 불안해서 견딜 수 없었다. 하지만 바로 잘못을 깨닫고 반성했다. 심한 건 주변이 아니라 자신이라는 사실을 알았다. 신은 그것마저도 용서해주지 않는 건가.

한때 병원이었던 폐허 안쪽, 유리 파편이 흩어진 로비를 지나갔다. 도중에 빈캔이 흩어져 있었고 벽에는 컬러스프레이로 한 낙서가 있었다. 달빛에 잘 보였다. 불량 청소년들의 집합소였던 시기가 있었을 테다. 또는 이 남자가 그렸을지도 모른다. 안경 안에 자리한 눈동자는 광기로 가득 차 있었다.

'여긴 내가 좋아하는 곳이야.'

남자는 비열한 미소를 띠고 말했다.

'이, 이 건물에 있으면 엄청 마음이 놓여. 병원은 조, 좋은 것 같아. 사람이 태어나고 그리고 죽는 곳이지. 웨, 웰컴에 굿바이지. 얼마나 많은 사람들이 거지같은 세상에 덜컥 태어나 그, 그리고 후회하면서 죽어갔는지. 상상하기만 해도 마음이 들뜨네.'

그 끝자락의 창문 없는 공간에 처박혔다. 그가 마련했는지 캠핑에서 사용하는 탁상 램프가 놓여 있었다. 손을 뒤로 묶

여 있어서 바닥에 나뒹구는 형태가 되었다. 바로 자력으로
일어나는 건 어려웠다.

'어, 어떻게 할래? 네, 네 남자친구는 죽었어.'

남자가 말했다.

'너도 바로 잡힐 거야. 아님 나한테 살해당하든지. 절대로
용서 안 할 테니까.'

용기를 쥐어짜내 떨리는 목을 억누르다시피 하며 목소리
를 냈다.

'알아. 이, 이제 인생은 종치는 거겠지. 예, 예, 예상대로야.'

남자는 그리 말하고 쪼그려 앉았다. 그리고 작은 접이식
나이프 칼날을 눈앞에 들이댔다. 이걸로 요헤이를 죽였을까.
이미 공포심은 마비되었다. 또는 요헤이의 곁에 바로 갈 수
있다면 그것도 나쁘지 않다고 생각했다. 살아 있는 채 이 남
자에게 못쓸 짓을 당할 정도라면 그 편이 훨씬 나았다.

'원래 나, 난 죽을 작정이었어. 그런데 그냥 죽는 것도, 시,
시 시시하잖아. 그래서 마지막은 하고 싶은 대로 하자고 정
했지.'

남자는 웃었다. 최악의 미소였다. 죽는 건 어쩔 수 없다.
하지만 마지막으로 보는 게 이런 녀석이라고 생각하고 싶지
않았다. 요헤이에게 미안해서 견딜 수 없었다. 자신과 같이
있지 않았으면 이런 일이 벌어지지 않았을 텐데.

'안심해. 난 세심하니까. 아, 거, 건드리는데 저항하면 엄청 다쳐. 그래서 널 되도록 다치게 하지 않도록 주, 죽, 죽여서 그리고 장난감으로 가지고 놀 거야. 딱히 그런 취미는 없어. ……그저, 나, 난, 수, 수, 순진할 뿐이야.'

남자는 그리 말하더니 눈앞에 들이댄 칼을 단숨에 가로로 휘둘렀다. 그 동작은 순식간에 주저 없이 이루어져서 잠시 무슨 일이 벌어졌는지 알 수 없었다.

목에 격통이 가로질렀고 피가 뿜어져 나오는 것이 보였다. 숨이 막혔다. 피와 함께 점점 의식이 몽롱해졌다.

'이, 이건 벗길게. 다, 닦아줘야지'라는 남자의 목소리가 들렸다. 누가 마음대로 해주겠대? 라고 생각했지만 이제 더 이상 아무것도 할 수 없었다.

[4]

모토미야 미유는 모든 것을 이해했다.

자신은 살해당했다. 하지만 그건 지금의 자신이 아니라 예전의 자신이다. 1993년의 일이다. 지금으로부터 14년 전 여름이었다.

믿을 수 없었지만, 즉 자신이라는 사람의 인생은 하나가 아니었다.

"괜찮아?"

요헤이가 들여다보았다. 쭉 함께 있었던 듯한 이상한 느낌이 들었다.

그 얼굴을 보자 또다시 눈물이 흘러넘쳤다. 그는 무사했던 것이다. 살아 있다. 자신의 내면에 있는 또 하나의 자신, 사카구치 마유가 기뻐하고 있는 걸 알 수 있었다. 아니, 같은 자신인 것이다. 초등학교 4학년인 미유도 자신의 일처럼 기뻤다.

여전히 마음속 태풍은 멎지 않았다. 예전의 자신이 경험한 모르는 영상, 모르는 목소리, 모르는 감정이 자꾸만 기억 속에 흘러들었다. 자신이 그린 그림을 햇빛에 비춰보자 다른 그림이 떠오르는 것 같았다. 전혀 겹쳐지지 않는 부분도 있거니와 기묘하게 부합하는 부분도 있었다. 그리고 그 중심에는 요헤이가 있었다.

"캡틴, 살아 있었구나."

그리 말을 걸자 요헤이는 순간 굳어졌지만 다음 순간에 "마유?"라고 물었다.

요헤이는 기억해주었다. 아니다. 어렴풋이 알아차리고 있었을지도 모른다. 안경 낀 남자친구는 모두가 생각했던 것보다 관찰력이 있고 영리했다. 그리고 누구보다 자상했다.

미유는 고개를 끄덕이고 말했다. 그것만은 그에게 말해야만 했다.

"1993년 7월 27일. 나 사카구치 마유는 이우라 요헤이와
함께 긴꼬리산누에나방을 봤습니다."

요헤이는 경직되었다. 캡틴은 역시 기억해주었던 것이다.
"약속 확실히 지켰지? 나, 그날 일은 안 잊었어."

[5]

커튼 건너편에 석양이 비쳐들기 시작했다. 벌써 시간이 이
렇게 됐나. 지금의 미유는 시간 감각이 이상해져 있었다. 하
루가 한순간처럼도, 한없는 것처럼도 느껴졌다. 어제 지점부
터 마침내 조금씩 정상으로 돌아온 느낌이다.

나흘 전, 미유는 자각했다. 그건 꿈에서 깨어났다는 뜻이
아니다. 자신의 과거 기억을 완전히 되찾았다. '과거'는 정확
하지 않다. 분명 시간 축 위에서는 과거다. 하지만 그건 자
신의 인생이 아니다.

14년이란 시간의 건너편에서 자신은 사카구치 마유라는
한 소녀의 인생을 걸어가고 있었다. 요헤이를 사랑하고 요헤
이에게 사랑받았다. 말로 하지 않아도 서로의 마음을 아는

사이였다. 가난한 모자가정에 자폐증을 앓는 남동생이 있었다. 그런 생활에서도 요헤이가 있어서 하루하루가 빛나 보였다.

하지만 그녀는 14년 전에 사건에 휘말려 죽었다. 묻지 마 살인마였던 젊은 남자에게 납치당해 살해당했던 것이다.

그리고 그녀의 짧은 생애의 마지막에서 현재의 모토미야 미유의 기억으로 이어지고 있다.

그렇다. 믿을 수 없겠지만, 모든 게 이웃해 있다. 사카구치 마유로서 병원 폐허에서 살해당한 그 순간부터 다음으로 기억하고 있는 건 모토미야 미유의 세 살 생일로 아빠에게 빛나는 프리큐어 잠옷을 선물 받은 기억으로 이어져 있다.

나는 다시 태어난 것이다. 자신은 사카구치 마유이자 동시에 모토미야 미유이기도 했다.

하지만 나흘이 지난 지금도 머릿속은 어딘가 복잡했다. 일본어를 이해할 수 있고 말은 할 수 있지만, 사용법이 상당히 달랐다. 자각하기 전과는 어감이나 뉘앙스, 또는 자신이 사용하는 말에 대한 의식이 달랐다. 아니, 말뿐만이 아니었다. 풍경을 봐도 책을 읽어도 지금까지와는 감각이 달랐다. 지금까지는 노을을 봐도 눈물을 흘리는 일이 없었고, 책장에 나란히 꽂힌 아동문학이 굉장히 유치해 보이는 일도 없었다.

자신은 마유일까, 아니면 미유일까. 생각하기만 해도 마음이 흔들흔들 일렁였다.

부모님은 걱정을 했지만, 아무 말도 하지 않았다. 이야기를 해도 이해를 받을 수 있는 일도 아니고 좋은 일이 아무것도 없어서였다. 외관상으로는 아무것도 달라지지 않았다. 다만 기억이 늘어났을 뿐이다.

하지만 엄마는 그런 미유의 이변을 알아차렸는지 한 번 "너 정말 미유 맞아?"라고 물었다. 그때 부모님의 관찰력이란 참으로 대단하다는 걸 알았다.

그런데 그때 "어이어이, 당신도 괜찮은 거 맞아? 미유 말고 그럼 누구겠어?"라고 아빠가 나무랐다.

"그런데 분명 어딘가 어른스러워진 것 같아. 음, 이 또래의 여자아이는 다 그런 법일지도 모르지만."

"그러게. 사춘기가 되면 아이는 변하긴 하지. 우리 애는 조금 빠를 뿐일지도 모르겠어."

그때 두 사람의 대화는 아마도 저번 주까지의 미유라면 이해할 수 없었다. 하지만 지금은 알 수 있다. 제2차 성장기도 반항기도 마유일 적에 아릴 만큼 경험했다. 물론 진정한 사랑도.

미유는 침대에 기어들어갔다. 여름이지만 조금 한기가 들었다. 열이 어지간해서 가시지 않았다. 한 번에 두 사람 몫의 기억을 처리해야만 해서 뇌가 과부화되고 있을 테다. 발

열도 그 탓이겠지.

그것과 또 한 가지, 사카구치 마유의 어머니와 남동생이 궁금했다. 예전에 살고 있던 허름한 집은 이제 없다. 어디로 갔을까. 자신은 알 수 없지만, 어른이 된 요헤이라면 찾는 법을 알고 있을지도 모른다.

어쨌거나 요헤이가 몹시 보고 싶었다.

밖으로 나갈 수 있었던 것은 그로부터 사흘이 더 지난 일요일이었다.

오전 중에 쌓여 있던 학교 숙제를 해치웠다. 초등학교 4학년 선생의 교육법은 허무할 만큼 간단했다. 글자를 쓸 때는 아무리 애를 써도 중학교 2학년 글씨체가 나왔지만, 이건 어쩔 수 없는 부분이다 싶었다. 분명 학교 선생님도 이해해줄 것이다.

점심식사인 볶음밥을 다 먹고 나서 얼른 포토스튜디오 이우라로 갔다. 엄마에게 전하자 "무리하지 말 것. 그리고 이우라 씨한테 감사 인사 해야 해"라며 웃었다. 그리고 "축제에서 돌아오는 길에 열이 나서 쓰러진 널 업어서 데리고 와줬으니까"라고 굳이 과자상자를 들려 보내주었다.

"우리도 나중에 감사 인사를 하러 들를 생각이지만, 너도 빈손으로 갈 수 없잖아."

포토스튜디오 이우라에는 먼젓번에 갓 왔을 텐데 상당히

이상한 느낌이 들었다.

무라카미 나오 한 사람뿐이었다. 아직 학생으로 잘못 볼 만큼 젊은 스태프로 깜짝 놀랄 만큼 미인이었다. 늘 미유에게 다정하게 대해주었다. 자각하기 전에는 이런 언니가 갖고 싶다고 몰래 생각했다. 늘 함께라면 분명 즐거울 것이다.

"어머나, 미유짱! 몸 괜찮아졌어?"라고 그녀가 밝게 말을 걸어주었다.

"들었어. 축제 날 감기 때문에 쓰러졌다면서? 무리하면 안 되지."

나오는 평소처럼 응접 소파에 미유를 앉히더니 오렌지주스를 내주었다. 요헤이로부터 사정을 들은 모양이다.

"왠지 잠시 못 본 사이에 꽤 어른스러워진 것 같아."

나오가 말했다. 살짝 흠칫했다.

사진관 안을 둘러보았다. 하지만 그곳에 이우라 요헤이를 찾아볼 수 없었다. 촬영 일을 하러 갔을까.

큰마음을 먹고 나오에게 물어보려고 하는 순간 먼저 상대가 가르쳐주었다. 알고 있다고 말하고 싶어 하는 듯한 표정을 짓고 있었다.

"요헤이 씨, 전근 가버렸어."

"어디로요?"

그렇다. 이 가게 점장이었을 테다. 그리 간단히 다른 곳을 갈 수 있는 걸까.

"니가타 점을 경험해보고 싶대. 요헤이 씨는 사장님의 조카고 언젠가 회사 사장이 될 테니까 언젠가는 이렇게 될 거다 싶었는데 너무 일러서 서운한 거 있지."

나오는 초등학생을 어르듯이 말했다. 자신이 초등학생이니 당연하지만, 왠지 그 말투가 고의적이라서 불쾌해졌다. 그녀의 다정함이나 배려심은 이해한다. 그런데도 어른이 거짓말을 하는 건 좋아하지 않는다. 어른들은 약았다. 나오는 그런 생각은 하지 않을 테다. 니가타라면 차로 언제든지 만나러 갈 수 있다. 어린아이와는 다르다.

미유는 짐작했다. 요헤이는 자신을 만나고 싶지 않은 것이다. 이유는 모르지만, 그게 틀림없다. 자신이 자각했을 때 그가 당혹스러워하는 모습을 떠올리자 그렇게밖에 생각할 수 없었다.

"나도 안타까워. 모처럼 다정한 점장님이 들어왔는데 다음은 누가 오려나?"

그리 말하면서 미유에게 봉투를 건네주었다.

"이건 요헤이 씨한테 받아놓은 거야. '미유짱이 가게에 올 테니 꼭 전해줬으면 좋겠다'고 부탁하더라고. 절대로 열어보지 말라고 해서 안 열어봤어. 집에 돌아가면 열어봐."

건네받은 것은 서류를 넣는 크고 튼튼한 갈색 봉투였다.

아빠가 가끔 농협에서 가지고 오는 것과 닮았다. 형광등에
비추어보자 안에는 노트처럼 얇은 책자가 들어 있는 듯했다.
아니, 틀림없이 A4 크기의 노트일 테다. 아마 내용물은 자신
과 관계가 있을 것이다. 요헤이는 미유가 마유가 환생한 것
이라는 사실을 알고 있었던 것이다. 그 피구 대회 때부터.
분명 관계가 없지는 않다.

"나도 궁금해. 요헤이 씨, 나한테는 아무 선물도 안 줬는
걸" 하고 나오가 익살스럽게 말했다.

그렇구나, 나오도 요헤이를 좋아하는 것이다. 말투에 미유
에 대한 묘한 질투심을 느낄 수 있었다. 연령을 생각해보면
잘 어울려서 요헤이를 좋아한다고 해도 이상하지 않다. 미유
의 마음이 흔들렸다.

자신도 요헤이를 좋아한다. 그것도 전생부터 내내. 또는
자신의 인생에 일어난 불가사의한 윤회전생은 그에 대한 마
음 때문이지 않을까 마음대로 생각했다. 또한 쓰키가타에 태
어나 그와 만난 것은 운명이지 않을까. 그렇지 않으면 설명
이 되지 않을 듯했고, 그러기를 바랐다.

순간 무라카미 나오에게 모든 것을 털어놓을까 생각했다.
미유의 운명을 전하면 전생에서부터의 관계를 들으면 나오
는 어떤 표정을 지을까. 내가 낸 아이디어지만 짓궂은 방식
이다.

하지만 말할 수 없었다. 역시 그건 요헤이와 비밀로 해두어야 한다. 어찌되었거나 믿어주리라고는 생각할 수 없다.

그때 사진관 종소리가 울리고 누군가가 들어왔다. 중학생인 스나다 다케히코였다. 이 가게 단골인지 요헤이를 만나러 왔을 때 몇 번인가 맞닥뜨렸다. 취미로 카메라를 다룬다고 했다.

"어라, 미유짱도 와 있었네" 하고 스나다가 손을 흔들었다.

키가 컸다. 만약 마유의 중학교에 이런 소년이 있었더라면 여학생에게 무척이나 인기가 있었을 듯하다. 얼굴도 나쁘지 않고 머리도 좋아 보인다. 어린아이들에게도 다정하다. 하지만 미유는 어딘지 모르게 좋아할 수 없었다. 자신을 어린아이로 대하지 않아서였다.

그의 입장에서 보면 여동생처럼 어린 자신에게 마치 동급생처럼 대하는 걸 좋아하는 게 아닌가 싶었다. 분명 이 소년 나름대로 배려하고 있겠다 싶지만 기분이 좋지는 않았다. 특히 모토미야 미유에게 있어서 처음 만난 타입의 사람이라서 조금 두려웠다.

주문받은 요리를 배달하는 갓포 가게 외동딸로 주위가 어른뿐인 환경에서 자란 탓일지도 모른다.

조금 긴장했다. 예전에는 그가 숙제를 봐주기도 했지만 이제 그런 일도 없을 테다. 요헤이가 없다면 이곳에 올 일도 없다. 더구나 당분간은 숙제로 고생할 일도 없다. 중학생 시절의 마유는 성적이 나쁘지 않았다. 그렇다고 좋지도 않았지만.

"어라, 미유짱, 뭔가 변했네?"

스나다가 얼굴을 들여다보았다. 역시 그렇게 생각하는구나. 딱히 외관이 바뀐 건 아니다. 그런데도 어째서인지 바깥에서 보면 변화가 있나보다. 이상했다. 옷도 헤어스타일도 바뀌었을 리가 없는데.

미유가 고개를 가로젓자 나오가 옆에서 "뭐 어때서 그래"라고 말에 끼어들었다.

"여자는 어느 날 갑자기 성장하는 법이야. 언제까지나 성장 안 하는 남자랑은 다르지."

그럴지도 모른다. 중학교 2학년 무렵의 요헤이는 지금도 달라지지 않았다. 확실히 어른이 되어 작위적인 미소를 자유자재로 지을 수 있었지만, 그런데도 옛날 그대로다.

집에 돌아가서 방에 틀어박혀 나오에게 받은 봉투를 열었다. 안에는 A4 노트가 들어 있었다. 초등학교에서 사용하는 학습 노트가 아니라 중학생이 사용하는 하늘색의 어른스러운 것이었다. 마유에게 있어서는 그리웠다. 학교 매점에서 '대학노트'로 팔리고 있는 것을 기억하고 있었다.

그렇다면 요헤이는 무엇을 전하려고 하는 걸까.

오후 3시가 지나고 있었다. 부모님은 두 분 다 저녁 무렵부터 대규모 단체 일이 들어와서 정신이 없었다. 나중에 도와주러 달려나가야 할지도 모르지만, 그것도 일러봐야 한 시간 후다.

숨을 살짝 멈추고 미유는 노트를 펼쳤다.

나보다 훨씬 먼 미래를 살아갈 모토미야 미유에게.

이 노트를 펼쳐줘서 정말 고마워. 실은 만나서 내 입으로 설명해야 한다 싶었어. 하지만 지금은 만날 수 없어. 그게 서로에게 있어서 가장 바람직하다고 생각해. 왜냐하면 너와 내가 살아갈 시대가 달라서야.

우리가 다시 만날 수 있었던 건 우연이 아니었어. 하지만 그렇다고 해서 이대로가 바람직하다고 생각지 않아. 운명이란 건 잔인한 법이야. 이렇게 우연히 만났지만 역시 함께 걸어갈 수가 없네.

난 네 앞에서 자취를 감추려고 해.

대신 내가 누구보다도 사랑했던, 그리고 지금의 네가 누구보다도 알고 싶어 하는 사카구치 마유라는 소녀와의 추억을 남기고 갈게.

서두에는 그리 쓰여 있었다. 자필이었다. 일하는 틈틈이 얼마나 시간을 들였을까. 한 글자씩 옛날과 다름없는 꼼꼼한 글씨체로 정성스럽게 노트를 새겨나가고 있었다.

역시, 라고 생각했다. 이우라 요헤이는 자신이 마유의 환생이라는 걸 어렴풋이 알아차리고 있었던 것이다. 그리고 일부러 말하지 않았다. 그건 모토미야 미유로서 새롭게 세상을 살아갈 삶을 얻은 자신이 이번에는 아주 평범함이 흘러넘치는 행복한 생활을 보낼 수 있기를 바라서였다. 이제 곧 서른이 되려고 하는 자신과는 살아가는 시대가 다르다고 진심으로 생각하고 있는 것이다. 분명 그게 미유에게 있어서 제일 가는 행복이라고 생각한 것이다.

그렇지 않다! 그렇지 않다고! 요헤이는 둔감하고 멍청하다.

그렇게 하면 자신이 납득하리라고 생각하는 걸까. 난 모토미야 미유이기 전에 사카구치 마유이다. 그러니 기쁠 리가 없잖아!

미유는 마음속으로 외쳤다. 열렬하게 외쳤다. 하지만 그의 마음을 생각하면 그것도 하는 수 없는 일일지도 모른다. 그 무렵의 요헤이라면 그렇다 치더라도 스물일곱의 요헤이의 사고방식이 현실적일 수밖에 없다는 것도 이해하고 있다. 하지만 그런데도 납득할 수 없다.

미유는 여전히 일렁이는 마음으로 노트를 읽어나갔다.

그곳에는 미유에 대한 요헤이의 마음이나 기억이 쓰여 있었다. 그 모든 것이 사랑스러웠다. 초등학생 때 했던 피구 대회도 수국도 그날 밤에 본 긴꼬리산누에나방도 모두 쓰여 있었다. 그건 자신의 기억과 겹쳐졌고 무엇보다 요헤이의 마음을 확인할 수 있어서 기뻤다. 사카구치 마유로서 그와 보냈던 불과 4년이라는 아주 짧은 시간이 그곳에 응축되어 있었다.

굳이 '환생'이라는 말을 건드리지 않고 쓴 것도 그 나름대로의 배려일 테다. 그걸 인정하면 서로 돌이킬 수 없다고 생각했을지도 모르고, 다른 사람에게 읽힐 가능성을 생각했을지도 모른다. 그것도 신중한 요헤이답다.

읽으면서 미유의 마음은 격렬하게 일렁였다. 그건 감동과 같은 다정한 게 아니었다. 자각했을 때 일은 태풍이 한 번 더 되찾아온 것 같은 느낌이 들었다.

그곳에는 자신이 모르는 시간 축, 마유를 잃은 요헤이의 슬픔이나 괴로움도 남겨져 있었다. 재차 예전의 자신이, 사카구치 마유가 갑작스러운 비극으로 죽었다는 사실을 실감하게 했다. 살해당했다. 당시 대학생이던, 정신이 나간 아사쿠라 나오야의 손에.

그 경위도 생생하게 떠올릴 수 있었다. 마유가 가진 기억의 마지막, 가장 선명한 부분이며 가장 외면하고 싶었던 부분이다. 하지만 읽지 않을 수 없었다. 그 암흑의 기억도, 같은 시간 축에 요헤이도 함께 있었다고 생각하면 조금은 홀가분해지는 기분이 들었다.

전부 다 읽었을 때는 오후 다섯 시를 지나고 있었다.

밑에서 엄마가 부르는 소리가 들렸다. 방석 까는 일을 도울 시간이다.

노트를 덮고 한숨을 크게 쉬었다. 괜찮다. 자신은 모토미야 미유이다. 두 사람 몫의 기억을 가지고 있지만, 지금의 자신은 갓포점의 외동딸이자 초등학교 4학년인 모토미야 미유다. 이걸로 충분하다. 지금도 영혼은 이우라 요헤이에게 끌리고 있다. 그 심정은 달리 아무리 좋아하는 사람이 생겨도 바뀌지 않을 테다. 잊지 않을 것이다. 하지만 어딘가에서 매듭을 지어야 한다. 그게 요헤이의 바람인 것이다.

시간의 단절은 자신이 생각한 것보다 훨씬 깊고 컸다. 각각 다른 인생을 걷는 것이 서로를 위한 일이다. 이 노트를 읽고 있으니 싫어도 전해져 왔다.

계단을 내려가 연회장으로 가서 좌석표를 따라 방석을 나란히 깔았다. 다음으로 맥주나 우롱차병을 테이블 위에 놓았다. 몇몇 케이스에는 오렌지주스나 기린레몬 음료도 있었다. 아이들도 올지도 모른다. 지인이 오는 일도 드물지 않다.

작업은 익숙하다. 나중에 일손이 빈 심부름꾼인 직원도 계속해서 들어와 도와주었다. 모두 본업이 아니라 예약이 들어왔을 때 와주는 동네 아주머니들이다. 개중에는 동급생의 엄마나 할머니도 있다.

도우면서도 마음은 그 노트 속에 있었다.

미래의 일 따위는 모른다. 초등학교 4학년인 미유는 생각해본 적도 없다. 미유는 시라네 고등학교에 진학하고 싶었다. 가능하면 요이치와 함께. 하지만 어디까지나 막연했다.

마음에 매듭을 지어야 한다. 요헤이와 함께였던 시간은 단 4년뿐이었다. 사귄 것도 아니다. 아니, 마음은 서로 통하고 있었지만, 연인이냐고 물으면 조금 자신이 없다. 그런 관계였다. 첫사랑이 이루어지지 못한 사람은 세상에 별의 수만큼 있을 테다. 그러니 이걸로 충분하다고 생각한다.

그럴까?

정말 그걸로 충분할까?

미유는 저녁식사 시간이 되어도 생각이 정리되지 않았다. 한 번은 단호하게 결심을 했지만, 마음 깊은 곳에서 '그건 아니야'라고 외치는 목소리가 멈추지 않았다. 사카구치 마유뿐만이 아니다. 모토미야 미유도 그랬다.

저녁식사는 엄마가 만든 카레였다. 부엌 식탁에서 엄마와 둘이서 먹었다. 연회날은 거의 그렇다. 평소와 같은 엄마가 만든 카레였지만, 어딘가 맛이 밍밍했다. 머릿속은 내내 복잡하기만 했다.

"미유, 감기 때문에 그래?"

엄마가 걱정스러운 듯이 얼굴을 들여다보았다.

"그럴지도 몰라"라고 웃으며 얼버무렸다.

카레를 입에 억지로 넣으면서 머릿속으로 요헤이의 생각만 하고 있었다.

그가 한 변명은 그럼직하다. 분명 그건 타당하다. 하지만 납득할 수 없다. 그저 아이인 자신은 어떻게 할 수도 없다. 어른의 판단을 뒤집을 힘이 없다. 어떻게 해야 요헤이를 만나러 갈 수 있을까? 어떻게 해야 설득할 수 있을까?

초등학교 4학년은 무력하다. 그저 흘러가는 대로 몸을 맡겨야 할지도 모른다.

하지만.

하지만. 하지만. 하지만.

[6]

수요일부터 학교에 다시 나갔다. 지금의 미유에게는 더더욱 우울하게 느껴졌다.

옛날의 중학교 2학년이던 기억이 있어서인지 학교는 지금까지 이상으로 따분했다. 산수 수업에서 선생님에게 지명받아 어쩌다보니 연립방정식을 펼쳐보였을 때 다른 아이들이 놀라진 않았지만 학급의 제일가는 수재, 아카자와에게 "학원에서 배운 방식을 수업에서 쓰는 건 금지예요"라고 불만을 들었다. 한편 체육 수업에서는 몸이 마음을 따라가지 못했다. 튜닝이 되어 있지 않는 듯했다. 뛰어도 던져도 자신의 몸에서 위화감이 느껴졌다. 자신이 이렇게 어렸구나 하고 이상한 착각을 했다.

더구나 집으로 돌아와 아빠와 함께 목욕을 하는 게 거북했다. 바로 저번 주까지는 당연한 일이었고, 기억도 선명했다. 하지만 몸 어딘가에서 그것을 두려워하게 되었다. 마유의 감정일 테다. 모자가정이었기에 남동생 말고 다른 남성의 알몸을 본 적이 없었고, 어른은 더더욱 그랬다. 아빠에게 미안한 기분이 들었다.

하지만 불만은 그 정도뿐이다. 자신은 자신이고 이제 곧 익숙해질 테다. 어딘가에서 두 사람 몫의 기억은 완전히 들러붙어 서서히 애매해져가는 게 아닐까. 그런 느낌이 들었다.

그렇다고 해도 이상한 일이다. 어째서 자신은 환생했을까.

더구나 이 일본에, 세상에는 그 외에도 자신과 같은 사람이 있을까.

금요일 방과 후, 마음을 먹고 도서관으로 발걸음을 옮기게 되었다. 한때 요헤이와 함께 시간을 보냈고, 자신이 살해당하기 직전에 있던 낡은 건물은 여전했다. 변화라고 한다면 고작 미나미 구 도서관 쓰키가타 분관이라고 하는 까다로운 이름으로 바뀐 정도랄까. 그 차이도 마유의 기억이 있어서 알 수 있는 일이다. 저번 달까지는 아무 위화감도 없이 엄마와 책을 빌리러 왔었다.

이 장소는 좋은 추억과 나쁜 기억이 뒤죽박죽 섞여 있어서 실은 오고 싶지 않았다. 하지만 두려워하고 있으면 시간이 아무리 지나도 자신은 '평범한 모토미야 마유'가 될 수 없다고 생각했다. 지금의 자신의 입장을 이해해야만 앞으로 나아갈 수 있다.

도서관 앞에서 잠시 멈춰 서서 각오를 다지고 한 걸음 나아가려고 하던 순간 뒤에서 "어라라" 하는 목소리가 들렸다.

돌아보자 그곳에 있던 사람은 하복을 입은 스나다였다. 그게 요헤이였다면 얼마나 좋았을까 싶었다. 반팔에서 뻗어나온 마른 두 팔이 중학생 시절의 그와 조금 닮아 있었다.

"미유짱도 조사 중이야?"

그 질문에 가만히 고개를 끄덕였다. 달리 할 말이 없었다.

다정한 사람이었지만, 어딘가 거북했다. 상대도 분위기를 파악했는지 나란히 안으로 들어가자마자 "요즘엔 이상한 사람이 많으니 얼른 집에 가"라고 말하고서 자습실이 있는 2층으로 올라갔다. 몸에 맞지 않은 큼직한 와이셔츠에서는 하늘색 티셔츠가 비쳐 보였다.

마음을 다잡고 입구의 단말기에서 책 몇 권을 찾아다 테이블 자리에 앉았다. 실내 인테리어도 예전과 전혀 달랐다. 상당히 밝아졌다.

책장에서 가지고 온 것은 '세계의 환생', '비현실적인 기적'이라는 책이었다. 일단은 본격적인 분위기를 풍기는 책에서부터 해서 참으로 오컬트스러운 책, 또는 대학연구기관의 학습만화 등 다양했다.

건너편 자리에 앉아 있던 노인이 흠칫하고 이쪽을 보았다. 아마도 초등학생에게 적합하지 않은 책이라고 생각했을 테다. 하지만 그런 시선을 신경 쓸 여력은 없었다. 미유는 우선 제일 위에 쌓인 책부터 펼쳤다.

몇 권인가 훑어보자 몇몇 사례가 나왔다. 1952년 미국에서 어떤 최면술사가 동네 주부에게 최면술을 걸어 태어나기 전의 기억을 묻자 아일랜드에서 죽은 여성의 인격이 튀어나왔다는 것. 전생에 일본군이었다고 주장하는 미얀마 여성. 태어나기 전에 죽은 형제의 흉터를 가지고 있는 소년의 이야기.

여러모로 신기한 이야기가 나왔지만, 하나같이 미유에게 정작 중요한 것을 가르쳐주지는 못했다.

결국 어디까지가 진짜인지 알 수 없었고 환생한 이유도 적혀 있지 않았다. 또는 세상 어딘가에 연구가가 있고 그곳에 가면 가르쳐주려나.

문득 생각했다. 실은 전 세계에 환생한 사람들이 의외로 많고 모두 과거를 떠올리지 않고 다른 사람으로 생활하거나 자각해도 묵묵히 지내고 있지 않을까. 만약 지금 자신이 텔레비전에 나와 이 기적을 전국에 밝힌다면. 어쩌면 같은 상황에 처한 동료를 찾아낼 수 있지 않을까.

거기까지 생각하다가 자신이 어리석게 느껴졌다. 자신이 왜 환생했을까. 그리 생각하면 늘 뇌리에 떠오르는 것은 이우라 요헤이다. 이 쓰키가타에 다시 환생한 것도 그게 이유가 아닐까. 그리 생각할 수밖에 없다. 누군가에게 밝힐 일도 아니고, 텔레비전이나 잡지의 구경거리가 될 마음도 없다.

그저 만나고 싶었다. 요헤이를. 어떤 논리로 납득하려고 해도 자신의 마음은 달라지지 않았다. 그건 알고 있었다. 요헤이는 어른이 되었을지도 모른다. 하지만 자신은 다르다. 중학교 2학년 때 시간이 멈추었다. 어른이 될 수 없었고 자신의 마음과 매듭을 지을 방법 따윈 가지고 있지 않다.

그때 뒤편에서 휴대전화 착신 멜로디가 울렸다. ZARD의

'지지 말아요'였다. 아주 그리운 느낌이 들었다. 그 순간에 사카구치 마유였을 적을 떠올렸다. 마지막 겨울에 싱글 앨범을 샀다. CD플레이어는 어디에선가 엄마가 얻어 왔다. 검고 투박했지만, 당시에는 CD를 집에서 들을 수 있기만 해도 기뻤다. 뮤직 스테이션에 사카이 이즈미가 나온 날은 흔치 않게 텔레비전 앞에서 진을 쳤던가 그랬다.

전화 주인은 40대 정도 되는 중년 여성이었다. 그녀는 창피한 듯 전화를 한 손에 들고 로비 쪽으로 달려갔다. 분명 그녀도 14년 전에 젊은이로서 그 곡을 좋아했던 것이다.

약 한 시간이 지났을 때 스나다가 내려왔다.

테이블 위의 책이 어떻게 보일지 불안했지만, 힐끗 보더니 "미유짱은 모범생이네"라고 고개를 다정하게 토닥이기만 했다. 그리고 "슬슬 날이 어두워지니 얼른 집에 가"라며 한 발 먼저 돌아갔다.

머리를 건드린 건 짜증이 났지만, 그가 "바래다줄게"라고 말하지 않은 건 고마웠다. 친절하지만 그렇게까지 세세하게 주의가 미치진 않았던 건가. 아니면 미유가 껄끄러워하는 걸 알아차렸을까. 그렇다면 조금 미안한 감정이 들었지만, 아니면 단순히 초등학생 여자아이와 나란히 돌아가는 게 꺼림칙했을지도 모른다. 그 나이대라면 그렇다고 해도 이상하지 않다.

개학하고 얼마 지나지 않아 같은 미나미 구 시라네에서 초등학교 3학년 여자아이가 납치, 살해당한 사건이 일어났다. 학교에서 돌아와 텔레비전을 켜자 연일 사건에 대해서 특집을 편성해 있었다. 시체가 발견된 숲 앞에 바친 꽃이나 음료수를 보니 마음이 아렸다.

학교에서도 아침 조례에서 주의를 받았고 당분간은 여럿이 모여 하교하게 되었다. 이 지역에서 수상한 사람이 일으킨 소동도 여전히 해결되지 않았다. 관련지어 다루는 방송국도 여럿 있었다.

미유에게 있어서는 남의 일이 아니었다. 겹쳐져서였다. 자신이, 아니 사가구치 마유가 예전에 살해당했을 때의 상황과 말이다.

신문이나 텔레비전에서도 예전 사건과의 관련성에 대해 '가능성이 있다'고 방송하는 곳이 적지 않았다. 마유의 이름은 나오지 않았지만 그때마다 머리를 강하게 뒤흔드는 듯한 느낌이 들었다. 기적적으로 환생해서 이렇게 새로운 인생을 걸어가려고 하는데 세상은 그것을 용납해주지 않는 건가 하는 생각만 들었다.

분명 경찰도 그 가능성을 조사하고 있을 테다. 옛날의 마유를 살해한 대학생, 아사쿠라 나오야가 연관되어 있는지 아닌지.

이번에도 그의 짓인지 아닌지는 모른다. 그저 단순히 그 후가 신경 쓰였다. 원한은 그다지 없었다. 하지만 무척이나 두려웠다. 만약 지금 미유의 눈앞에 나타난다면, 하고 생각하자 무서워서 견딜 수 없었다.

상상해보았다. 그 남자도 나이를 먹었을 테다. 서른 살은 진즉에 지났다. 만약 지금의 미유를 본다면 뭔가 마음에 걸리거나 할까. 더 구체적으로 말하자면 예전에 살해한 소녀와 겹쳐보거나 할까.

어느 날 밤 미유는 컴퓨터로 조사했다. 아빠가 아홉 살 생일에 사준 것이었다. 앞으로의 시대에서는 컴퓨터와 친숙해질 필요가 있어서라고 했다. 마유였던 시절에는 인연도 없던 존재였다. 중학교 시절이 되어 마침내 컴퓨터실이 교내에 생겼고, 하얗고 무기질적인 워드프로세서와 구별이 가지 않는 모니터가 나란히 있었던 것을 기억하고 있다. 그게 정말 컴퓨터인지 아닌지는 잘 모른다.

한편 미유의 것은 청록색과 유백색 사탕 같은 형태를 하고 있다. 둥그스름하고 중앙에 화면이 있고 전체적으로 반투명한 장난감 같다. 초등학교 4학년 미유라도 아빠에게 배워 바로 사용할 수 있게 되었다. 인터넷도 사용할 수 있다. 자각하고서 사용한 것은 두 번째다. 저번에는 예전의 엄마를 조사했다. 하지만 성과 이름이 같은, 젊고 실력 있는 헤어디자

이너가 나오기만 해서 흔적을 찾지 못했다.

얼른 아사쿠라에 대해서 조사했다. 그러자 과거의 흉악범죄를 정리한 홈페이지를 발견했다. 개인이 운영하고 있는 듯했다. 그곳에는 사카구치 마유의 이름이 또박또박 적혀 있어서 조금 우울해졌다. 당시의 텔레비전이나 신문을 실시간으로 볼 수 없었다는 게 지금은 고마울 따름이다.

사건 경위는 그냥 넘겼다. 보지 않아도 되고 볼 필요가 없었다. 아사쿠라 개인정보도 쓰여 있었다. 그것도 요헤이의 노트에 적혀 있던 그대로다. 집은 마키의 상점가에 있다. 그리고 근황도 적혀 있었다. 이 홈페이지 갱신일을 생각해보면 반년 전 정보였지만, 그런데도 고마웠다. 그에 따르면 아사쿠라는 얼마 전에 형량을 채우고 출소했다. 징역 12년 형량을 통째로 형무소에서 보낸 모양이었다. 아무래도 정신에 문제가 있고, 또한 어릴 적에 괴롭힘을 당했다는 게 사건에 영향을 주었다고 판단되었는지 살인사건 형량으로서는 그렇게까지 무겁지 않았던 모양이다. 그에 대해 '너무 가볍다'라는 목소리도 세간에서 나왔던 듯하다. 그 죄가 무거운지 가벼운지 자신은 판단할 도리가 없었다. 사카구치 마유의 인생 전부와 형량을 천칭에 재면 분명 너무 가벼운 느낌도 든다.

그건 그렇고 말이다.

역시 그 남자의 짓일까. 보도된 방송만으로 알 수 있을 턱이 없지만, 그런 느낌이 들었다. 자신은 그저 어린아이지만, 한편 전생에서 그에게 살해당한 기억을 가지고 있다.

어쩌면 자신도 사건 해결에 협력할 수 있는 일이 있지 않을까.

문득 그런 어리석은 생각을 했다. 자신은 초능력자도 뭣도 아니다. 탐정 흉내를 낼 수 있을 리도 없다. 그건 미숙한 생각이라고 판단한다. 그렇게 판단하고 있다.

그래도 뭔가 할 수 있는 일이 없을까. 이대로 피해자가 늘어나는 것을 가만히 보고 있을 수는 없다. 자신은 저 남자를 알고 있다.

그걸 전하면 요헤이도 협력해줄까. 탐정 놀이라도 상관없다. 그를 만나고 싶었다.

제3장

[1]

니가타에서의 삶도 익숙해졌다. 슬슬 위클리맨션에서 나
와 버젓한 월세집을 찾을 시기일지도 모른다. 요헤이는 지나
가는 사람으로 붐비는 느티나무 거리를 걸으면서 생각했다.
부모님은 "본가에서 통근하면 되잖아"라고 했지만 들을 생
각이 없었다.

붐빈다고 해도 시부야나 신주쿠의 10퍼센트 정도 되는 사
람밖에 없다. 평일 저녁 무렵 6시라고 하면 샐러리맨들이 일
을 마치고 술을 한잔하러 몰려다니는 시간이다. 귀향했을 무
렵의 해방감은 어딘가에서 잃었다. 자신이 조금씩 '니가타
사람'으로 돌아오는 것을 실감했다.

니가타 점에서는 고모의 어시스턴트를 맡고 있다. 고모는
여기서 공부를 시킨 후 다시 쓰키가타 점장으로 돌려보낼 작

정인 모양이다. 아무래도 요헤이가 익숙하지 않은 일로 정신적으로 피폐해졌다고 생각하고 있는 듯했다. 절반은 정답이었다. 다만 그건 일 때문이 아니다. 일만 생각하면 쓰키가타 쪽이 훨씬 낫다. 속마음을 알아주는 유구치와 나오가 있다.

문제는 모토미야 미유다. 확실히 피폐해져 있다.

마유가 환생했다. 그 사실을 직접 접하고 처음에는 믿을 수 없었고 지금도 실은 무언가의 장난이 아닐까 싶다. 하지만 그 초등학교 4학년짜리 소녀는 사카구치 마유다. 틀림없다. 인생 속에서 함께 보낸 시간은 결코 길지 않지만, 지금까지 한 번도 잊어본 적이 없었다.

니가타 역 앞에서 버스를 타고 쓰키가타로 향했다. 오랜만이다. 귀향할 때 이후로 처음이다. 언젠가 차도 사야겠다 싶지만, 여전히 그렇게까지 여유가 없다.

차 안에는 고등학생들로 붐비고 있었다. 손잡이를 잡은 교복을 입은 어린 학생들 틈에 움츠린 샐러리맨이나 노인이 앉아 있었다.

해 질 녘의 반다이 시티와 오랜 마을을 향해 버스는 달리기 시작했다. 덜컹대며 낡아빠진 차체가 삐걱댔다. 에치고 교통 버스는 그 무렵부터 달라지지 않았다. 고등학생들이 들여다보는 폴더형 휴대전화를 빼면 차내의 시간이 멈춘 듯한 착각에 빠질 것 같았다.

다시 한번 마유를 만나서 기쁘지 않은 건 아니다. 불과 한 순간이지만 중학교 2학년의 후속편이 있을지도 모른다고 꿈 꾼 적마저 있었다. 하지만 현실은 달랐다. 그 시간의 틈을 메우는 건 힘들다. 아무리 생각해도 무리인 감이 있다. 스물 일곱 살의 자신이 초등학교 4학년생과 사랑을 한다. 장난이 아니다. 견해에 따라서는 미담일지도 모르지만, 과연 세간에 선 어떻게 생각할까.

더구나 모토미야 미유는 앞으로 다양한 경험을 하며 아마 사랑을 여러 번 할 것이다. 그 상대는 분명 나뿐만이 아 니다. 그리고 그게 그녀에게 있어서 제일가는 행복이라고 생 각했다. 늙어가기만 하는 자신과 시간을 함께하는 것은 어리 석은 짓이다. 그녀에게 있어서 행복해질 선택지는 무한하다. 중학교 시절의 독선적이던 자신이라면 둘째치고, 스물일곱 이 된 지금의 나는 그것을 안다.

사카구미 마유와 보낸 시간은 한없이 길었던 듯하지만, 실 은 불과 4년에 지나지 않는다. 그 긴꼬리산누에나방을 함께 본 순간에 자신들은 영원히 함께 있을 수 있다고 생각했다. 하지만 그건 젊음이 보여준 순간의 착각이었다. 지금의 자신 은 알 수 있다. 10대의 마음은 영원하지 않다. 그 시간은 찰 나의 환영이다.

그게 답이었다. 기적이 일어났다. 또는 그건 사카구치 마유의 마음이 일으킨 것일지도 모른다. 하지만 그 마음은 없어도 된다. 오히려 그녀가 다음 인생을 잘 보내길 바랐다. 그곳에 요헤이는 필요 없다. 평범한 초등학생으로 돌아가야 한다고 생각했다. 그녀는 생기 넘치고 아름답다. 단적으로 말하자면 요헤이에게 있어서 '다시 한번 만났다'는 그 사실만으로 충분했다.

쓰키가타에 도착하자 본가와는 반대방향, 마을에서 유일한 고깃집으로 발걸음을 옮겼다.

이제 와서 자신의 송별회를 해주는 모양이다. "갑작스러웠으니까요"라고 전화 너머로 무라카미 나오가 웃고 있었다. 분명 그녀의 아이디어일 테다. 불쾌하지는 않았다.

송별회라고 해도 네 사람이다. 요헤이와 유구치와 나오, 거기에 나중에 사장인 고모도 합류한다.

가게 안은 예전과 다를 바 없었다. 자치회 모임 등을 할 기회도 많아서 어릴 적부터 몇 번인가 왔었다. 연기 냄새와 다른 손님의 수다 소리가 포근하게 느껴졌다.

본가에서 잘 생각이라서 괜히 더 마셨다. 부모님은 부부끼리 오붓하게 고즈 온천 마을로 외출해서 집을 비우고 있었기에 때마침 괜찮았다.

"요쌍이 다른 곳에 가버려서 아쉽네"라고 고기를 뒤집으며 유구치가 말했다.

기름이 망 아래로 떨어져 순간 불길이 화르르 일었다.

"이렇게 같이 일을 할 수 있는 날이 오다니 그 시절에는 꿈에도 몰랐지."

요헤이는 어떻게 대답해야 좋을지 알 수 없었다. 그러자 고모가 "뭐, 한동안 떨어져 지내고 있지만, 분명 다시 돌아올 거야. 이 친구의 의지로 말이지"라고 요헤이의 어깨를 토닥였다.

대답할 말이 없어서 요헤이는 웃음으로 무마했다. 또는 모토미야 미유가 좀 더 크면, 예를 들어 고등학생이 되어 연인이 생기고 자신의 인생을 걸어가려고 할 때 다시 돌아올지도 모른다. 그녀에게 있어서는 아직 먼 이야기지만, 어른과 아이의 시간의 흐름은 다르다. 요헤이에게 있어서 5년이나 6년이라는 시간은 그리 미래의 이야기가 아니다.

나오와 함께 걸어서 돌아갔다.

이렇게 취했어도 바래다줄 역할이 필요하다고 고모가 말했다. 실제로 수상한 사람 이야기는 끊이지 않았고 먼젓번에 시라네에서 초등학생이 살해당하는 사건이 이제 막 일어났다. 그때는 마유의 사건을 떠올렸다. 우연이라고 하지만, 마치 '네가 돌아온 걸 알고 있어'라고 말하는 듯이 어딘가 찜찜했다. 마유가 환생하고 자신이 돌아와서 또다시 무언가의 스위치가 켜진 듯했다.

9월도 중순이었지만 아직 밤에도 기온이 떨어지지 않았다. 하지만 논두렁길의 이삭이 난 억새풀을 보자 서서히 가을의 기운을 느꼈다. 조금 전부터 베짱이와 청솔귀뚜라미가 끊임없이 울고 있었다. 잠시 후에 그들도 조용해졌고 서서히 연주의 주역은 왕귀뚜라미로 옮겨갔다. 그 뒤에는 벼를 베는 시즌도 기다리고 있다. 모내기나 열매 수확기와 나란히 쓰키가타가 바빠지는 시기이다.

"……만나면 되잖아요."

나란히 걷고 있는데 나오가 갑자기 입을 열었다.

"미유짱 말이에요. 엄청 만나고 싶어 했어요. 분명 첫사랑이 아닐까요? 요헤이 씨가 니가타로 가고 나서 가게에 와서 엄청 슬픈 표정을 지었어요. 남의 일 같지 않아서 보고만 있을 수 없더라고요."

역시 왔구나. 그럴 거라는 확신이 있었고, 그렇게 해주기를 바라는 마음도 있었다.

"잘 전해줬어요?"

"네. 전해줬어요. 그런데 그걸로 끝이라니 슬퍼요. 초등학생이잖아요? 금방 자라서 동급생이랑 평범하게 연애하지 않을까요? 분명 요헤이 씨는 좋은 추억이 될 거예요. 그러니 피하지 말고 만나주면 좋을 텐데."

나오가 말했다.

그러면 좋았을 거라 생각한다. 어릴 적의 첫사랑일 뿐이라면 그걸로 다행이다. 하지만 현실은 다르다. 그렇게 만만하고 즐겁고 희망으로 흘러넘치지 않는다. 아마 나오는 모를 테다. 모르는 편이 행복할 때가 있다.

요헤이는 잠시 생각하고 나오에게 말했다.

"괜찮다면 우리 집에 올래요? 당신한테 보여주고 싶은 게 있어요. 분명 나오 씨라면 이해해 줄 거라고 봐요."

가로등 아래에서 나오는 바로 고개를 끄덕였다. 약간의 불안감과 놀라움과 그러면서 흥분이 뒤섞인 표정을 짓고 있었다. 눈치를 살피는 표정을 보고 그것도 나쁘지 않겠다 싶었다. 자신은 이미 마유와는 다른 길을 걷고 있으니.

방으로 안내했다. 나오는 부모님이 계시지 않는 데도 놀라지 않았다. 오히려 무언가 납득하는 기색이었다. 요헤이가 깔은 방석에 앉더니 멍하니 방을 관찰했다. 중학교 3학년에서 시간이 멈춘 방이었다. 흥미로워 보이는 게 하나도 없었다.

요헤이는 에어컨을 틀고 벽장에서 초등학교 시절의 졸업 앨범과 자신이 만든 몇몇 앨범을 꺼내 테이블에 놓았다. 그로부터 한 달도 지나지 않았는데 다시 펼치게 될 줄은 몰랐다. 하지만 그걸로 충분하다. 여기서 모든 것을 털어놓고 끝내자 싶었다. 자신은 앞을 향해 있다고 자신에게 납득시키고 싶었다.

"지금부터 제가 보여주는 거, 말하는 거 다른 사람에게는 비밀로 해줬으면 해요."

"앨범을 보여주는 타입이에요?"라고 나오는 해맑게 미소 지었다.

"아니요. 이 애를 봐줬으면 해요."

그리 말하고 졸업앨범 학급 사진을 가리켰다. 셀 수 없이 본 사카구치 마유의 조금 긴장된 표정이었다.

"……말도 안 돼."

나오는 입에 손을 갖다댔다. 바로 이해한 모양이었다. 사진관에서 일을 하고 있으니 더 잘 알 수 있을지도 모른다. 그렇다. 사카구치 마유와 모토미야 미유는 얼굴이 같았다. 피부가 미묘하게 탄 모습이나 헤어스타일은 달라도 그 또렷한, 검은자가 큰 눈동자, 더구나 코나 입술의 형태는 달라지지 않았다. 턱의 윤곽도, 뽀얗고 단정한 뺨도 그랬다.

요헤이는 다른 사진도 보여주었다. 앨범에는 초등학교 5학년 무렵의, 유구치가 촬영했을지도 모를 피구 대회 사진도 있었다. 그곳에는 당시의 요헤이와 마유가 나란히 찍혀 있었다.

"이 남자애가 5학년 무렵의 저예요. 보니 알겠죠?"

나오는 아무 말 없이 고개를 끄덕였다. 하지만 그 시선은 계속 옆자리 소녀에게 쏟아지고 있었다.

"이 애는 미유짱의 언니도 누구도 아니에요. 전혀 다른 사람이에요. 호적상으론 말이죠. 그리고 여기에 찍힌 소녀, 사카구치 마유는 저한테 있어서 제일 소중한 친구이자 첫사랑이고 중학생일 때는 서로 좋아했어요."

"즉 우연찮게 타인과 쏙 빼닮았다는 건가요? 그렇다고 해도 이건 너무……."

나오는 놀라움을 숨기지 않는 모습이었다. 필사적으로 사진 구석구석까지 관찰하고 합리적인 해석을 찾고 있는 듯했다. 하지만 그런 건 없다. 발견할 수 있을 리가 없다.

"사카구치 마유는 사건에 휘말렸어요. 14년 전에 이 지역에서 일어난 묻지 마 살인사건으로 범인인 대학생에게 납치당해 살해당했어요. 그때 저도 범인에게 찔려서 죽을 뻔했어요. 그래요. 둘이 있는 순간을 노린 거죠."

요헤이는 그리 말하고 티셔츠를 뒤집어 배에 남은 흉터를 보여주었다. 성장해서 꿰맨 자국이 미묘하게 일그러졌지만, 지금도 그건 또렷하게 남아 있었다. 나오는 입술을 손바닥으로 가린 채 흉터를 뚫어져라 보았다.

"그 사건으로 요헤이 씨가."

"알고 있으면 이야기가 빠르겠네요. 어쩌면 유구치 씨나 고모에게 들었을지도 모르지만. 맞아요. 그 사건으로 저는 마유를 잃고 쓰키가타를 떠날 결심을 했어요."

"그리고 돌아와서 똑같이 생긴 미유짱을 만났다는 건가요?"

그 질문에 요헤이는 고개를 가로저었다. 그뿐이라면 얼마나 좋았을까. 예전에 사랑했던 소녀를 아주 닮은 아이가 있다. 그뿐이라면 얼마나 순순히 기뻐할 수 있을까.

"아니요. 미유짱은 마유였어요. 마유의 기억을 가지고 있어요. 그 아이는…… 떠올리고 말았죠."

말하고 나서 후회했다. 그걸 믿어줄 사람이 있을까.

하지만 나오는 웃지 않았다. 큼직한 눈동자에 눈물을 글썽인 채 떨리는 입술로 목소리를 쥐어짜냈다.

"……그래서 그렇게 갑자기 어른스럽고 어색해진 건가요?"

요헤이가 고개를 끄덕였다.

"환생한 거네요."

"저도 몰라요. 그런데 그 말이 제일 타당한 것 같아요. 기억뿐만 아니라 음료 취향까지 같다니 있을 수 없는 일이죠."

잠시 두 사람은 말이 없었다. 에어컨이 돌아가는 소리만 6조 크기의 다다미방에 울려퍼졌다. 절반은 취기에, 그리고 다른 절반은 자포자기에서였다. 여기서 누군가에게 말하면 이 꿈이 끝나지 않을까 하는 옅은 기대감도 있었다. 가능하면 나오가 "우연이겠죠. 분명 미유짱이 장난치는 걸 거예요"라고 웃어넘겨주기를 바랐다.

하지만 나오는 웃지 않았다.

"그래서였군요."

모든 것을 깨달은 표정을 짓고 있었다. 원래 감이 좋은 아가씨였다. 거의 상황을 이해한 것이다. 지금의 미유의 심정도, 요헤이의 마음도.

"요헤이 씨가 왜 갑자기 니가타로 가버렸는지. 그 후에 가게로 온 미유짱이 왜 다른 사람 같은 얼굴을 하고 있었는지. 그야 잘 알죠. 저도 일단 카메라맨이고, 어린아이의 표정에서 풍기는 위화감 정도는. 그러니까 즉……."

나오가 이쪽을 보았다.

"그때 미유짱은 기억을 되찾은 거네요."

"믿을 수 있겠어요?"

"요헤이 씨랑 미유짱을 만나기 전이라면 절대로 못 믿었을 거예요. 애니메이션이나 드라마 같은 그런 일이 일어날 리 없겠죠. 영혼이나 사후 세계나 못 믿어요. 그래도 지금까지의 두 사람의 관계라든가, 옛날의 이 아이라든가 더구나 미유짱을 보면 믿을 수밖에 없지 않겠어요? 그런 농담으로 요헤이 씨가 니가타로 가버릴 거라고는 생각 못하니까요. 상당히 진지하게 생각한 거죠?"

요헤이는 고개를 끄덕였다. 그래서 자신은 물러났다. 모토미야 미유는 가엾지만 그게 제일이라고 생각했다. 환생이라니, 다시 만난 것은 기쁘다. 틀림없이 기적이 분명하다. 다만 그건 기적으로 둬야 한다. 아직 초등학교 4학년인 그녀의 미래에 자신이 엮여서는 안 된다.

"그래요. 전 분명 기뻤어요. 그런데 난 그 아이를 잊기로 했어요. 이제 충분히 행복해요. 환생해서 만날 수 있었어요. 그걸로 됐어요. 시간은 되돌릴 수 없어요. 우리는 더 이상 만나서는 안 돼요."

나오는 요헤이에게 고개를 가까이 가져가서 그 눈을 빤히 올려다보았다. 술 냄새와 희미한 데오드란트 냄새가 났다. 아직 술기운이 가시질 않았는지 그 아름다운 뺨은 홍조를 띠고 있었다.

"……거짓말이군요. 요헤이 씨, 아직 못 잊은 얼굴을 하고 있어요."

조금 짓궂게 나오의 입술이 움직였다. 마치 심장을 찌르는 듯한 말이었다. 부정할 수 없었다. 그렇게나 결심했는데 그런데도 끊어냈다고 하면 거짓말이다.

"그럼 저랑 사귈래요? 지금부터요. 그러면 전부 잊을 수 있어요."

갑자기 나오가 품에 뛰어들었다.

순간 그것도 괜찮을지도 모른다고 생각했다. 취기에 힘입어 그녀를 안았다. 아무 불만도 없었다. 이걸로 모두 끝낼수 있다. 적어도 자신은 마음을 끊어낼 수 있을지도 모른다.

하지만 마유의 얼굴이 떠올랐다. 아니 미유라고 해야 하나. 어느 쪽이든 같다. 정말로 그걸로 된 걸까.

요헤이는 나오의 등에 팔을 살포시 둘렀다. 연약하고 부드러운 몸이었다. 어깨를 끌어안았다.

그리고 어떻게 대답해야 좋을지 반추하다가 마침내 말을 쥐어짜냈다.

"미안해요."

나오는 다시 한번 요헤이를 꼬옥 끌어안고 "이쪽이야말로 미안해요"라고 답했다. 그 목소리에는 눈물이 조금 섞여 있었다.

[2]

비가 오는 날이었다. 요헤이는 카운터에서 손님을 기다리고 있었다.

니가타 점이라고 해도 그다지 크지는 않다. 니가타 역 남쪽 출구에서 조금 걸어간, 주택가 모퉁이에 있었다. 최근에는 역 리뉴얼도 하고 있어 시끌벅적했지만, 그런데도 시가지의 소란스러움과는 인연이 없는 장소였다.

하나 고객은 나름대로 있다. 열정적인 카메라 애호가의 살롱 같은 가게가 되어 로비 테이블에 앉아서 카메라에 대한 담화로 이야기꽃을 피우는 고객도 많았다. 평소에는 이야기하러 오기만 하는데 그런 고객에 한해서 필요할 때는 고가 렌즈나 카메라를 계속해서 사주는 것이다. 관리와 유지도 이익이 된다. 잡담을 하는 동안에 "상태가 조금 안 좋아서 말이죠" 하고 일이 들어온다. 그것도 고모의 아이디어였다. 자동차 딜러를 참고로 한 모양이다. 하루에 오는 고객수를 늘리지 않고 단가가 높은 단골 유치에 힘을 쏟은 것이다. 광고도 그다지 하지 않는다. 고모가 말하기로는 "진짜 마니아는 스스로 찾아내서 오는 법이야. 오히려 숨겨진 명소를 원하지"라고 했다.

다만 오늘은 고요했다. 그런 날도 있다. 요헤이 말고는 사무 직원이 한 사람, 뒤편에 있다. 조금 전에 돌아온 영업담당도 다시 어딘가로 나가버렸다. 이쪽에서는 스튜디오에서의 촬영 의뢰는 어느 정도 있으나, 출장 업무는 거의 없다. 지역 특성일 테다. 경쟁사도 적지 않다.

비는 여전히 그치지 않았다. 젊은 남녀가 무리지어, 또는 혼자서 가게 앞을 오가고 있었다. 알록달록한 우산이 흘러갔다. 개중에는 우산을 쓰지 않고 종종걸음으로 달려가는 청년도 있었다. 그것도 어쩔 수 없는 일이다. 일기예보에서는 오후부터 흐려진다고 했고, 오전 중에는 구름 하나 없이 쾌청하게 맑았다. 그 나이대에는 뉴스도 신문도 대강이라도 훑어보지 않는 젊은 친구들이 많을 테다.

근처에 전문학교가 있는데, 아무래도 가게 앞의 길이 학교에서 역까지 가는 지름길인 모양이다. 그래서 주택가인 것치고는 젊은 친구들을 많이 볼 수 있는 듯하다. 안타깝게도 사진 계열의 학과는 없는 모양이지만, 그런데도 젊은 친구들이 많이 있는 풍경은 활기차서 좋다. 못된 장난을 치는 그들의 교성도 싫지는 않다.

잠시 후에 가게 앞에 초등학생이 찾아왔다. 시계는 오후 4시를 이미 지나 있었다. 하교치고는 조금 늦었다. 딴 길로 샌 것일까. 빨간 가방이 흔들렸다. 산리오 우산을 쓰고 있었다. 소녀는 터벅터벅 걸어서 이윽고 가게 앞에 멈춰 서서 이쪽을 보았다.

모토미야 미유였다. 틀림없다. 그 얼굴도 자세도 잊은 적이 없다.

눈이 마주쳤다. 당장이라도 울 것 같았다. 요헤이는 그 얼굴을 향해 충동적으로 뛰기 시작했다. 미유가 무슨 말을 하려는지 입을 열었다. 요헤이는 개의치 않고 그 아담한 몸을 끌어안았다. 그 순간은 아무 생각도 할 수 없었다.

조퇴하여 미유를 집까지 바래다주기로 했다. 영업용 차가 한 대 비어 있어서 그걸 빌렸다. 라디오도 없는 매뉴얼 조작도 간단한 승합차였다. 쓰키가타까지는 40분 정도 걸린다. 하지만 저녁 무렵에 차가 밀리기 시작하여 좀 더 걸릴 듯했다. 그녀는 여기까지 노선버스를 타고 왔다고 한다. 평범한 4학년에게는 모험이겠지만, 그녀에게는 수월한 일이었을 테다.

조수석의 소녀에게 어떻게 말을 걸어야 할까. 그때마다 망설였다. 그녀는 초등학교 4학년인 동시에 중학교 시절에 요헤이와 동급생이었던 기억도 가지고 있다.

"……역시 화났어?"

미유가 물었다. 그 표정과 억양은 본래의 미유가 아니라 예전의 사카구치 마유의 것이었다. 듣자 마음이 흔들렸다.

"놀랐지만, 아주 조금 화도 났지만 그런데 그 이상으로 기뻤어."

요헤이가 대답했다. 그것은 진심이었다. 만나지 않는 편이 서로에게 행복하다는 생각은 바뀌지 않았다. 하지만 감정은 그렇지 않았다. 어떻게 해서든 이 감정에 합리적인 논리를 갖다붙이려고 머리가 풀가동하고 있었다. 그리고 마침내 깨달았다. 역시 자신은 아무것도 달라지지 않았다.

"나도 요헤이의 심정은 잘 알고 있어. 다정하다고 생각했어. 그래도 말이지."

그녀는 그렇게 말하더니 운전 중인 안전벨트를 풀고 이쪽으로 기대었다. 차가 한 번 경고음을 냈지만 조용해졌다.

"내 마음도 알아줬으면 해. 난 널 만나려고 돌아왔다고 생각해. 난 널 불행하게 만들 각오도 있어. 요헤이가 롤리타 콤플렉스라고 불려도, 내가 아빠뻘 되는 사람이랑 사귀는 걸 반대받아도 상관없어. 난 네가 좋아."

그건 초등학생의 몸에서 발산된 것으로 보이지 않았다. 강한 의지를 띠고 있었다.

"그건 비겁해. 마치 나한텐 각오가 없는 것 같잖아."

"그렇잖아? 난 그렇게 생각해. 그래도 비겁해도 괜찮아. 어차피 난 악녀니까."

미유는 살짝 웃었다. 요헤이도 덩달아 웃었다. 당해낼 수 없다고 생각했다. 그렇게나 단호하게 결심했는데 갈수록 녹아내린다. 사전에 이렇게 될 것이 정해져 있었던 듯한 기분마저 들었다. 자신의 미래는 어디로 향하려고 하고 있을까. 더구나 미유가 나를 위해서 환생했다고 한다면. 실은 자신도 마찬가지다.

"최악의 사태에 대한 각오는 됐지? 괜찮아. 내가 고등학생이 될 때까지는 모두 앞에서 숨겨줄 테니까. 그지? 요헤이 오빠? 아니면 캡틴이 더 좋아?"

그녀는 짓궂게 미소 지었다. 하얀 이를 보이고 뺨을 살짝 붉히고 있었다. 중학교 2학년 무렵의 마유가 떠올랐다.

"그러니까 같이 안 갈래? ……니가타에."

그건 잊지도 않았다. 그 여름이었다. 그렇다. 여전히 이어지고 있는 것이다. 우리에게는.

요헤이는 각오를 다졌다. 더 이상 고민하지 않겠다. 이게 악마의 유혹이라고 해도 나는 유혹에 응할 것이다. 마시면 불행해지는 달콤한 약이라고 해도 나는 그걸 들이켜버려야 한다. 분명 다른 선택지는 어디에도 없는 것이다.

"각오는 됐어. 다만 그건 네가 생각하는 거랑은 조금 다를지도 몰라."

"무슨 소리야?"

"좋아한다든가, 장래에 어떻게 된다든가 하는 건 별개로 치고 나한테는 반드시 널 지켜야 할 의무가 있다는 거야. 옆에서 지켜보려고 해. 그 결과는 아무래도 상관없어. 난 아무것도 바라지 않아. 네가 자신의 의지로 선택해서 행복해져준다면 그걸로 충분해. 난 네 선택을 모두 받아들일 작정이야."

운전하면서 필사적으로 말을 꺼내자 미유는 뾰로통한 표

정을 지었다.

"요헤이는 정말 어른이 다 됐구나."

"그게 뭐야."

"요리조리 잘 피한다 싶어서. 이럴 때, 더 직설적으로 말해야 하지 않아? 굳이 에둘러 말해서 달아날 구멍이나 잔뜩 만들어놓고."

확실히 그렇다. 스스로도 알고 있다. 하지만 그게 어른의 자존심이라고 본다. 세상과 눈앞의 소녀, 거기에 자신의 감정을 천칭에 달아서 모두가 납득할 만한 방법을 생각한다. 그런 절묘한 균형은 존재하지 않는다. 하지만 알고 있어도, 그런데도 아슬아슬하게 길잡이를 하는 것이 어른의 의무이다. 자신도 마음에 거짓말을 하고 싶지 않다. 하지만 지금은 참아야 할 때이다.

"나도 부끄럽고 두려운데 그런데도 이렇게나 애써서 하고 싶은 말을 하잖아. 왜 어른인 요헤이가 달아나는 거야? 너무하지 않아?"

미유는 여전히 실망하고 있었다. 예전의 마유와는 역시 조금 달랐다. 사카구치 마유라는 소녀는 밝은 성격 바탕에 인내심이 강하고, 내면에 감정을 억누르는 기질을 가지고 있었다. 이렇게 직설적으로 감정을 드러내는 사람이 아니었다. 이건 모토미야 미유 자신의 성격일지도 모르고, 또한 지금의 자신이 쫓기고 있는 상황이나 요헤이의 미적지근한 태도에 대한 불안감, 분노에 대한 표현일지도 몰랐다.

여전히 길이 막혔다. 앞쪽의 커브를 따라 브레이크 등이 점점이 커지기 시작했다. 싸구려 영업용 차 에어컨이 필사적으로 가동되는 소리가 차내에 울려퍼졌다. 빗소리는 드문드문 들렸다.

그녀의 감정이 조금 가라앉았을 무렵에 요헤이가 먼저 말을 걸었다.

"그런데 난 널 뭐라고 불러야 할까? 미유? 마유?"

"아무래도 상관없지만, 지금의 나는 모토미야 미유니까 그게 제일 좋아. 다른 사람 앞에서는 귀엽게 여동생에게 말을 거는 것처럼 '미유짱'이라고 불러. 설마 그런 걸로 곤란해서 나한테서 도망 다닌 건 아니겠지?"

미유가 입술을 삐죽댔다. 마치 초등학생이 화해한 후 같았다.

[3]

"그리고 요헤이가 도와줬으면 하는 게 있어."

미유가 장난스럽게 말했다. 하지만 바로 진지한 얼굴을 하고 이야기를 이어나갔다.

"시라네에서 초등학교 여학생이 살해당한 사건 말인데. 나, 너무 신경이 쓰여서."

"역시. 나도 그런 생각 했어. 마유 사건이랑 겹치니까."

"물론 그렇지만 그뿐만이 아니야."

미유는 그리 말하더니 한 박자 두고 크게 심호흡을 하더니 눈을 깜박거리며 입을 열었다. 예전의 마유의 습관이었다. 긴장하고 있는 것이다.

"아사쿠라 나오야."

아사쿠라 나오야. 그 어감을 잊은 적 없었다. 무시무시한 이름이다. 중학생 때 몇 번이나 이 손으로 죽여버려야겠다고 생각한 적이 있다. 마유를 죽이고 요헤이에게 깊은 상처를 입힌 장본인이다. 운전하면서 어느새 왼손이 배에 난 상처를 움켜쥐고 있었다. 마음이 떨렸다.

"그 녀석, 작년에 출소했대."

미유가 말했다. 요헤이도 고개를 끄덕였다. 그건 알고 있다. 그 사건이 일어나고서부터 쭉 아사쿠라의 동향은 체크하고 있었다.

출소한 것은 도쿄 편의점에서 읽은 가십성 잡지에 실려 있었다. 야마노테 선에 매달린 광고판에서 보고, 바로 개찰구 앞의 가게로 뛰어들었다.

'니가타 여중생 감금 살해사건의 범인 A가 출소'라고 되어 있었다.

마유는 실명인데 아사쿠라가 익명인 것은 어딘가 불공평한 느낌이 들었다. 흉악범에게도 인권은 있다. 논리적으로는 알고 있다. 하지만 마유의 생명과 징역 12년은 너무나도 불합리하다고 생각했다. 마유뿐만 아니다. 마유의 가족도 친구도 그리고 자신도 괴로워하고 슬퍼했다. 고작 12년에 용서받는 건 이상하다. 그 기사를 읽은 밤에 집에서 만취할 때까지 마셨다.

"나 말이야, 어쩌면 이번 사건도 그 녀석이 범인이 아닐까 싶어. 쓰키가타에 수상한 사람이 출몰해서 벌어진 소동도 마찬가지야. 내가 전생을 떠올린 것도 뭔가 관계가 있지 않을까 생각해."

"그렇구나. 그럴지도 모르겠네. 이 정도면 뭔가 일어나도 이상하지 않아."

"그래서 말이지. 도와줬으면 해."

"뭘?"

"범인 찾기. 초등학교 4학년한테는 무리니까 같이 아사쿠라를 쫓아줬으면 해."

무심코 웃음을 뿜었다. 어떤 의미에서는 마유답다 싶었다. 또는 미유도 그런 아이일까. 어린아이다운 황당한 놀이다.

"경찰한테 맡기라고 하려고 했지? 지금의 요헤이라면 그럴 것 같아. 그래도 난 걱정이 돼서 견딜 수 없고 이렇게 내가 이곳에 있다는 건 요헤이를 만나기 위해서일뿐만 아니라 그 역할도 있어서일지도 몰라. 신이 있는지 없는지 모르지만 내가 환생한 데는 의미가 있어. 그렇게 생각 안 해?"

"내가 있다고 해서 할 수 있는 건 달라지지 않아. 그건 프로한테 맡기는 편이 나을 거야. 그런데 그래야지 미유의 기분이 풀린다면 조금은 거들어줄 수 있어."

"조금?"

"시간이 있으면 얼마든지 괜찮지만, 실제로 할 수 있는 건 거의 없잖아?"

어쩔 수 없다 싶었다. 아마 자신들이 하려고 하는 건 탐정 놀이다. 경찰을 방해할 수도 없다.

다만 그렇게 해서 미유가 납득할 수 있다면 나쁘지 않다고 본다. 조금 전에 그녀에게 약속한 참이다. 그녀가 바란다면 그걸 돕는 게 자신의 역할이라고 생각한다.

그녀가 한 말처럼 아사쿠라를 쫓는 일로 어째서 환생을 했는지 알 수 있을지도 모른다. 어리석다는 건 알고 있다. 하지만 지금 자신이 운전하는 차 조수석에는 기적 그 자체가 앉아 있다. 무슨 일이 일어나도 놀랍지도 않다.

"만약 내 힘으로 더 이상의 피해를 줄일 수 있다면 나쁘지 않아. 그런데 나한테도 부탁이 있어."

"갑자기 왜 진지하게 나오고 그래?"

초등학교 4학년에게 걸맞지 않는 말투에 다시 기적의 존재를 의식했다.

"나도 쓰키가타로 돌아올게. 그런데 조금 전에도 말했지만, 도무지는 아니겠지만 시간을 그렇게 많이 내지는 못할 거야. 일을 관둘 수도 없어. 그래서 한 명 더 서포트할 멤버가 필요해."

"유구치 씨?"

"아니, 나오 씨. 실은 그 친구가 알고 있어. 전부 알려줬어."

미유의 눈이 휘둥그레졌다.

"어, 왜 모르는 사람한테 말했어? 믿을 수 없어."

"유구치 씨는 괜찮은데 나오 씨는 안 되는 거야?"

"그건 아니지만. 좋은 사람이기도 하고……. 그런데 '나오 씨'는 조금 말이야. 왠지 오해하는 게 아닐까 싶어서 불안해."

"그래? 그 친구 괜찮은 사람이야."

"알아. 그래서 싫은 거야. 아니 요헤이, 뭔가 숨기고 있지 않아? 실은 이미 사귀고 있다든가? 그래서 날 피하고 있었다든가?"

"설마."

"정말이야? 그럼 뭐 됐어. 난 말이야……."

"그러니까 그런 게 아니야. 이런저런 연유로 이야기하게 됐어. 그러지 않으면 다른 의미로 오해받을 것 같았고 그 친구도 납득하고 이해해줬어."

미유가 이미 나오의 마음을 알아차리고 있었다는 데 놀랐다. 그리고 미유의 마음도 잘 알았다. 자신만 초등학생이라서 소외감을 느낄 테니 불안하게 여기는 게 당연하다. 미유의 마음을 생각하면 면목 없었다. 둘만의 비밀이라고 생각하고 있었기에 배신당했다고 느낄지도 모른다. 하지만 요헤이로서는 나오를 내버려둘 수도 없었다. 그건 자신의 억지에 불과하다는 것도 알고 있다.

[4]

미유를 간신히 설득하고 집에 바래다준 후 쓰키가타 점에 들렀다.

모처럼 왔으니 뭔가 니가타로 옮길 게 없는지 얼굴을 내밀었다. 나오가 있으면 바로 이야기를 하고 싶었다. 그녀를 끌어들이려고 한 것은 요헤이를 이해하고 잊게 하기 위해서다. 미유에 대해서 더 알면 요헤이에 대한 마음도 어딘가로 잊지 않을까 생각했고 그와 동시에 그녀를 신뢰하고 있었다. 비밀을 지키고 협력해 주겠지 싶었다. 미유의 비밀을 밝힌 이상 그녀를 외부에 두는 건 불안했다. 나오도 두 사람이 자신을 두고 살금살금 움직이는 건 기분이 썩 좋지 않을 테다.

카운터에 있던 유구치 기이치가 "요짱, 오랜만이네"라며 웃어주었다.

"얼마 전에 제 송별회에서 만난 지 얼마 안 됐잖아요."

"아니, 그런 의미가 아냐. 이 가게에 오는 게 라는 뜻이지. 역시 자넨 여기가 어울려. 니가타도 나쁘지 않지만, 어딘가 허세스러워서 난 좋아하지 않아. 카메라 애호가의 살롱 같아서 말이지."

유구치는 그리 말하면서 카운터에서 손때 묻어 보이는 망원 렌즈를 체크하고 있었다. 그의 것은 아니었다. 손님에게 부탁받은 물건일 테다.

"더구나 나갈 때는 정서가 불안정한 상태였는데, 지금은 꽤 후련한 표정을 짓고 있군. 결심을 다지고 쓰키가타로 돌아오기로 한 건가?"

그리 말하면서 이번에는 자신의 렌즈를 클리너로 닦고 있었다.

"……정말 그 초등학생 미유짱은 많이 닮았어."

갑자기 유구치가 말했다. 요헤이는 놀랐다.

유구치는 지금 모토미야 미유에게 일어나는 일은 모르지

만, 14년 전의 사건에 대해 알고 있다. 요헤이의 배에 남은 흉터도 사카구치 마유의 일도. 몇 번인가 만났었고 중학교에 올라갔을 때는 기념으로 투샷을 찍어주기도 했다.

요헤이는 조용히 고개를 끄덕였다.

"요쨩의 고민은 그 애 때문이었지? 그럴 만하지. 요쨩의 심정을 생각하면 버거운 게 당연해. 그 애가 눈앞에 나타나면 싫어도 옛날 일을 떠올리게 될 거야. 그런데 과거와 딱 부러지게 마주할 각오가 되었다면 최고지. 사장님도 그걸 바라고 있었으니까."

"다 꿰뚫어보고 계셨다는 건가요?"

"뭐, 그렇지. 나도 사장님도 요쨩이 코흘리개 시절부터 알고 지냈으니까. 나한테는 아들이나 마찬가지지."

유구치는 웃었다. 미유의 비밀은 둘째치고 자신의 괴로움이 쉽게 간파당하고 있었다는 사실에 정말 놀랐다.

"비가 이렇게 오니 오늘은 니가타도 한가하지? 이쪽도 정말 한가해."

유구치는 그리 말하더니 "아, 맞다"라며 웃었다.

"나오쨩, 건너편에서 만났어? 너무 한가해서 남아 있던 재고를 니가타 점까지 가지고 가게 했거든. 딱 두 시간 정도 전에 나갔으니 이제 돌아올 시간인데. 혹시 엇갈린 건가. …… 그런데 그런 것치고도 조금 늦네."

"못 만났어요. 그쪽도 길이 막혀서 어딘가에서 정체되어 있을지도 모르겠네요. 더구나 그 친구는 운전을 불안하게 하니까요. 의외로 정체된 상황에 안절부절못하다 어딘가 옆길로 새서 미아가 됐을지도 모르겠네요. 이곳 영업용 차도 내비게이션이 안 달려 있으니까요."

"왠지 그럴싸하네"라며 유구치는 호탕하게 웃었다.

제4장

[1]

  그가 운전하는 아담한 차는 덜컹덜컹 엔진소리를 내면서 쓰키가타의 다월 지대를 달려나갔다. 미유는 느긋하게 조수석에서 음악을 들었다. 시라네의 자동차 전문점에서 발견한 중고차인 모양이다. 승차감은 나쁘지 않았다. 제대로 조사도 하지 않고 충동적으로 사는 건 요헤이답지 않다는 기분이 들었지만, 그것도 자신에 대한 마음의 표현이라고 생각하자 기뻤다.

  어른이 된 요헤이가 운전하는 차로 드라이브하는 것은 감격스러웠다. 자신이 같은 나이였다면 얼마나 좋았을까. 그와 있을 때는 이 초경도 하지 않은 어린 몸이 조금 원망스러웠다. 자신은 어린아이로 역행했는데 그는 어른이 되었다. 내가 모르는 곳에서 경험을 쌓아 어른이 되고 말았다. 그 점에는 일말의 쓸쓸함이 있었다.

그가 다시 쓰키가타로 돌아오고 나서 맨 처음 맞이한 휴일이었다. 요헤이에 따르면 사장인 그의 고모는 이렇게 될 것을 예상했는지 "돌아가고 싶어요"라고 전하자 당일에 쓰키가타의 점장으로 이동시켰다고 한다. 후임을 정하지 않았던 것도 그걸 내다보고 있었어였던 모양이다.

고모는 요헤이가 예전 사건을 극복하기를 기대하고 있다고 한다. 그런 그녀가 지금의 자신들을 보면 어떻게 생각할까.

미유는 창밖을 멍하니 바라보았다. 이미 벼가 황금색으로 물들기 시작하고 있었다. 이 풍경은 사카구치 마유도 모토미야 미유도 다른 시간 축에서 보고 있지만, 이미지는 거의 다르지 않았다. 쓰키가타는 대부분 그렇다. 새로운 양로원이 생기거나 예전의 라멘집이 폐업해서 폐허가 되기도 했지만 거의 14년 전과 달라지지 않았다.

목적지는 마을 외곽, 황무지와 논밭, 더구나 나카노쿠치가와 강둑에 둘러싸인 옛 병원의 폐허였다. 병원이라고 해도 시라네의 다케오 병원처럼 큰 게 아니었다. 사카구치 마유가 쓰키가타에 왔을 때는 이미 지금의 상황이었기에 자세히는 모르겠지만.

토요일 오전, 쓰키가타는 조용했다. 신칸센 고가 노선 근처의 신흥 주택지는 더욱 그랬다. 미유의 동급생 집도 몇 군데 있었지만, 다들 부모님은 나가오카나 츄오 구에서 일하고 있었다. 쓰바메산조도 많았다. 그리고 토일에는 어딘가로 외출했다. 하지만 우리 집은 그럴 수 없었다. 예약은 늘 불규칙하게 들어왔다. 축하홀에 불교행사가 들어올 때도 있다.

서서히 목적지에 다다랐다. 이곳에 온 것은 미유로서는 처음이었다. 잊을 수 없는, 전생에서 사카구치 마유로서 살해당했던 곳이다. 그 아사쿠라의 손에.

요헤이는 근처에 있던 논두렁길에 차를 댔다. 아직 벼를 베기에는 일렀다. 주변의 논밭에 아무도 없었다.

자갈길의 감촉을 발바닥으로 확인하며 둘이서 천천히 다가갔다. 나오가 말한 대로 폐허 주위에는 높은 철창이 둘러싸고 있었다. 사전에 조사해둔 것이었다.

걱정했지만 그녀는 어른이었다. 그리고 미유의 비밀을 이해하고 함께 울어주었다. 요헤이가 말한 대로였다. 무라카미 나오는 정말 순수하고 좋은 사람이다 싶었다. 두 사람 사이에는 아무것도 없다. 그것도 알았다.

요헤이가 그녀에게 비밀을 밝혔다는 걸 알았을 때는 적게나마 충격도 받았다. 두 사람만의 세계가 붕괴되는 듯한 느낌이 들었다. 하지만 결과적으로는 이걸로 다행이다 싶다. 둘만의 세계에는 어딘가 현실미가 없었다. 환생도 완전 착각 같았다. 하지만 외부의 관계없는 사람이 납득해주니 환생이라는 기묘한 현상이 사실로서 인정받은 느낌이 들었다. 그건 나쁜 게 아니다 싶었다. 요헤이는 물론 나오도 믿을 수 있다. 지금은 처음으로 밝힌 사람이 나오라서 다행이라고 진심으로 생각한다.

"이건 그 사건 후에 생긴 건가봐. 아무도 못 들어오게."

요헤이가 말했다.

"그래도 분명 들어갈 수 있어."

"어떻게?"

"스나다 군이 있잖아. 우리 가게에 오는 중학생 소년 말이야. 그 애가 여기 내부 사진을 촬영하고 있거든. 분명 몰래 들어갈 방법이 있을 거야."

그는 구경꾼으로서 이 장소에 촬영하러 방문하고 있다고 한다. 중학생 남자애라면 그런 것에 흥미를 가지는 게 드물지 않을지도 모른다. 예전 동급생 중에서도 특이한 남자애들은 얼마든지 있었다.

"더구나 지금은 아이들 사이에서도 귀신의 나오는 장소로 돼 있어. 역시 들어갈 수 있을 거야."

"혹시 내 유령이 나오려나?"

미유가 그리 말하자 요헤이가 작게 웃었다.

"그럴지도. 엄청 무섭게 생겼을지도 모르겠네."

"……농담이라도 왠지 열 받네."

입구에는 녹슬어서 검붉어진 문이 우뚝 서 있었다. 그 크기와 걸맞지 않은 작은 맹꽁이자물쇠로 잠겨 있었지만 이걸로 충분하다. 일부러 망가뜨려서까지 침입할 가치가 아마 이곳에는 없는 것이다.

둘이서 펜스 주변을 빙그르 돌았다. 주변에 유리 파편이나 콘크리트 블록이 흩어져 있었다. 게다가 빈캔이나 불꽃놀이가 타고 남은 흔적이 보였다. 어딘가에서 참새가 느긋하게 울고 있었다. 땅의 소유자를 가리키는 간판만이 새로웠다. 정기적으로 바꾸고 있는 모양이다.

'에치고개발㈜'였다. 츄오 구의 기업인 모양이다.

이윽고 옆의 펜스에서 큰 구멍을 발견했다. 안쪽을 향해 금속 플레이트가 휘어져 꺾여 있었다. 틀림없이 인위적이었다. 순간 스나다를 떠올렸지만, 그가 아니다 싶었다. 별종이지만 이렇게까지 할 사람은 아닌 듯했다.

허리를 숙여 크게 한 걸음 만에 요헤이가 안으로 건너 들어갔다. 미유도 따라가려고 했지만, 용을 써도 펜스 끝자락에 다리가 걸릴 것 같았다.

그러자 요헤이가 양손을 뻗어주었다. 그 얼굴에는 "괜찮아?"라고 쓰여 있었다. 하는 수없이 그 손을 잡았다. 요헤이는 미유를 끌어안다시피 해서 안으로 들여보내주었다. 아담한 체구가 답답하다. 같은 나이였다면 얼마나 좋았을까.

펜스 내부에는 어딘가 공기가 달랐다. 공기가 비틀어진 불가사의한 느낌이 들었다. 마치 결계 안으로 들어온 듯했다. 무슨 결계일까? 그건 당연하다. 자신의 마음의 결계다. 이곳은 예전의 인생, 사카구치 마유로서의 인생이 끝난 곳이다.

발이 멈추었다. 무심코 몸서리쳤다.

"괜찮아? 힘들면 되돌아가자."

요헤이가 걱정스러운 듯 이쪽을 들여다보고 "나도 조금 무서워"라고 덧붙였다.

"난 괜찮아. ……가자."

확실히 공포심은 느껴졌다. 마음이 떨리고 다리는 움츠러들었다. 가면 후회할지도 모른다. 하지만 가지 않을 수 없다. 호기심도 없는 게 아니다. 하지만 그 이상으로 예전에 이곳에서 무슨 일이 있었는지를 알아둘 필요가 있었다. 그건 분명 아사쿠라 나오야에 대한 단서가 되지 않을까 생각한다.

'여긴 내가 좋아하는 곳이야.'

그때 아사쿠라 나오야는 말했다. 그래서 출소 후에 다시 나타날 가능성도 있다. 미유는 자신의 의지로 그 흔적에 대항하듯 발걸음을 옮기기 시작했다. 캔버스화 스타일의 여자아이의 운동화가 자갈을 밟았다.

입구 유리는 깨져 있었고 문도 잠겨 있지 않았다. 일단 체인에 휘감겨 있었지만 쉽사리 안으로 침입할 수 있었다.

들어간 순간 예전 기억이 단편적으로 상기되었다. 깨진 비상탈출구 유도등, 긴 세월을 거친 기다란 의자, 카운터 건너편에 흩어진 책장이나 책상 종류도 크게 달라지지 않았다. 나중에 그려진 컬러스프레이 낙서도 그랬다. 다만 그때 흩어져 있던 빈캔은 볼 수 없었다. 누군가가 정리한 걸까.

'병원은, 조, 좋은 것 같아. 사람이 태어나서 죽는 곳이잖아, 웨, 웨, 웰컴에 굿, 굿바이지.'

아사쿠라의 목소리가 병원 안, 아니 머릿속에 울려퍼졌다. 미유의 시야 끝자락, 로비 안쪽에 큼직한 방화문이 보였다. 그 끝이었다. 그 건너편에 창문 없는 방이 있었다. 그게 진찰실인지 뢴트겐실인지는 모르지만 분명히 있다. 그곳으로 가야 한다.

갑자기 어딘가에서 시선을 느꼈다. 누가 있나? 요헤이 말고 누군가가 이쪽을 들여다보고 있는 듯했다. 창문 건너편에서 형체가 가로질렀다. 역시 누군가가 있다.

"거기 누구야?!"

미유는 외쳤다. 하지만 대답은 없었다. 대신해서 까마귀가 울었다.

 "진정해. 지금 창문을 가로지른 건 날아다니던 까마귀 떼야. 분명 여길 둥지로 삼고 있겠지."

 요헤이가 말했다. 그리고 미유의 어깨를 두드리고 "겁이 많은 건 여전하네"라고 말했다.

 미유는 조금 분해서 "나도 알거든?" 하고 허세를 부려보았다.

 각오를 다지고 미유는 그쪽을 향해 걷기 시작했다. 공기가 점점 옅어지는 듯한 느낌이 들었다. 잠시 멈춰 서서 크게 심호흡을 해보았다. 그리고 다시 걷기 시작했다.

 "거기 잠깐" 하고 요헤이가 걱정스러워하는 소리가 들렸다. 하지만 그럴 경황이 없었다. 자신이 가야만 한다. 그 철문 건너편으로.

 천천히 걸어서 나아갔다. 왠지 몸이 갑갑해졌다. 초등학교 4학년 몸이 의식에 딱 들어맞지 않았다. 발걸음이 무거워지고 머리도 몹시 묵직해졌지만, 그걸 떨쳐낼 생각으로 똑바로 앞으로 걸었다.

 방화문은 조금 녹이 슬어서 무거웠지만 수월하게 열렸다. 그 건너편에 떡 하니 어둠이 펼쳐져 있었다. 기억의 구멍이다. 마치 죽음이 이쪽으로 손짓하는 듯했다.

 역시 두려웠다. 순간 주춤했다.

그러자 뒤에서 레이저빔 같은 빛이 비쳐들었다.

"같이 가."

요헤이였다. 손에는 작은 손전등을 가지고 와 있었다. 늘 가지고 다니는 가방에 들어 있었던 모양이다.

손을 잡고 걸었다. 방화문을 열어젖히자 바깥의 빛이 희미하게 비쳐들었다. 그런데도 끈적하게 어둠이 휘감아왔다. 먼지투성이인 공기에 어딘가 죽음의 기척이 들었다. 그런데도 운명과 마주하기 위해서는 멈추는 것은 용납되지 않는다. 요헤이의 손은 따스하고 힘찼다. 그래서 미유는 앞으로 향했다.

몇 미터 걸어간 끝자락, 모퉁이에 그 방이 있었다. 잘못 볼 리가 없었다. 창문이 없는 방이었다. 어둑어둑하고 아무것도 보이지 않아도 거기가 마유가 살해된 공간이라는 것은 틀림없었다. 바닥에 굴러다니는 작은 접이식 나이프를 자신에게 들이댔고 살해했다.

천장을 올려다보았다. 얼룩이 생겨 꽤 지저분하다는 게 어둠 속에서도 알 수 있었다. 마유의 기억이라도 선명하지 않다. 또는 전생의 자신은 이 천장을 올려다보면서 죽었을까.

그곳에는 아무것도 없었다. 마유가 죽은 흔적은 어디에도 없었다. 달리 특별할 것 없는 방이었다. 아마도 다른 사람에게 있어서는 말이다.

문득 이명이 들렸다. 마음이 이 장소를 거부하고 있는 것이다. 그리고 물이 서서히 솟구쳐 나오는 것처럼 옛 기억이 돌아왔다. 특히 색이 짙은 것은 '절망'이라는 심정이었다. 자신은 죽었다. 그리고 이미 요헤이는 살해당했다고 생각했다. 그 남자가 그리 말했다.

지금 이렇게 요헤이가 옆에 있어주지 않았더라면, 손을 꼬옥 잡아주지 않았더라면 이 작은 몸은 튕겨나가 서 있을 수 없었을 테다.

"뭐 생각날 것 같아?"라고 요헤이가 물어왔다.

"그야 많이. 이것저것 할 것 없이."

미유는 그렇게 대답하는 것만으로 벅찼다. 하지만 그를 위해서, 자신이 할 수 있는 일을 위해서, 어떻게든 기억 속에서 예전에 사카구치 마유가 본 것, 들은 것, 느낀 것 안에서 단서를 떠올려야 한다.

"저기, 캡틴?"

미유가 물었다.

"범인인 대학생 어떻게 생겼어?"

"분명 갸름한 얼굴에 안경을 끼고 있었어. 그 무렵의 나랑은 다른, 크고 각진 검은 테였고. 꺼림칙한 녀석이었지. 날 찌를 땐 그랬는데, 텔레비전에서는 붉은 테여서 인상이 상당히 달랐던 걸로 기억해."

분명 크고 네모난, 마치 중년의 분위기를 풍기는 안경을 쓰고 있었다. 요헤이도 안경을 썼기에 그 차이가 뇌리에 확실히 각인되어 있었다. 그렇다. 얼굴도 확연히 떠오른다. 요헤이의 말을 단서로 기억을 더듬어나갔다.

　"말을 엄청 더듬었어."

　"응. 범인인 아사쿠라 나오야는 말더듬이였어. 그걸 계기로 괴롭힘을 당해 대학교에서도 외톨이였대."

　요헤이가 말하는 사실과 기억을 차곡차곡 쌓아나가자 더욱 깊은 곳에 손이 닿을 듯했다. 그때 사카구치 마유는 무엇을 보았을까. 서서히 떠오르는 기억에 도달해나갔다. 그러자 '손'의 이미지가 나타났다. 체크 셔츠 소매에서 나온 손목, 마유를 잡고, 나이프를 쥐고 있던 오른쪽 손등에 심한 멍이 나 있었다. 아니, 멍이라기보다는 상처의 흉터나 화상 자국이었다. 그 정도로 피부가 검붉고 쪼글쪼글해져 있었다. 만약을 위해서 기억을 정리해나갔지만, 잘못 기억한 것은 아닌 듯했다.

　요헤이에게 전달하자 "그건 몰랐네. 아마 당시의 텔레비전에서도 방송 안 됐을 거야. 경찰이 파악한 것도 체포 후였고, 그렇다면 공표할 필요가 더 없겠지"라고 납득하는 모습이었다. 그 말투가 왠지 중학생 시절을 방불케 할 만큼 그리웠다. 마유의 기억이 그렇게 보여주고 있는지 그 자신의 의식이 이곳에 와서 변화했는지. 거기까지는 알 수 없었다.

[2]

그로부터 시라네로 향했다. 같은 미나미 구였지만 합쳐지기 전부터 큼직한 옆 동네였다. 전철은 다니지 않지만, 국도를 따라서는 대형 점포가 즐비해 있었고 체육관 등의 공동 설비도 충실하게 자리했다. 그 인상이 사카구치 마유가 철이 들었을 무렵부터 크게 달라지지 않았고, 중학교 교외학습으로 방문한 기억이 있었다.

행선지는 얼마 전에 초등학교 여학생이 살해당한 사건 현장이다. 일주일 전의 일이라서 단서를 얻는 건 어려웠지만, 그런데도 가보고 싶었다. 요헤이도 흔쾌히 응해주었다.

도중에 국도 가에 있던 맥도날드에 들러 점심을 먹었다. 오랜만이었다. 그러고 보니 모토미야 미유로서는 먹은 기억이 없었다. 가정의 방침이겠지. 또는 갓포 가게를 운영하는 집안의 사람이 패스트푸드를 먹고 있는 모습을 타인에게 보이는 게 창피해서일까. 다만 모토미야 미유로서 흥미가 없었던 것은 어딘가에서 먹은 기억이 있어서였다. 지금이라면 알 수 있다. 그건 사카구치 마유일 적의 기억이다.

프렌치포테이토를 집으면서 그에 대해 말하자 요헤이는

"맞아맞아"라고 웃었다.

"생각났어. 마유는 치즈버거를 좋아했거든. 5학년 때 피구 대회를 한 후였던가. 감독이랑 학부형이 아이들 전원한테 햄버거랑 치즈버거를 하나씩 사줬어. 분명 학부형 누구더라? 유키 군 어머니였던가? 니가타까지 사러 갔던 것 같아. 그걸 다 같이 먹었지. 우리는 표창식 후에 스테이지에 앉아서 먹었어. 그때 마유가 이야기를 걸었지. '이 햄버거랑 치즈버거 교환 안 할래?' 하고. 그래서 치즈버거를 좋아한다는 걸 알았지."

"난 거기까진 기억 안 나."

"그렇겠지. 나도 듣기 전까지 기억 안 났어. 그다지 임팩트 있는 에피소드가 아니었을지도 몰라."

"그건 그것대로 열 받네. 잊어버릴 만한 추억이라니."

미유는 말했다. 30퍼센트는 진심이었다. 요헤이가 두 사람의 추억을 전부 알고 있기를 바랐다. 그게 억지스럽다는 건 알고 있다. 하지만 시간을 사이에 둔 두 사람을 이어주는 것은 기억과 마음밖에 없다. 적어도 좋아하는 것 정도는 알고 있기를 바랐다. 그 마음은 알아주기를 바랐다.

현장은 국도를 가로지르면 나오는 체육관이나 문화센터가 자리한 구획에 있는 공터였다. 그것들의 공용시설 뒤편에 있는 국도에 접한 곳은 키가 큰 풀이 무성한 숲, 더구나 잡목림이 펼쳐져 있어서 바깥에서는 발견하기 힘들었을 것이다.

두 사람 앞에 펼쳐진 그 공간은 고요했고 바람에 참억새나 잎이 긁히는 소리가 포근했다. 주변에 꽃이나 음료수가 여러 개 바쳐져 있었다. 뉴스에서 본 광경과 같았다.

보도에 따르면 세상을 떠난 초등학생은 다른 장소에서 살해당해 이곳으로 옮겨졌다고 한다. 미유도 그럴 것이라고 봤다. 확실히 발견하기 힘든 조용한 장소지만, 주위 도로에는 지나가는 사람도 많을 듯하고, 근처에는 비디오 대여점이나 슈퍼도 있다. 목격자가 있을 테다. 여자아이가 소란을 피우면 눈에 띌 것이다. 무언가의 약으로 재우지 않는 한은.

"당연한 소리지만 옮겨왔다고 하면 차가 필요하겠지"라고 요헤이가 말했다.

그건 틀림없다. 범인은 운전할 수 있는 인물이라는 것이다.

그러고서 과감하게 마음을 먹고 두 사람은 잡목림으로 뛰어들었다. 그 끝자락에 있는 공터까지 5미터도 되지 않았다. 아무것도 없는 곳이었다. 이미 경찰도 조사를 마친 듯했다. 부자연스럽게 풀이 남은 곳이 아마 시체가 발견된 곳일 테다. 뉴스 보도에 따르면 몸통이 칼에 여러 번이나 찔려 있었다고 한다. 모퉁이에는 어째서인지 깨진 콘크리트 블록이 흩어져 있었다.

"뭐 신경 쓰이는 거라도 있어?"라고 요헤이가 물었다.

미유는 고개를 가로저었다. 딱히 아무것도 느껴지지 않았다. 아무것도.

그러자 요헤이가 한숨을 쉬고 "나도 그래"라며 웃었다. 그리고 이야기를 이어나가려고 했다. 무슨 말을 하고 싶은지 알 수 있었다. 이걸로 끝내자는 것이다. 게임오버, 탐정놀이는 끝. 아마도 그는 그리 말할 테다.

요헤이가 입을 열려던 그때 등 뒤에서 "어라?"하는 생뚱맞은 소리가 높아졌다. 갓 변성기가 지난 듯한 음색이 익숙했다.

돌아보자 그곳에는 교복 차림의 스나다 다케히코가 있었다. 어깨에 가방을 걸치고 있었다.

"둘이서 이런 곳에서 뭐 하세요?"라고 요헤이와 미유를 번갈아 보면서 기쁜 듯 웃었다. 조금 푸른 기가 도는 폴리에스테르 와이셔츠가 눈부셨다. 그 무렵의 요헤이도 입고 있었다.

"뭘 하다니, 너야말로 어쩐 일이야?"

"니가타 학원에서 모의고사를 치고 집에 가는 길이에요. 기껏 왔으니 버스에서 도중에 내려 구경하러 왔어요."

그리 말하며 그는 가방에서 큰 카메라를 꺼냈다.

"그렇구나. 그러고 보니 네 취미였지?"라고 요헤이는 납득했다.

"맞아요. 악취미라고 하면 그렇긴 하지만요."

그에 대해서는 이미 들었다. 그는 사건 현장에도 관심이 있는 모양이다. 정말 고약한 취미라고 생각한다. 초등학교 남학생 중에는 곤충을 직접 죽이는 아이가 있다는 건 안다. 분명 어린 나이에서 비롯된 잔인함이라고 생각한다. 그 스나다라는 소년은 그 감각을 그대로 이어가고 있는 듯하다. 무척이나 다정하고 영리한데 어딘가 감정이 따라잡지 못하는 기색이 느껴진다. 예전의 사카구치 마유는커녕 지금의 미유보다도 아주 일부분에서는 미숙하지 않을까 싶다. 더구나 예전의 자신, 사카구치 마유의 살해 현장에도 발걸음을 옮기는 것은 솔직히 말해서 혐오감만 들었다.

요헤이에게 이야기를 들었을 때 "그건 위험하지 않아?"라고 했더니 그는 "그런 아이도 있는 법이지"라고 납득하고 있었다. 어딘가 머나먼 시선을 하고 있었다. 또는 요헤이에게도 그런 시기가 있었을까.

스나다는 그런 미유의 기분은 전혀 모른다는 기색으로 환호성을 지르면서 셔터를 누르고 있었다. 요헤이도 조금 어처구니가 없는 듯했다. 이쪽을 보고 쓴웃음을 짓고 있었다. 차라리 자신이 사카구치 마유의 환생이라고 말해줄까 싶었다. 이 중학생은 어떤 표정을 지을까? 그런 현상이 있다는 걸 알면 이 기분 나쁜 취미도 멈춰줄까?

"그건 그렇고 이야미스*네요."

스나다가 파인더를 들여다보면서 말했다.

"무슨 소리야?"

"아니 사건이 일어났던 날 여기 건너편 대여점에 있었어요. 알잖아요. 그날은 카메라 잡지 발매일이어서 일부러 자전거를 타고 이곳까지 사러 왔거든요. 쓰키가타에서는 살 수도 없고 이우라에서는 책은 안 다루니까요."

그렇다. 카메라 잡지 발매일은 모르지만, 분명 쓰키가타에서는 살 수 없었다. 아담한 서점이 있기는 하지만, 잡지는 거의 구색을 갖추지 못하고 있었다.

것보다.

"그 말은 여기서 뭘 봤다는 뜻이야?" 요헤이가 물었다.

"네. 경찰에도 확실히 말했어요. 문화센터 주차장의 제일 구석에 이상한 차가 주차돼 있었어요. 크고 검은 왜건이요. 그런 차는 종종 이상한 데 사용된다고 하잖아요. 그래서 신경이 쓰여서……."

"그래서 몰래 봤어?"

"네. 왠지 어색한 느낌이 들었거든요. 그랬더니 그 수풀에

---

* 싫다는 일본어 이야와 미스터리의 미스가 합쳐진 신조어로, 내용은 꺼림칙하지만 자꾸 찾아보게 되는 새로운 장르의 소설을 뜻한다.

서 이상한 남자가 나왔어요. 키가 크고 아마 이우라 씨보다 조금 연상일 거예요. 그 사람이 왜건을 타고 가버렸죠. 저도 시시하다 싶어서 돌아갔고요. 그러다 나중에 뉴스를 보고 혹시나 싶었죠."

"그래서 경찰에 말했어요?"

미유가 묻자 스나다가 고개를 끄덕였다.

"미유짱, 진짜 4학년 맞아? 왠지 어른스럽네. 코난 같아."

스나다는 그리 말하고 웃더니 이번에는 요헤이를 향해 "두 사람은 이런 곳에서 뭘 하고 계셨어요?"라고 해맑은 얼굴로 되물었다.

요헤이는 조금 난처한 듯이 이쪽을 보았다. 미유도 대답할 말이 없었다. 모든 걸 고백할 수도 없다. 데이트도 말도 안 된다.

그러다 요헤이가 "너랑 비슷한 이유지"라고 말했다.

"죽은 애는 우리 친척이야. 옛날에는 쓰키가타에 살고 있었어. 그리고 어쩐 일인지 미유짱도 알고 있어서 참배를 하러 왔어."

순간적인 거짓말치고는 나름 잘했다고 생각했다. 하지만 스나다는 중학생이라고 생각할 수 없을 만큼 촉이 좋다. 어떻게 되나 싶었지만, 딱히 의심하는 기색을 보이지 않고 "그래서 왔군요"라며 웃었다.

"여기서 나온 남자는 어땠어?"

"음 그게요. 안경을 쓰고 있었어요."

아사쿠라 나오야도 그랬다. 그 외에는 아무것도 없을까.

"예를 들어 오른손에 말이죠."

미유가 거기까지 말했을 때 그가 말했다.

"아 맞다. 오른쪽 손등 부근이 화상 자국처럼 돼 있었던 것 같아요. 밝은 시간대여서 장갑을 벗을 때 보였어요. 왠지 비싼 시계를 차고 있더라고요. 은색 롤렉스 같은 거요."

두 사람은 얼굴을 마주했다. 틀림없다 싶었다.

"스나다 군도 타고 갈래? 우리는 차로 왔거든. 집까지 바래다줄게."

요헤이가 말을 걸자 그는 고개를 가로저었다.

"감사하지만 사양할게요. 좀 더 이곳에 있고 싶고, 더구나 대여점에도 들르고 싶어서요."

카메라로 주위를 집요하게 촬영하는 스나다를 곁눈질하고 두 사람은 돌아갔다.

"그건 그렇고 요헤이 오빠는 거짓말을 참 잘하네요."

조수석에 앉자마자 그리 말해주자 요헤이는 난처한 얼굴을 했다. 옛날부터 달라지지 않은 얼굴이었다. 이 얼굴을 가장 좋아했다. 실은 감정이 얼굴에 바로 드러났지만, 그런데도 자신의 입장을 생각해서 언행을 자중하고 있는 것이다. 피구 대회 캡틴이었을 적에는 마유에게 동경의 대상이었다.

"놀리지 마. 느닷없이 나타났잖아. 이 일로 롤리타 콤플렉스라고 오해받으면 안 되는데."

"딱히 상관없잖아요. 여자친구가 있는 것도 아니고요. 어른스럽게 단념하는 건 어때요?"

"그건 그렇지만."

요헤이는 자신의 턱을 쓰다듬으면서 쓴웃음을 지었다.

그건 마유가 모르는 동작이었다. 요헤이와 있으면 이따금 그럴 때가 있다. 자신이 모르는 말투나 행동이 있다. 요헤이는 무의식적이겠지만 이쪽은 신경이 쓰인다. 본 적 없는 행동이나 표정에 14년이라는 간극을 느낀다. 자신이 없던 시간 속에 몸에 익은 것이라 생각하면 왠지 쓸쓸해진다.

"왜 그래?"

핸들을 잡으면서 요헤이가 걱정스럽게 이쪽을 바라보았다.

"별일 아냐. 그냥 요헤이는 어른이구나 싶어서. 같이 있으면 늘 생각해. 난 그 중간의 요헤이를 모르는걸. 왠지 엄청난 시간의 벽을 느껴."

그리 말하니 요헤이는 "나도 마찬가지야"라고 의외의 말을 했다.

"무슨 뜻이야?"

"말로 하긴 힘들지만, 난 지금까지 내가 어른이 됐다고 느낀 적이 없었어. 뭐랄까, 그래. 나 자신은 중학생인 그 무렵부터 전혀 변하지 않았다고 생각해. 지식이나 경험이 늘어도 마음은 달라지지 않았다고 믿어 의심치 않았어. 그런데 아니었어. 네가 말한 대로야."

요헤이는 카스테레오를 라디오로 바꾸었다. 조금 흐릿하게 들은 적 없는 일렉기타 소리가 들렸다. 모르는 곡이다. 최신 음악일까.

"너랑 이렇게 이야기하다보면 깨닫게 돼. 어느새 나도 변했구나 하고. 방 벽지랑 마찬가지야. 모르는 사이에 색이 바라는 거지. 넌 그 무렵 그대로인데 나만 나이를 먹어버렸구나 하고."

그리 말하더니 요헤이가 조금 서글픈 표정을 지었다. 미유는 그런 요헤이의 어깨에 기댔다.

마침내 알았다. 색이 조금 바랐다고 해도 아무럼 어떤가 하고. 분명 14년의 틈은 채워지지 않겠지만, 지금 이렇게 접하고 있다. 쭉 함께 있으면 있을수록 틈도 점점 작아져간다. 그뿐이다.

"운전 중이니 위험해"라고 그는 작게 웃어주었다.

돌아가는 길에 포토스튜디오에 들렀다.

나오를 만나기 위해서이다. 그녀도 이 건에 있어서는 소중한 협력자이다. 두 사람이 돌아오자마자 차가운 보리차를 내주었다.

"미유짱, 어땠어?"

건너편 소파에 앉자 나오는 이쪽을 보았다. 굳이 요헤이에게는 묻지 않고 자신에게 묻는 것은 배려해서라고 생각했다. 예전의 자신은 몰랐지만, 중학생이었던 마유가 자각하여 이해할 수 있게 되었다. 그녀도 요헤이를 좋아하는 것이다. 언동과 요헤이를 보는 눈으로 바로 알았다. 무척이나 순수해서 알기 쉬운 사람이다 싶었다.

그리고 요헤이의 입으로 미유의 환생 이야기를 들어 지금 자신을 무척이나 신경 쓰고 있다. 자신의 감정을 억누르고 있다. 그건 무척이나 괴로운 일이라서 미안한 감정도 있다. 분명 그녀 같은 사람이 요헤이를 더 행복하게 만들 수 있을지도 모른다. 애초에 이렇게 미유에게 협력해주다니 사람이 선한 것도 정도가 있다. 아무리 요헤이에게 부탁받았다고는 하나 말이다.

하지만 양보하고 싶지 않았다.

그녀의 얼굴을 보고 문득 생각했다. 만약 사카구치 마유가 살해당하지 않았더라면, 그날 도서관에 둘이서 가는 것을 막

앉더라면 자신은 대학교를 졸업하여 성인 여성이 되어 쭉 요헤이의 곁에 있을 수 있었을까.

"단서가 있었던 것 같기도 하고 없었던 것 같기도 하고⋯⋯."

대신 요헤이가 답해 얼굴을 마주보았다. 그리고 둘이서 나오에게 말했다. 병원 터인 폐허에서 미유의 예전 기억이 조금 돌아왔던 것, 시라네 사건 현장에서 스나다가 범인으로 보이는 남자를 봤다는 것. 그것들을 시간 순서대로 설명했다.

"엄청난 단서인 것 같은데, 분명 경찰도 알고 있을 만한 정보겠네요."

"바로 그거죠. 딱히 새로운 건 없었어요. 그저 범인이 아사쿠라 나오야일 가능성이 높다고 생각하고 있고, 경찰도 분명 그렇게 생각하지 않을까요?"

"누가 경찰에 지인 없어요?"

미유가 묻자 요헤이가 고개를 가로저었다.

"없어. 마유 사건 때 형사님은 잘 대해주셨는데, 이제 안 계시겠지. 경찰은 인사이동이 잦은 데다 벌써 퇴직하셨을지도 몰라. 더구나 쓰키가타 파출소 순경은 관계없을 것 같아."

그리 말하고 한숨을 쉬었다.

그러자 나오가 "아 맞다"라며 다급히 사무용 책상 쪽으로 달려가서 노트를 가지고 왔다.

"그러고 보니 미유짱한테 부탁받은 거 가능한 한 범위에서 조사해봤어."

그녀는 그리 말하고 웃었다.

"엄마랑 신지에 대한 거요?"

미유가 묻자 나오가 조금 난처한 표정을 짓고 고개를 끄덕였다. 그 표정에서 대략적인 상황을 파악할 수 있었다. 마유였던 시절의 가족에 대해서 뭔가 새로운 정보가 있으면 알려달라고 부탁했다. 한번 기억을 되찾고 나서 예전 집에 가보았지만, 이미 건물이 철거되어 그곳에는 아무것도 없었다. 염려되는 바는 있지만, 만나고 싶지 않을 리가 없었다.

그때 가볍게 말했는데 설마 진짜 조사해줄 줄은 몰랐다.

"사카구치 마유짱 가족에 대해서 말인데, 옛날 집주인이던 다카바나 씨 이야기에 따르면 사건 후에 바로 아이즈로 이사를 갔대."

"아이즈라." 요헤이가 말에 끼어들었다.

"그런데 이웃이 이사한 곳의 주소랑 연락처를 기록해둬서 나한테도 알려줬는데 말이지. 전화를 해도 받질 않더라고."

나오는 예상대로 면목 없다는 듯 말하더니 마지막으로 짓궂게 "셋이서 가볼래? 여기서라면 두 시간이면 갈 수 있어"라며 웃었다.

하지만 미유는 고개를 가로저었다. 물론 예전 가족이 신경은 쓰인다. 신지는 살아 있으면 스물넷일 테다. 어엿한 어른이다. 만나고 싶은 마음은 강하다. 하지만 그들 안에서 사카구치 마유는 죽었다. 만나면 기뻐해줄지도 모른다. 하지만 이제 원래의 가족으로는 돌아갈 수 없다. 피가 이어져 있지 않은 것이다. 분명 상대도 답답해하지 않을까.

그래서 지금은 잘 지내고 있는지 아닌지 그것만 알고 싶었다.

그러자 나오는 "알겠어"라며 조금 서운한 듯이 말했다. 요헤이는 납득한 표정을 지었다.

우선 그날은 그걸로 끝났다.

[3]

월요일에 등교하자 조례 시간에 교장선생님이 그 수상한 인물 소동에 대해 이야기했다. 올해 봄에 갓 부임해온, 얼굴이 둥그스름한 교장은 "어제, 또, 이 학교 어린이가 목표 대상이 된 사건이 있었습니다"라고 말했다. 들어보니 구 역사 근처에서 여아가 젊은 남자에게 칼로 협박당하며 몸을 더듬는 일을 당한 사건이 있었다고 한다.

역시 시라네에서 시체가 발견된 살인사건과 관계가 있을까.

조례 후 학급 친구들은 여전히 평온하게 교실로 인솔되었다. 하멜의 피리 부는 사나이가 선두에 있는 건 아니다. 1학년 때부터 이어져온 집단생활의 산물이다. 사카구치 마유의 기억을 되찾고 나서는 그때까지 당연하게 보내던 초등학교 생활을 다른 각도에서 볼 수 있게 되었다.

그때 뒤편에서 "옛날에도 이런 사건이 있었어" 하고 의기양양한 목소리가 들렸다. 같은 반 남자아이들이었다.

"우리 엄마가 말해줬어. 15년 정도 전에는 쓰키가타에서도 중학생이 살해당한 사건이 있었는데, 범인은 정신이 이상한 남자였대."

"그게 뭐야, 무서워."

"거짓말이지? 살인사건이라니 위험하잖아."

그건 마유가 살해당한 사건이 틀림없었다. 왠지 이상한 기분이 들었다.

남자아이들은 마치 옛날이야기나 괴담처럼 말하고 있었다. 분명 현실감각이 없는 것이다. 그 사건의 희생자가 자신이며, 그 '정신이 이상한 남자'가 지금도 이 지역에서 숨죽이고 아이들을 노리고 있을 가능성이 있다고 전하면 어떻게 반응할까.

교실로 돌아가자 수업이 시작되었다. 1교시는 산수였다. 여전히 내용이 지루했다. 자신에게는 중학교 2학년까지의 학력이 있다. 그러고 보면 우월감도 다소 있었지만 사카구치 마유였을 적에는 그렇게까지 공부는 잘하지 못했다.

수업은 확실히 단순하고 지루했으나, 한편 꾸벅꾸벅 졸 정도의 여유가 있는 건 아니었다. 더구나 옛날과 다르게 학급 담임이 정기적으로 노트를 체크하는 게 규칙이었다. 낙서를 해서 수업시간을 보낼 수도 없었다.

옆자리 남자애가 지우개를 잊어버린 듯해서 빌려주었다. 남자아이는 순간 당황스러워했지만 작은 목소리로 "고마워" 라고 말했다.

중학생이라면 당연한 감각이지만, 초등학생은 그렇지 않은 모양이다. 자각을 하고 나서 몇 번인가 "미유짱은 남자애들한테 너무 친절해"라고 친구들 사이에서 볼멘소리를 들었다. 고작 깜박한 물건을 빌려주는 것 정도는 전혀 상관없다고 생각했지만, 그렇지 않은 모양이다. 여자에게는 여자만의 규칙이 있는가보다. 마유가 어릴 적에는 그런 건 없었던 듯하지만, 또는 잊어버렸을 뿐일지도 모르긴 하다. 필사적으로 주관식 문제를 노려보고 머리를 쥐어짜내던 옆자리 남자아이가 왠지 흐뭇해 보였다. 요헤이도 이런 시절이 있었던 것을 떠올렸다. 다만 그는 초등학교 시절부터 공부를 잘했다. 마유는 오로지 배우는 쪽이었다.

교실을 둘러보았다. 옛날과 아무것도 달라지지 않았다. 5

학년 때 전학을 왔으니 이 초등학교에 다닌 기간은 2년도 채 미치지 않지만, 또렷하게 기억하고 있다.

쉬는 시간이 되면 친구들이 여느 때처럼 창가자리에 모여든다. 그곳에 리더 격인 아이가 있었던 것이다. 미유는 딱히 아무래도 상관없었지만 너무 눈에 띄고 싶지 않아서 모두에게 맞추었다. 그때 한 여자아이가 "조례 시간에 나온 이야기 말인데, 변태를 만난 건 5학년인 이마이라는 애래. 어젯밤에 아빠가 이야기해줬어"라고 말했다.

이마이라는 5학년 학생이라면 알고 있다. 동일한 성을 가진 게 아니라면 아마 1학기에 같이 청소 당번을 했던 아이일 테다. 마유 시절부터 청소당번은 고학년과 저학년을 적절히 섞어서 조를 짰고, 미유는 음악실을 담당했다. 그 아이는 긴 머리카락에 어른스러운 5학년으로 예뻤다. 아마 그 애가 틀림없다고 생각했다.

이야기는 여전히 이어졌다. 그 여자애는 자신이 입수한 이야깃거리를 펼치고 싶어서 참을 수 없는 모양이었다. 흥분해서 목소리가 상기되어 있었다.

"그래서 말이야. 그 장소 말인데, 역사 뒤편에 화단이 있잖아. 그래그래. 그 가쿠베이지조 동상 옆 말이야. 거기서 바지에 손을 찔러넣더니 엉덩이를 만지더래."

그렇게 말하자 주위에서 "윽" "징그러" 하고 작은 비명이 일었다. 마치 괴담 이야기를 할 때처럼 모두 소리를 죽이고 있었다. 그리고 어딘가 타인의 일 같았다.

미유도 일단 모두에게 동조하면서 그 정보를 머릿속으로 정리하고 있었다.

학교가 끝나자 미유는 포토스튜디어 이우라로 갔다. 나오가 얼굴을 내밀더니 "요헤이 씨 불러다줄까?"라고 웃어주었다. 고개를 끄덕이자 그녀는 안쪽 사무실로 들어갔다. 뭐야, 저기에 있었어?

미유는 평소처럼 계산대 앞 응접용 소파에 앉아 멍하니 열대어 수족관을 바라보았다. 유구치의 취미로 옛날부터 있었던 모양이다. 먼젓번에 본인에게 들었다. 기르는 건 구피와 네온테트라라고 한다. 먹이도 유구치가 주고 있는 듯했다. 지금은 가게를 비우고 있겠지만 조금 전까지 있었을 테다. 에어펌프의 거품 때문에 흔들리는 수면에 남은 먹이가 떠 있었다.

손님은 없었다. 조용하고 펌프 작동음이 희미하게 들리기만 했다.

바로 요헤이가 와서 미유의 건너편에 앉았다. 곁에 앉아도 되는데 싶었지만 안타깝게도 이곳은 가게다. 나오도 나와서 조금 망설이다가 미유의 곁에 앉았다.

"또 수상한 사람 때문에 난리가 났대. 우리 학교 5학년 여학생한테."

미유가 그리 말하자 두 사람은 흥미가 있는지 없는지 알 수 없는 말투로 "흐음" 하고 입을 모았다.

"관심 없어? 혹시 사건 단서를 찾을 수 있을지도 몰라. 역사 뒤편이니까 여기서도 가깝고 말이지."

미유가 그리 말하자 요헤이는 "그야 뭐" 하고 입을 우물거렸다. 하고 싶은 말은 알고 있다. 이러니저러니 해도 요헤이도 어른이 된 것이다. 이런 행동을 해도 딱히 의미가 없다는 걸 알고 있을 테다. 하지만 미유는 납득할 수 없었다. 할 수 있는 일은 모두 해두고 싶었다. 이렇게 자신이 환생한 이유는 요헤이를 만나는 것 말고도 있지 않을까. 역시 마음속 어딘가로 그렇게 생각되었다.

다만 가장 큰 이유는 그게 아니다. 요헤이는 둔감해서 모르는 것이다.

"가게는 저 혼자 봐도 괜찮아요. 바로 유구치 씨도 돌아온다고 했으니까요. 요헤이 씨는 같이 갔다오는 게 어때요?"

나오가 말했다. 그리고 미유 쪽을 보고 빙긋이 웃었다. 역시 센스가 넘치는 사람이다.

나오에게 등을 떠밀리다시피 해서 둘이서 역사로 향했다. 걸어서 10분 정도 걸리는 거리였다. 아직 오후 4시를 지난 참이었다. 하늘은 옅은 물색으로 비늘구름이 야히코 산 쪽까지 이어지고 있었다. 도중에 동급생인 요코와 스쳐지나가 "어라, 미유짱?" 하고 상대가 말을 걸었다.

"요코짱?"

미유는 살짝 당당하게 답했다. 그녀는 다른 곳에 들렀다가 하교하는 모양이었다. 옆에서는 요헤이가 조금 어색해하고 있었다. 요코가 빤히 쳐다보고 있는 게 불안한 모양이었다.

"이 사람은 카메라맨 오빠."

"알아. 여름방학 때 피구 대회에 와줬으니까."

그녀는 그걸 묻는 게 아니야, 라고 말하고 싶은 듯한 표정을 지었다.

"우린 미유짱네 단골이거든" 하고 요헤이가 마침내 입을 열었다. 필사적으로 변명을 생각했을 테다. 그 거동이, 수상쩍은 손짓이 조금 사랑스러웠다.

그녀가 지나간 후 "또 거짓말이나 하고"라며 팔꿈치로 살짝 찌르자 요헤이는 "하는 수 없잖아"라고 입을 삐죽거렸다. 분명 앞으로는 이런 날이 이어질 거라 생각하며 그리 되면 좋겠다 싶었다.

"10년만 참으면 분명 이상한 시선도 받지 않게 될 거야. 그때 난 19세니까."

"난 서른일곱이구나. 완전 아저씨겠네."

"감사하도록 해. 이런 젊은 부인을 얻을 수 있는 사람이 세상에 얼마나 있다고 생각해?"

미유의 말투가 재미있는지 요헤이가 배를 움켜쥐고 웃기 시작했다. 미유도 덩달아 웃었다. 정말 이런 날이 이어지면 좋겠다 싶었다.

역사에 도착했다. 전철은 폐선 된 지 오래되었지만, 그 선로 흔적은 산책로가 되어 있었다. 미유 자신은 제대로 걸어본 적은 없지만 가끔 노인들이 걷는 모습을 보았다.

지금의 미유는 이상한 느낌이 들었다. 사카구치 마유였을 적에는 몇 번인가 전철을 타고 니가타로 나갔었기 때문이다. 중학생일 적에 일요일에 친구들과 탔다. 차량 수가 별로 없어서 꽤 기다려야 했지만, 기다리는 시간도 즐거웠다. 딱히 거창하게 노는 것도 아니었다. 쓰키가타에는 없는 패스트푸드점에 들르고 백화점이나 쇼핑몰에서 책이나 CD를 물색하고 액세서리를 체크했다. 가끔은 저렴한 캐주얼을 샀다. 그런데도 충분히 즐거운 추억으로 남아 있다. 그리고 폐선이 된 직후에 마유는 죽었다. 그래서 선로를 떼어낸 흔적을 보자 14년이란 시간의 간극을 강하게 느끼게 되었다.

산책길은 나카노쿠치가와 강둑에 가려져 있었다. 둑에도 길이 있지만, 지나가는 사람은 거의 없었다. 그래서 역사 뒤편은 길가에서 보면 완전히 사각지대로 되어 있다. 수상한 사람이 나타난 저녁 무렵에는 지나가는 사람도 적어서 들키지 않았을 테다.

둘이서 그 주변을 탐색했다. 물론 경찰도 조사했겠지만, 그것과는 달리 아사쿠라 나오야의 단서를 찾을 수 있으면 좋겠다 싶었다.

하지만 30분 정도 주변을 돌아다녔지만, 아무것도 찾을 수 없었다. 이윽고 요헤이가 "헛방이네"라고 힘없이 말했다. 미유도 나름대로 산책길을 걸어다니며 둑으로 달려올라가서 내려다보기도 했지만 아무것도 찾을 수 없었다.

어쩔 수 없다. '소꿉놀이'로는 이게 한계일까. 하지만 기분은 나쁘지 않았다. 요헤이와 있는 것만으로도 즐거웠다.

둘이서 둑으로 올라가 강을 보았다. 수면은 오렌지색으로 물들고 시원한 바람이 불고 있었다. 벌써 가을인 것이다. 강으로 내려가는 경사면의 덤불에서, 이삭이 난 억새풀의 얼굴이 들여다보였다. 벌레가 우는 소리가 들렸다.

"왕귀뚜라미네. 이름이랑 안 어울리게 음색이 다정해."

요헤이가 말했다. 여전했다.

문득 폐선 하던 날을 떠올렸다. 전철을 좋아하던 신지를 데리고 행사를 보러 가서 노점에서 빙수를 사서 둘이서 나눠 먹었다. 자폐증을 앓는 신지도 아주 기뻐해주었다. 학급친구가 냉랭한 시선을 쏟아도 신경 쓰이지 않았다. 그리고 마유가 살해당한 그날 요헤이에게 놀러가자고 제안한 것을 떠올렸다. 그건 행사를 보고 떠올린 아이디어였다. 하지만 둘이서 니가타로 가지 못했다.

"이번에 말이야."

미유가 요헤이 쪽으로 몸을 틀었다. 바람에 휘날린 요헤이의 셔츠가 펄럭였다. 석양을 뒤집어쓴 청년은 그 무렵보다 강하고 늠름해졌다. 자신이 없었던 14년이라는 세월을 새삼스럽게 느꼈다. 그건 아무리 애써도 메워지지 않을 시간이지만 지금 이 순간만큼은 그 거리를 제로로 좁히고 싶었다.

"이번에야말로 둘이서 니가타에 가자."

그렇게 말한 순간, 요헤이가 몸을 껴안았다. 안겨도 그 키 차이에서 어딘가 좁혀지지 않은 태세가 되는 건 어쩔 수 없었다. 그런데도 미유는 손을 아무지게 뻗어서 그의 몸을 끌어안고 가볍게 머리를 쓰다듬어보았다.

[4]

목요일이 되었다.

5교시 수업이 끝나고 종례시간 후에 친구들과 손을 흔들고 헤어졌다.

친구라고 해도 그렇게까지 친한 아이가 있는 건 아니었다.

쉬는 시간이나 학교에서 그룹을 나눌 때 고립되지 않을 정도였다. 사카구치 마유와 마찬가지였다. 그녀는 학급에서는 인기인이었지만 몇몇 콤플렉스를 가지고 있었다. 집도 그중 하나였다. 낡고 초라한 집을 친구들에게 보이고 싶지 않았다. 그래서 요헤이 말고는 아무도 들이지 않았다.

그 점은 미유와 달랐다. 미유의 집에는 그럼에도 한 달에 한 번 정도는 친구가 놀러 왔다. 지금은 그게 귀찮지만 '평범한 초등학교 4학년'을 연기하려면 어쩔 수 없다고 생각한다.

집 이상으로 사카구치 마유에게는 누군가 건드리지 말아 줬으면 하는 게 있었다. 자폐증을 앓는 신지였다. 덕분에 늘 벽을 만들고 있었다. 요헤이 말고는 마음을 열지 않았다. 마유는 동생을 예쁘게 여기는 동시에 몰래 미워하고 있었다. 저 녀석만 없었더라면, 하고 마음 어딘가로 바라며 거무죽죽한 감정을 끌어안고 있었다. 그건 요헤이에게도 말하지 못했던 마음속의 어둠이었다.

그 점에서 미유는 태평했다. 행복한 가정에서 태어났다고 뼈저리게 생각했다. 그래서 마유의 거무죽죽한 감정을 어딘가 남의 일처럼 여기고 있었다.

흔들거리는 책가방 무게를 등으로 느끼면서 저학년 현관으로 걸었다. 몇 사람인가 낯익은 아이가 손을 흔들었다. 지금은 누구도 미유의 변화를 알아차리지 못했다. 체육 시간에 갑자기 철봉 거꾸로 오르기를 할 수 있게 되거나, 피구에서 화살처럼 빠른 공을 던질 때는 "너, 가짜 아냐?"라고 남자아이들이 놀라워했지만 그뿐이었다.

열어젖혀진 안뜰에 접한 창문 밖에서 바람에 실려 멜로디언으로 연주한 〈성자의 행진〉이 들렸다. 운동회에서 6학년이 연주한 것이다. 예전에 사카구치 마유도 쳤었다. 지금도 손끝이 그 감각을 기억하고 있다. 리듬에서 조금 벗어난 그 멜로디를 타고 '파, 라, 시, 도' 하고 머릿속으로 건반을 두드리면서 현관으로 향했다. 3학년 밑의 아이들은 사건 때문에 단체 하교로 한 발 먼저 하교했다. 그래서 저학년 현관은 평소와 다르게 고요했다.

이변을 알아차린 건 '모토미야 미유'라는 이름 스티커가 붙어 있는 신발장을 열었을 때였다. 안에서 A4 프린트 용지가 후두둑 떨어졌다. 학교에서 사용하는 재생종이와는 다른 파르께한 고급 프린트 용지였다.

누군가가 친 장난일까. 미유가 주워들자 그건 사진을 인쇄한 것이었다. 무심코 숨을 삼켰다. 그곳에 복사된 것은 미유였다. 더구나 사진은 하나같이 이쪽을 향해 있지 않았다. 요헤이가 같이 찍힌 것, 더구나 스나다 다케히코가 같이 찍혀 있는 것도 있었다. 그렇다. 먼젓번에 시라네 사건 현장에 갔을 때 도촬당한 것이었다. 확대한 것도 많았다.

종이를 한 장씩 주워들어 확인해나갔다. 그러자 사진 말고 활자로 타이핑된 메시지도 몇 장인가 있었다.

'또 보고 싶어.'

'남자친구랑 재회해서 다행이네.'

그리고……, '나도 마유짱을 한 번 더 만나고 싶어'도 있었다.

마유짱을, 이라는 말에 마음이 흔들렸다. 잘못 본 게 아니었다. 몇 번을 읽어도 그건 '미유'가 아니라 '마유'였다.

오싹해져서 종이를 말아서 버리고 싶은 충동에 휩싸였지만, 간신히 단념했다. 그래서는 안 된다. 가방을 열어서 종이를 다발로 말아서 집어넣었다.

바로 신발을 바꿔 신고 바깥으로 나갔다. 비늘구름이 펼쳐진 포근한 하늘을 올려다보아도 떨리는 마음은 가라앉지 않았다.

누구 짓일까. 역시 아사쿠라 나오야가 아닐까. 이쪽이 그를 눈여겨보고 있듯이 상대도 두 사람을, 또는 미유를 눈여겨보고 있다는 게 아닐까. 아사쿠라는 미유가 예전에 살해한 사카구치 마유가 환생한 몸이라는 사실을 어딘가에서 알아차리지 않았을까.

그리 생각하는 게 자연스러웠다. 어디서 알아차렸는지는 알 수 없다. 출소하고 나서 바로였을지, 아니면 먼젓번에 요헤이와 행동을 함께 하고 있을 때인지. 그러고 보니 그 병원 폐허에서 누군가의 시선을 받은 느낌이 든다. 요헤이는 까마귀라며 웃었지만, 실은 그곳에 아사쿠라가 있었던 게 아닐까. 폐허에서 시라네까지 미행당했을 가능성도 있다. 차를 운전할 수 있으면 어려운 일이 아닐 터였다.

집까지는 500미터도 되지 않는다. 달려가다 보면 알 수 있지만, 교내 마라톤 대회 코스보다도 훨씬 짧다. 10분도 걸리지 않는 길이지만, 왠지 무척이나 멀게만 느껴졌다. 평소의 낯익은 풍경 속에서 위화감을 찾았다. 이 집의 차는 이런 형태였구나. 이런 곳에 방범 카메라가 달려 있었구나. 저 창문에서 누군가가 보고 있지 않을까.

모든 것이 불안해졌다. 그날을 떠올렸다. 아사쿠라 나오야. 그 남자에게 또 살해당하는 일이 생긴다는 건가. 건너편에서 자전거로 다가오는 남성을 보고 몸을 사렸다. 하지만 그 사람은 이웃 노인이었다. 그 발 언저리에는 아직 어린 시바견이 기쁜 듯 날뛰고 있었다.

겨우 집에 도착했다.

저녁 예약이 들어와 있지 않아서 아빠는 상공회의소의 술자리에 한 발 먼저 나가 있었다.

엄마는 미유의 얼굴을 보자마자 걱정스럽게 "괜찮아?"라고 말을 걸었다. 순간 모든 것을 털어놓으려고 했지만, 제대로 말할 수 없을 것 같았다. 어떻게 전해야 좋을지 몰랐다. 자신의 전생 이야기. 어떻게 하면 믿어줄까.

느릿느릿하게 자신의 방으로 가서 책가방을 벗어던지고서 침대에 뛰어들었다. 4학년의 몸은 여전히 가볍고 작고 체력도 없다. 한때 중학생이었던 몸에서 보자면 다루기 쉬운 반면 최대치 힘이 작아서 놀라기도 한다. 적어도 지금의 자신의 의식이나 감각에서 보면 무척이나 답답하다.

맨 처음에 부모님에게 털어놓아야 했을지도 모른다.

천장의 형광등을 멍하니 보면서 그리 생각했다. 부모님 앞에서 사카구치 마유였던 시절의 기억을 극명하게 말했더라면 어떻게 됐을까. 처음에는 놀라고 슬퍼하겠지만, 의외로 받아들여줬을지도 모른다. 딱히 미유가 사라진 것도, 다른 사람이 된 것도 아니다. 그저 기억이 조금, 추억이 조금 추가되었을 뿐이다.

정말 그럴까? 지금의 자신은 순수하게 모토미야 미유라고 단언할 수 있을까?

문득 창 쪽이 신경 쓰였다. 서서히 떨어지기 시작하는 석양이 비쳐들고 있었다. 커튼을 열고 있었던 것이다. 미유는 일어나서 살며시 창밖을 내다보았다.

괜찮다. 아무도 없었다.

정말로 그럴까?

어쩌면 전신주 뒤편에 아사쿠라 나오야가 있지 않을까. 또는 건너편에 보이는 경차 안에서 이쪽을 들여다보고 있지 않을까.

미유는 두려워져서 커튼을 쳤다. 그리고 다시 한 번 더 침대에 누웠다.

지나친 생각일지도 모른다. 그 못된 장난도 아사쿠라 나오야와 관계없을지도 모른다. 누군가 미유의 비밀을 알아차렸다고 해도 반드시 자신에게 위해를 가하리라 단정 지을 수 없지 않을까. 이야기하면 이해해줄 상대일지도 모른다. 그게 자신에게 유리하게만 판단한 생각이라는 건 아이인 미유도 이해하고 있다. 하지만 말도 안 되는 이야기도 아닌 듯했다.

갑자기 현관에서 초인종이 울렸다.

누굴까? 몸을 일으켜 계단 아래의 상황에 귀를 쫑긋 세웠다. 아무래도 엄마가 현관으로 향한 듯했다. 네네, 하고 격식을 차린 한 옥타브가 높은 목소리가 현관에서 울려퍼졌다. 문을 여는 소리가 들렸다.

바로 엄마가 "미유, 잠시 와보렴" 하고 불렀다.

딱히 이상한 분위기는 아니었다. 무언가 재미있는 걸 발견했다는 듯한 목소리였다.

계단을 내려가자 엄마가 있고 "얘 이거 보렴" 하고 이쪽을 향해 손짓했다.

보니 그 손에는 큰 꽃다발이 안겨 있었다. 알록달록하고 아름다운 꽃에 엄마는 만족한 듯한 얼굴을 하고 있었다.

"이게 배달 왔어. 엄청 예쁘지? 그런데 누가 보냈는지를 몰라. 초인종이 울려서 와보니 현관 앞에 놓여 있더라. 가게 단골이려나?"

그리 말하고 꽃향기를 즐기고 있었다. 포장은 체인점 것이었다. 이 부근에서도 본 기억이 있다.

그러자 엄마가 끌어안은 꽃다발 안에서 종이 하나가 떨어졌다. 작은 메모였다. 양손으로 꽃다발을 끌어안고 있던 엄마를 대신해서 미유가 주워들었다.

그 종이를 아무 생각 없이 보았다. 글자가 적혀 있었다. 꼼꼼한 글씨체였다.

'마유짱에게. 아이 러브 유'

그 짧은 메시지에 마음이 일렁였다.

엄마도 같이 들여다보고 "어라 이건 미유한테 온 건가? 우리 딸이 인기가 좋네?"라고 황당한 소리를 하고 마지막으로 "그건 그렇고 사랑 고백을 하는데 이름을 틀리는 건 너무하네"라고 태평하게 웃었다. 아냐. 미유는 속으로 외쳤다. 아닌 것이다. 이건 못된 장난이 아니다. 요헤이가 이럴 턱이 없다. 이건 악의인 것이다. 자신을 향한 악의 말고 그 무엇도 아니다.

역시 아사쿠라의 소행이 아닐까. 그렇게밖에 생각할 수 없다.

미유는 집에서 뛰쳐나갔다.

가는 곳은 포토스튜디오 이우라였다. 그곳에 요헤이가 있다. 그에게 다급히 의논을 해야 한다. 더구나 나오도 있다. 똑똑하고 다정한 그녀도 지금은 듬직하게 느껴졌다.

[5]

오후 6시가 넘었다. 객실의 자명종이 희미한 종소리를 냈다. 그는 조금 긴장하고 있었다.

요헤이를 집으로 데리고 왔을 때는 이쪽도 조금 긴장했다. 처음으로 집에 들였다. 사카구치 마유일 적에는 초등학교 5학년이었다. 지금은 전혀 사정이 달랐다.

부모님이 맞이해주었다. 요헤이가 엄마에게 전화로 전하자 아빠도 상공회의소 모임을 빠져나와 돌아와준 것이다.

"이우라 씨 댁의 아드님이군요. 우리 딸아이가 늘 신세 지고 있어요"라며 아빠가 웃었다.

"먼젓번에는 우리 그이가 취했을 때 미유를 돌보기까지 해

쥐서 고마워요"라고 엄마도 고개를 숙였다.

예전부터 몇 번이나 얼굴을 마주한 적이 있어서 이야기 진행은 빨랐다. 요헤이의 부모님을 알고 있는 것도 컸다.

같이 따라온 나오도 공손하게 고개를 숙였다. 역시 데려와서 정답이다 싶었다. 아무리 동네에서 얼굴을 알고 지낸다고 해도 초등학생인 외동딸이 갑자기 젊은 남자를 집으로 들인다면 부모님은 거기까지는 용납해주지 않을 테다.

"그 가게에 있던 미인 아가씨군요. 여자친구인가요?"라고 아빠가 웃었다.

미유는 불룩하니 튀어나온 배를 냅다 때리고 싶어졌지만 참았다. 나오는 그런 사람이 아니다. 당사자인 본인도 난처한 표정으로 형식적인 미소를 띠고 있었다.

"기껏 오셨으니 식사라도 하고 가실래요?"라고 엄마가 말했지만 요헤이 일행은 사양했다.

객실에서 요헤이가 부모님에게 설명을 하기 시작했다. 의논했던 대로였다.

우선 미유가 신발장에 들어 있던 사진을 테이블에 늘어놓았다. 그 스나다 다케히코나 요헤이와 있는 모습을 몰래 찍힌 것이었다. 그리고 '또 보고 싶어' '남자친구랑 재회해서 다행이네' '나도 마유짱을 한 번 더 만나고 싶어'라고 워드프로세서로 쓰인 메시지까지 올려놓았다.

더구나 저녁 무렵에 집 현관 앞에 놓여 있던 꽃다발도 나란히 놓았다.

"장난치고는 너무 공을 들였군" 하고 아빠가 팔짱을 끼고 있었다. 그 얼굴에는 불안한 기색이 떠 있었다.

"이 메시지 카드에 적힌 마유짱이라는 건 미유의 이름을 잘못 쓴 게 아닐 겁니다."

"즉, 무슨 뜻인가요?"

엄마가 그 꽃다발을 아쉽다는 듯 바라보면서 묻자 요혜이는 자신의 초등학교 시절의 졸업 앨범을 꺼냈다. 그리고 사카구치 마유의 사진을 보여주었다. 부모님은 가만히 뚫어져라 본 후 둘이서 얼굴을 마주보았다. 이상한 광경이었다. 둘 다 자신이었던 것이다. 그런데 부모님은 아무것도 몰랐다.

"많이 닮았네요"라고 어머니의 목소리가 새어나왔다.

"아마 이걸 보낸 사람은 미유짱을 이 사카구치 마유라는 여자아이로 겹쳐보고 있는 게 아닐까 싶네요."

"그런데 왜 이우라 씨랑 아가씨가 이곳에 왔나요? 우리 딸이 신세를 지고 있는 건 알지만……."

요혜이는 일어나 자신의 와이셔츠를 걷었다. 그곳에는 큰 흉터가 남아 있었다.

"미유네 가족분들은 이곳에 살고 계시니 14년 전 사건을 알고 계실 테고, 그때 제가 어떤 일을 당했는지도 알고 계시리라고 봅니다. 그때 살해당한 중학생 소녀로 제 소중한 친구였던 게 이 사카구치 마유입니다. 이 메시지의 '남자친구'는 중학교 시절에 마유와 늘 함께 있던 저를 가리키고 있을 겁니다."

요헤이가 말했다. 부모님은 당황해하고 있었다.

"올해 여름, 제가 귀향해서 그 가게에서 일하게 되고 미유짱을 만나고서 놀랐습니다. 타인을 쏙 빼닮았다고는 하나 같은 얼굴을 한 사람이 같은 쓰키가타에 살고 있다니 믿을 수 없었죠. 그래서 미유짱이 먼저 말을 걸어왔을 때 괜히 더 놀랐습니다. 어쩌면 진짜 환생한 걸지도 모른다고 생각했을 정도입니다."

요헤이는 거기까지 빠른 말투로 이야기하고 크게 심호흡하더니 숨을 골랐다. 작전대로였다. 미유의 비밀을 숨기면서 부모님에게 지금의 상황을 설명해 이해를 얻을 방법은 그것밖에 없었다.

"그리고 저 말고 마유와 미유의 관계에 흥미를 가질 만한 사람이 있습니다."

그는 그렇게 말했다.

"14년 전에 사건을 일으킨 범인이 이미 출소했습니다. 어쩌면 먼젓번 시라네 사건과도 관련되어 있을지도 모릅니다."

부모님은 잠시 잠자코 있었고, 그러고서 아빠가 "우선은 경찰에 신고해야겠군"이라고 말했다.

"이우라 씨가 말하는 범인에 대해서는 아직 정확하지는 않지만, 우리 딸아이가 14년 전 사건과 엮여서 누군가 노리고 있는 건 틀림없는 것 같으니 말이죠."

아빠의 대답을 듣고 요헤이는 고개를 깊이 숙였다.

"감사합니다. 어쩌면 당사자 중 한 명인 제가 마유를 쏙 빼닮은 미유짱과 함께 있었던 게 범인을 자극했을 가능성도 있습니다. 정말 면목 없는 행동을 했다고 반성하고 있습니다."

"저도 책임감을 느낍니다"라고 나오도 함께 고개를 숙였다. "요헤이 씨한테 미유짱에 대해서 들었으면서 거기까지 생각이 미치지 못한 건 사실이니까요."

제5장

[1]

요헤이는 마키 시가지로 차를 몰았다. 아사쿠라 나오야의 생가로 향할 작정이었다.

미유가 걱정이었지만 우선은 어떻게든 무사할 듯했다. 미유네 부모님이 한동안은 등하교에 바래다주고 데리고 오겠다고 말해주었다. 갓포 요리점인 만큼 부모님 두 사람 말고도 종업원이 있을 때가 많다. 나오도 협력해주겠다고 했다. 일단 악질적인 장난으로 경찰에도 신고를 했다. 만날 수 없는 건 서운하지만 사건이 해결될 때까지는 그래도 괜찮다 싶었다. 시간은 많이 있으니까.

후회도 한다. 미유는 진심이었는데 이쪽은 그렇게까지 진지하지 않았다. 소꿉놀이라고 할까, 어디까지나 미유의 기분이 풀리면 된다고 생각하며 범인찾기를 거들었다. 설마 이런 전개가 펼쳐질 줄은 상상하지도 않았다.

나카노쿠치가와 강둑을 하류로 달려 현 도로 460호선에서 좌회전했다. 바다로 향해 더 달려가 고속도로 인터체인지 바로 앞에서 우회전 하여 국도 116호선으로 향했다.

그 끝자락에 마키의 상점가가 있다. 거리 경치는 상당히 달라졌다. 실로 14년 만이었다. 현 도로를 따라서는 낯선 찻집이나 편의점이 나란히 있었다. 어엿한 농업협동조합 빌딩도 세워졌다. 그것도 그렇다. 그로부터 14년이나 지났다. 평온하면서도 변화해간다. 사람도. 세상도.

예전에 왔을 때는 중학교 조리실습실에서 훔친 칼을 들고 있었다.

잊을 리가 없다. 미숙한 요헤이는 그때 분노에 휩싸여 아사쿠라 나오야의 가족을 죽이러 가려고 했다. 마유는 살해당해 이제 웃을 수도 울 수도 없다. 하지만 아사쿠라 나오야는 다르다. 마유를 죽였는데도 징역을 살고 나면 돌아온다. 그걸 용서할 수 없었다. 그 남자에게도 소중한 사람을 빼앗기는 슬픔을 맛보게 하고 싶었다. 하지만 결국 자신은 아무것도 못했고, 지금도 이러고 있다.

흔히 '애들은 잔인하다'고 한다. 하지만 지금의 요헤이는 그렇게 생각지 않는다. 정말 잔인한 것은 어른이다. 지금의 자신이 바로 그렇다. 그날 마유 일로 머릿속이 가득 차 있었던 자신은 지금은 이제 없다. 배에 난 상처가 낫는 것과 마찬가지다. 흉터만 그럴 듯하게 남아 있고, 그건 피상적인 존재에 지나지 않는다. 지금도 그 소녀를 소중히 생각하고 있다. 하지만 그것만으로 마음은 한가득 채워지지 않는다. 그 무렵의 필사적인 모습은 어디에도 찾을 수 없다.

마유가 살해당했을 때 어른이 되고 싶지 않다고 강하게 원했던 것은 지금도 기억하고 있다. 하지만 흘러가는 계절은 가차 없이 요헤이에게 시간을 빼앗아 어느새 그렇게나 싫어하던 어른이 되어버렸다. 이렇게 마유가 환생한 모토미야 미유를 지키기 위해 아사쿠라 나오야의 집으로 향하는 자신은 무척이나 냉정했다.

아사쿠라가 그곳에 있다면 만나서 이야기를 하고, 상황에 따라서는 경찰을 부르려고 한다. 그게 약아빠진 어른들의 방식이다. 자신의 손을 더럽히는 게 싫은 것이다. 만약을 위해 작은 칼을 가지고 왔다. 하지만 그건 찌르기 위해서가 아니다. 살아서 다시 한 번 더 미유를 만나기 위해서다.

차는 국도를 횡단하여 마키의 시가지로 들어섰다. 조금 생각하다 역 건너편 편의점 주차장에 주차를 시키기로 했다.

아사쿠라 나오야의 생가인 아사쿠라과자점은 상점가 변두리에 있었다. 잊을 리가 없었다. 외벽이 칙칙해져 있었지만, 딱히 기억 속과 다르지 않았다. 조금 아담해 보이는 건 자신의 키가 자라서일 테다.

이곳에 아사쿠라 나오야가 있을지 없을지는 모른다. 그가 사건에 관여하고 있을지 없을지도 모르고 말이다. 하지만 확인해두고 싶었다. 그 악질적인 장난을 친 범인은 그라고밖에 생각할 수 없다. 이제 와서 뭐가 하고 싶은 걸까. 그의 바람은 어디에 있을까. 물론 경찰도 팔짱만 끼고 있지는 않을 테다. 그래서 만나볼 필요가 있을 듯했다. 이건 자신의 과거와의 대치이기도 하다.

여전히 가게는 영업을 하고 있는 듯했다. 셔터가 열려 있었고 창문에는 신상품 벽보가 붙어 있었다. 그 사건으로 이 부근도 상당히 소란스러웠을 테다. 당시에 와이드쇼에서는 이 가게를 '흉악범의 본가'라고 진절머리가 날 만큼 보도했다. 그런데도 현재도 영업을 하고 있는 건 의외였다.

요헤이는 손님인 척해서 가게로 들어갔다. 어디에나 있을 법한, 작은 화과자점으로 유리케이스 안에는 찹쌀떡이나 경단이 나란히 놓여 있었다. 앞으로 다가올 계절을 노려서인지 '찹쌀떡 예약 받습니다'라는 워드로 만들어진 저렴해 보이는 벽보도 있었다.

"어서 오세요."

그리 말하고 유리 케이스 건너편에서 나온 사람은 아사쿠라 나오야의 어머니였다. 틀림없다. 얼굴을 보고 바로 알

앗다. 하지만 텔레비전에서 본 14년 전에 비해 몇 살 이상 늙어 있었다. 앙상하고 얼굴 피부는 축 늘어져 있었으며 머리카락은 새하얬다. 아직 60세 정도일 텐데 전혀 그렇게 보이지 않았다.

눈이 마주쳤다. 아사쿠라의 어머니는 미소를 무너뜨리지 않고 이쪽을 바라보았다. 상상을 초월한 고생을 해왔을까. 그 눈동자에는 태연한 여유가 느껴졌다. 동시에 14년이라는 세월을 느끼게 했다.

"필요하신 게 있으신가요?" 그녀가 말을 걸었다.

요헤이는 무언가를 말하려고 했지만, 말이 나오지 않았다. 이대로는 난처했다. 되돌아갈까 생각했을 때 "아들 일로 따끔하게 말하러 오신 거죠?"라며 그녀가 웃었다.

"……죄송합니다."

"괜찮아요. 신경 쓰지 마세요. 당신이 기자인지 단순한 구경꾼인지는 몰라도 이쪽은 익숙하니까요. 더구나 못된 장난을 치러 온 걸로는 안 보이고요."

아사쿠라의 어머니는 그리 말하더니 "기껏 오셨으니 아들을 만나 볼래요?"라고 말했다.

역시 이곳에 있구나. 요헤이는 무심코 숨을 죽였다.

안으로 안내받아 들어가, 상점을 운영하는 집 특유의 구불구불한 복도를 나아가다 이윽고 모퉁이의 객실에 도착했다.

그녀가 미닫이를 열 때 무심코 몸을 사렸지만, 안에는 아무도 없었다. 대신 있었던 것은 불단이었다. 방에는 향냄새가 배어 있었다.

"기껏 오셨으니 향이라도 올려주세요. 그런 아들이라도 제 아들이니까요"라고 아사쿠라의 어머니가 말했다.

아사쿠라 나오야는 진즉에 죽었다. 단출한 불단 중앙에는 그의 영정사진이 장식되어 있었다. 한 번도 잊은 적 없는 육식곤충 같은 얼굴, 날카로운 눈매, 커다란 안경. 열등감을 느끼는 듯한 무력한 미소. 깃이 목을 감싼 교복. 일부러 텔레비전에서도 많이 다루어졌던 사진을 영정사진으로 사용한 점이 그를 둘러싼 상황을 이야기하고 있었다.

"무슨 일이 있으셨나요?"

요헤이는 무심코 어머니에게 물었다.

"그 전에 묻게 해주세요. 당신은 어떤 사람인가요? 얼굴을 보는 한 장난은 아닌 것 같아서요. 저도 오랫동안 장사를 하다 보니 느낌이 와요. 당장에라도 울 것 같은 남자는 평범한 게 아니잖아요."

가능하면 그것만큼은 말하지 않고 지나가고 싶었다.

"당신의 아드님인 아사쿠라 나오야가 소녀를, 사카구치 마유를 죽였을 때, 그녀의 곁에 있던 남자 중학생을 찔렀던 사실을 기억하시나요? 그 남자애는 공원 화장실에서 배를 찔려 응급수술을 받아 목숨을 건졌어요. 좋아하던 여자아이가 살해당하고 자신만 살아남았죠."

그 말에 그녀의 얼굴이 갈수록 경직되어 갔다. 눈이 휘둥그레졌고 이윽고 입을 자신의 손으로 틀어막고 이쪽을 가만히 바라보았다.

"그래요. 그때 입은 상처를 보여드릴까요? 그러면 믿으실 수 있을까요?"

거기까지 말하니 그녀는 울면서 무릎을 꿇었다. 그리고 몇 번이나 사과하면서 아사쿠라 나오야에 대해서 말해주었다.

그 남자는 출소 후 두 달도 지나지 않아 자살했다고 한다.

"사건 후, 가게나 집에 못된 장난을 하는 사람이 많았어요. 낙서도 심했지만, 그뿐만이 아니었죠. 길고양이 시체가 놓여 있거나, 끝내는 방화도 있었어요. 돌도 많이 날아왔고요. 가게 유리를 한 주에 한 번은 갈아 끼워야 할 정도였고, 그사이에 수리할 돈도 없어서 검테이프로 막고 있었어요. 그런데 우리 가족은 그것도 어쩔 수 없다고 생각했죠. 우리가 키운 아들이 다른 여학생을 죽이고 당신을 찔렀어요. 아이의 죄는 부모의 죄이기도 해요. 그 정도의 속죄는 당연하다고 생각했어요."

아사쿠라의 어머니는 머나먼 시선을 했다.

"그런데도 가게를 닫지 않고 열심히 애써 온 덕분에 우리를 이해해주는 분도 늘고, 세간에서도 잊혀져 조용히 살아가고 있었어요. 그런데 나오야가 출소하고 집으로 돌아온 일이 근처에 전해지자 이번에는 전국에서 괴롭히는 경우가 늘었죠. 지금은 인터넷으로 소문이 퍼졌죠?"

"그래서……."

"네. 그 애는 돌아오고 나서 한 번도 집에서 나가지 않은 채 죽었어요. 부엌 식칼을 가지고 가서요. 그야 배가 아파가며 낳은 자식이고 설령 범죄자로 온 세상에 미움을 받는다고 해도 저는 그 아이의 편이었어요. 그래서 이렇게 죽은 게 속상하고 마음이 아프죠."

어머니는 무릎 위에 올려놓은 주먹을 세게 쥐었다.

"그래도. 나오야가 저지른 일을 생각하면 우리가 슬퍼하는 일은 용납 받지 못하죠. 생각해보면 사건을 모두가 잊었을 무렵, 이걸로 우리도 남들처럼 사는 삶이 허용된다고 믿었어요. 하지만 그건 틀렸어요. 원래부터 그런 권리가 없었죠."

그때 현관이 열리는 소리가 들리고 "다녀왔습니다" 하는 목소리가 났다. 젊은 여성이었다. 그게 나오야와 나이차가 많이 나는 여동생이라는 사실을 바로 알았다. 주간지에서 읽었다. 아사쿠라 나오야가 매우 아끼던 동생이다. 그때 중학교 2학년이었던 요헤이는 그 여동생을 죽이려고 했다. 지금도 잊을 리가 없다.

복도를 걷는 소리가 들렸다. 다른 방에 가는가 싶었는데 점점 가까이 다가와서 미닫이를 열었다. 돌아보자 눈이 마주쳤다. 그곳에 서 있는 사람은 마르고 어른스러운 여성이었다. 나오와 비슷한 나이대일까. 눈이 가늘어 순박한 분위기를 자아냈지만, 그 서 있는 모습은 어딘가 슬픔을 띠고 있었다.

"엄마?" 하고 작게 불렀다. 하지만 당사자인 어머니는 요헤이를 앞에 두고 감정을 드러내고는 눈물을 흘리고 있었다. 그 범상치 않은 분위기에 놀랐는지 여동생은 험악한 표정을 지었다.

"잠시 실례하고 있습니다"라고 말하자 그녀도 가볍게 목례하더니 바로 되돌아가 버렸다. 누군가 지인이 왔다고 착각한 모양이었다.

[2]

와이퍼가 메트로놈처럼 리듬을 새겼다. 비는 어지간해서 멎지 않았다.

평일의 국도는 혼잡했다. 쓰키가타로 돌아오려면 오후 1시를 넘어야 할듯했다. 사진관은 유구치에게 맡겨놓았는데, 조금 미안했다. 점장이 이래서는 안 된다.

요헤이는 마키를 방문한 것을 후회했다. 만약 중학교 2학년이던 그날 조리실습실에서 훔친 칼로 아사쿠라의 여동생을 살해했다면 이번에는 그 남자와 반대 입장이 되어 있었을 테다. 아사쿠라가 죽었다는 사실을 알아서인지 오늘 아침까지와 달리 증오스러워서 견딜 수 없었다.

냉정하게 생각해보면 헛수고였다. 모든 것은 원점으로 돌아갔다. 아사쿠라 나오야는 이번 사건에도, 수상한 사람이 벌인 소동에도, 그리고 미유를 두고 친 장난에도 전혀 관계가 없었다는 것이다.

하지만 모든 것이 우연일 리가 없다. 그렇다면 미유를 두고 친 장난은 뭐였을까.

그건 미유의 비밀, 즉 사카구치 마유의 환생이라는 사실을 아는 사람의 짓이다. 그걸 아는 사람은 얼마나 있을까. 기억이 돌아오고 나서 미유에게 위화감을 느낀 사람은 있을지도 모른다. 또는 미유를 보고 예전 사건으로 살해당한 중학생의 어린 시절과 쏙 빼닮았다고 알아차린 사람이 있을지도 모른다. 요헤이의 동급생도 지역에 전혀 없을 리가 없다. 하지만 환생이라고 확신을 가지고 말할 수 있는 사람이 있을까.

생각해보면 오로지 한 사람에게만 짐작 가는 바가 있었다.

아니, 마음속 어딘가로 생각하고 있었지만 인정하고 싶지 않았다. 믿고 싶었다. 하지만 달리 생각할 수 있는 사람은 없다.

차는 마키·가타히가시 인터체인지와의 교차점에 접어들었다. 요헤이는 쓰키가타 방면으로 핸들을 꺾었다.

[3]

사진관 주차장에는 자신의 차 말고도 차가 두 대밖에 주차되어 있지 않았다. 유구치는 나갔고 손님 차는 없었다. 그중 한 대는 영업용 차다. 타이밍이 좋았다.

사전에 스튜디오 예약 상황을 확인해서 유급 휴가를 사용했기에 발걸음을 옮길 필요는 없었다. 하지만 그럴 수 없게 되었다. 맹점이었다. 지금까지 악질적인 장난은 아사쿠라 나오야의 짓이라고 생각했지만, 그건 착각이었다. 미유의 비밀을 알고 그 초등학교 4학년 소녀에게 못된 짓을 한 인물이 가까이에 있다는 사실을 알아차린 것이다. '확신'이라고 단언해도 좋았다.

차에서 내리자마자 사진관으로 뛰어들었다. 종소리가 울리고 사무실에서 무라카미 나오가 나왔다. 평소와 같은 광경이었다.

"나오 씨."

요헤이가 말을 걸자 "무슨 일이에요?" 하고 여느 때처럼 미소 지어주었지만 바로 그 표정이 쏙 들어갔다. 이쪽의 표정에서 알아차린 듯했다. 얼굴이 경직된 채 입술을 꾹 다물었다.

그 눈을 보고 요헤이는 새삼 확신했다.

"묻고 싶은 게 있어요. 아마 알고 있겠죠?"

사무실로 가서 그녀의 사무용 책상 앞에 파이프 의자를 하나 끌어당겨 마주보는 형태로 앉았다. 나오도 따랐다.

"알고 있죠? 내가 하고 싶은 말."

"……네."

나오는 굳은 표정 그대로 자초지종을 말했다.

초등학교 신발장에 장난을 친 것은 그녀였다. 그날 토요일에는 일도 없어서 유구치에게 '급한 용건이 생겼다'고 전해 가게를 쉬어 요헤이 일행을 미행했다고 한다. 그때 도촬을 하게 되었다고 한다.

"그 애한테 요헤이 씨를 빼앗기는 게 싫었어요"라고 나오가 말했다.

역시 그랬던 건가. 그녀만이 미유의 비밀을 알고 그날 자신들이 해야 할 일을 알고 있어서였다. 아사쿠라 나오야가 이 세상에 없었다면 달리 다른 사람은 없었다.

"전 요헤이 씨를 좋아해요. 그런데 요헤이 씨가 그 애를 만나고 나서 점점 멀어져가는 것 같았어요. 마치 아이로 되돌아간 것 같아서 두려웠어요. 요헤이 씨가 미유짱을 보는 시선은 마치 몇 십 년이나 함께한 부부 같았어요. 거기에 제가 들어갈 틈은 없잖아요."

그녀는 그렇게 말하더니 다시 입술을 꽉 깨물었다. 그리고 천장을 올려다보더니 가볍게 웃어 보였다.

"그래도 이렇게 들켜서 다행이네요. 제 자신이 미웠으니까요. 자신이 이렇게 질투하고 남을 괴롭히는 사람이라는 걸 생각하고 싶지 않았어요. 엄청나게 꼴불견이잖아요. 미유짱은 정말 좋은 아이고 그 애의 운명을 생각하면 원래 제가 들어갈 틈이 없는 게 당연한데."

그 말은 분명 진심이라고 생각했다. 선뜻 믿을 수 있었다.

나오는 마지막으로 "제가 나쁘기도 하지만 요헤이 씨는 너무 자상하세요"라고 입술을 삐죽댔다.

"그러니 포기할 수 없잖아요."

대단하다고 생각한 것은 눈물을 일절 보이지 않고 동정을 살 만한 행동도 하지 않았다는 사실이다. 역시 본질적으로는 착한 사람인 것이다. 그게 구원이었다.

"전 여길 관둘게요. 요헤이 씨가 꺼림칙한 시선으로 절 보는 건 괴로우니까요. 어차피 잘리겠지만요."

"그럴 리가요. 당신은 우수하고 손님한테도 평이 좋아요. 물론 당신이 이곳에 있기 싫다면 말릴 권리는 없지만 난 여기에 있어줬으면 해요. ……더구나 이렇게 생각해주고 있는데 당신의 마음에 대답할 수 없는 건 미안하게 생각해요."

"만약에요."

나오가 입을 열었다.

"만약 미유짱을 만나지 않았더라면 저랑 사귀어줬을 건가요?"

그녀는 조금 짓궂은 표정을 짓고 있었다. 요헤이는 우물쭈물거렸다. 그 가정에 대해서는 몇 번이나 생각했다. 다만 답은 달라지지 않았다. 사귀지 않았을 거라고 본다. 대학시절과 마찬가지다. 다른 여성을 사랑하면서도 늘 마유의 그림자를 계속해서 쫓고 있었다. 어차피 사귀어도 불행하게 만들 뿐이라고 생각한다.

"대답 안 하셔도 알아요. 요헤이 씨는 얼굴에 티가 잘 나니까요."

나오는 그리 말하고 미소 짓더니 "앞으로는 존경하는 상사로서 잘 부탁드립니다"라고 새삼스럽게 고개를 숙였다.

요헤이도 한숨을 크게 쉬었다. 우선 한 가지가 해결되었다. 경찰에 신고한 게 왠지 미안했다.

그때 나오가 무언가를 떠올렸는지 힘차게 일어났다.

"중요한 사실을 말하는 걸 잊고 있었어요."

"갑자기 뭔가요?"

"꽃다발요. 그 미유짱네 현관에 놓여 있었다는 거요."

"그것도 나오 씨가 한 게 아니었어요?"

틀림없이 그렇다고 생각했다. 지금의 이야기로 모든 것이 나오가 벌인 일이라고 생각했다.

"아니에요. 그건 제가 아니라고요!"

요헤이도 일어났다. 무척이나 꺼림칙한 예감이 들었다. 즉 나오 말고도 미유의 비밀을 아는 사람이 있다는 뜻이다. 아사쿠라 나오야는 이제 이 세상에 없다.

"난감하게 됐네."

무심코 읊조리는데 나오가 휴대전화를 귀에 댔다. 미유네 집에 전화를 걸고 있는 것이다. 이미 부모님과도 친해져 있었다. 전화를 귀에 대고서는 그녀는 맞장구를 쳤다. 하지만 그 얼굴이 어느 순간부터 순식간에 굳어졌다. 그리고 전화 건너편을 향해 "그건 아니에요"라고 말했다. 그 목소리는 날카롭고 미묘하게 떨고 있었다.

"지금 요헤이 씨는 여기에 있어요. 미유짱을 데리고 가다니 말도 안 돼요!"

제6장

[1]

집으로 돌아가서 책가방을 그 부근에 던져놓고 그 김에 자신의 몸도 침대에 내던졌다. 요헤이 일행의 말로 한동안은 부모님이 바래다주고 데리러 오게 되었다. 그리고 되도록 바깥에 나다니지 않도록 하고 있다. 누군가 자신을 노리고 있다. 아마 아사쿠라 나오야일 테다. 한동안 요헤이를 만날 수 없는 건 불안하지만, 그 이상으로 아사쿠라는 두렵다. 마음이 그 공포심을 새기고 있다. 그래서 지금은 부모님이나 요헤이가 하는 말을 얌전하게 따를 작정이다.

친구에게 설명하는 건 힘들었지만 방과 후 어울려서 놀 필요가 없는 건 홀가분했다. 역시 사카구치 마유이기도 한 자신은 초등학생의 교우관계가 번거롭기도 했다.

천장을 올려다보고 크게 기지개를 켰다. 기억이 돌아온 이

후 몸이 몹시 갑갑하게 느껴졌다. 이제 중학생이 아니다. 마유와 미유의 성장속도가 같다면 4년은 퇴행하고 있다는 것이다. 부풀어올라서 조금 자기혐오감을 느끼고 있던 가슴이나 아침저녁으로 케어하는 게 귀찮았던 여드름이 사라진 건 좋은 일이다. 그 울적한 생리도 시작되지 않았다.

한편 윤회전생 속에서 자신과 같은 시간을 걸어가고 있을 터인 요헤이는 이미 스물일곱이 되었다. 고등학교에 진학해서 대학에 가서 사회인이 되고 아마 자신 말고 다른 누군가와 사랑에 빠진 일도 있었을지도 모른다. 결혼해서 아이가 있어도 이상하지 않을 나이다. 나이차는 18세. 상상하자 가슴이 찢어질 것만 같았다.

한때 요헤이가 먼저 거리를 두려고 했던 심정을 이해한다. 늘 느끼고 있다.

하지만 그런데도 자신의 마음은 달라지지 않는다. 지금도 요헤이를 좋아한다. 지금부터 남들보다 배로 고생하고 슬픔을 경험할지도 모르지만, 그런데도 요헤이와 같이 있고 싶었다.

그를 생각하다 "좋았어" 하고 작은 목소리가 나왔다.

그것은 결의를 나타내는 일이었다. 이제 두 번 다시 떨어지지 않을 것이다. 난 어디든지 쫓아갈 테다.

문득 한기를 느꼈다. 에어컨을 너무 빵빵하게 틀어놓은 것이다. 바깥을 보니 검은 구름이 자욱했고 빗방울이 뚝뚝 창문에 부딪치기 시작했다. 지나가는 비일까. 금방 강해질 것 같은 느낌이 들었다.

미유는 일어나서 에어컨을 끄고 창문을 조금 열려고 했다. 그 편이 마음이 포근해지지 않을까 싶었다. 커튼을 열자 전신주 뒤편에서 누군가가 손을 흔들고 있었다. 키가 크고 젊은 남자다. 순간 요헤이인가 싶었다. 하지만 아니었다. 중학생인 스나다 다케히코였다. 조금이라도 착각한 자신이 어리석게 느껴졌다. 다만 닮은 건 확실하다. 머리스타일이나 키와 몸집은 조금 겹친다.

그건 그렇다 해도 무슨 용건일까. 애초에 어째서 이 집을 알고 있을까. 가르쳐준 적은 없다.

창문을 열자 건너편에서 외쳤다.

"이우라 씨한테서!"

요헤이가 부른다는 소린가? 그렇구나. 일손을 놓을 수 없으니 그를 심부름꾼으로 보냈을지도 모른다. 그렇다면 이곳을 안다고 해도 이상하지 않다. 미유는 어딘가 불편했지만, 요헤이는 스나다를 마음에 들어 하는 듯했다. 예전의 자신과 겹쳐보고 있을지도 모른다.

미유의 마음이 활짝 개였다. 먹구름이 자욱한 하늘도 어딘가로 날아가 버릴 듯한 느낌이다.

"지금 갈게요."

미유는 돌아보지 않고 계단을 달려내려갔다.

제7장

[1]

혼자서 미유네 집에 가자 그녀의 부모님이 새파래진 얼굴로 맞이해주었다.

가게 종업원을 중심으로 주변을 수색하고 있는 모양이다. 들어보니 바로 경찰에 실종신고를 낸 것 같았다. 부모님이 말하기로는 '시라네 사건도 있어서 경찰도 진지하게 받아들이고 있는 모양'이라고 한다.

요헤이는 "미유를 데리고 간 건 정말 자네가 아닌가" 하고 몇 번이나 확인받았다.

"전 오전 중에는 마키 쪽에 갔었고, 그러고서는 가게 사무실에 있었어요"라고 그때마다 답했다. 미유는 현관 앞에서 "잠시 이우라 씨 사진관에 다녀올게"라고 말하고 집을 나섰다고 한다. 딱히 자택에 전화 등은 없었던 모양이다. 물론 초등학생인 미유는 휴대전화를 가지고 있지 않다.

이미 오후 7시를 넘어서 있었다. 아이라면 집으로 돌아올 시간이다. 미유가 놀러 나가서 이 시간까지 돌아오지 않은 적은 지금까지 없었다고 한다.

휴대전화도 자택용 전화도 끊임없이 울리고 있었고 가게 종업원이 대응하고 있다. 자치회나 노인회도 수색에 협력하기로 한 모양이다. 집안은 어수선했다.

뭔가 단서를 찾을 수 있을지도 몰라서 그녀의 방에 들어갔다. 한창 나이대의 아가씨라면 그렇다 쳐도 초등학생이라서 바로 허락을 받았다. 다다미 8조 크기의 방이었지만, 다다미 위에 매트를 깔고 침대가 놓여 있었다. 책상도 별다른 특색 없는 고쿠요 브랜드인가 뭔가 그랬다. 특별히 이상한 부분은 찾아볼 수 없었다. 초등학생 4학년치고는 잘 정리되어 있었다. 이 나이대치고는 파스텔컬러가 적었다. 인형도 없었다. 역시 마유의 환생이라는 걸 실감했다. 그녀도 그랬다. 여성스러운 핑크색이나 오렌지색을 선호하지 않는 소녀였다. 늘 남자아이처럼 아디다스나 나이키 등의 스포츠브랜드를 갖추고 있었다. 무엇보다 집이 그다지 유복하지 않은 탓도 있겠지만, 분명 자폐증인 남동생, 신지와 방을 함께 사용하고 있을 터였다. 그 탓이기도 할 테다.

그저 한 군데, 창이 열려 있는 게 신경이 쓰였다. 내려다보자 도로에 접하고 있었다. 이미 바깥은 어둠에 휩싸여 다 꺼져가는 가로등이 젖은 아스팔트나 전신주를 반짝반짝 비추고 있었다. 약하디약한 빛이었다. 또는 여기에서 누군가에게 불려나간 걸까.

그러자 뒤에서 사람이 들어왔다. 돌아보자 이쪽을 보고 바로 "많이 컸네"라며 웃었다. 순간 누군지 알 수 없었다.

"밑에서 부모님한테서 들었다네. 자네가 와 있다고."

입술의 움직임으로 마침내 떠올렸다. 14년 만인가. 마유 사건으로 조사를 담당하던 형사였다. 분명 아오야마라고 했던가. 머리에 흰머리가 섞여 있었고 피부에서 나던 윤기는 잃었으나 그 분위기는 여전했다.

그는 새삼스럽게 요헤이에게 명함을 건넸다. 요헤이도 자신의 명함을 건네주었다.

"아직 시라네에 계셨네요?"

"여기저기 전전하다가 또 미나미 서로 돌아왔지. 그 무렵보다 월급이랑 계급을 올라갔지만, 일은 전혀 달라지지 않았어. 그 사진관의 점장일 줄이야. 자네도 어엿한 어른이 됐구면. 걱정했었어. 그래서 이렇게 그 슬픔을 뛰어넘고 훌륭한 어른이 돼준 게 나도 기쁘다네."

그는 그리 말하고 웃더니 악수를 청했다.

"그 무렵에 몇 번인가 자네에게 격려 편지를 썼지만, 반응이 없어서 걱정했었지"라고 웃었다.

그러고 보니 그런 일이 있었던 듯하다. 마유의 죽음이 알려진 후 여러 곳에서 격려 편지가 날아들었다. 그중에 아오야마로부터 온 편지도 있었던 게 틀림없다. 다만 그 무렵의 자신은 편지를 읽을 기력이 없었다. 타인에게 격려를 받는 게 뻔뻔하다고 여겼다.

"이번에 미나미 서에 신고가 들어왔는데 전화가 아니라 직접 어머니가 미유짱 본인의 사진을 가지고 와주셨다네. 그래서 내가 대응해드렸지. 그 사진을 본 순간 놀랐어. 14년 전 사건의 중학생과 너무 닮은 아이였으니까. 더구나 그 사건의 피해자 중 한 사람이었던 자네도 엮여 있다고 해서 날아오다시피 해서 왔지."

아오야마 준지는 그리 말하더니 이번에는 이쪽 사정청취를 했다. 맹금류 같은 날카로운 눈은 숨기는 것을 용납해주지 않을 듯했다.

요헤이는 어디까지 이야기해야 좋을지 망설였지만, 마음을 먹고 전부 이야기하기로 했다. 14년 전의 일을 떠올렸기 때문이다. 아오야마는 마유를 구하지 못했던 일을 내심 속상해했다. 이미 중년이 되었지만, 그때와 표정은 전혀 다르지 않다. 이 사람이라면 믿을 만하다 싶었다.

지금까지의 경위를 모두 말하자 아오야마는 "그런 일도 있을 수 있겠군"이라고 선뜻 답했다. 환생에 대해서도 딱히 놀라지도 의심하지도 않는 기색이었다.

"그렇게 간단히 믿을 수 있으세요?"

"자네가 거짓말을 할 사람이라고는 생각 안 하기도 하고, 이 일을 하다 보면 그런 신기한 일을 몇 번인가 조우하기도 하는 법이니까. 살인범이 자신이 죽인 여자의 유령에 협박당해 자수하러 오는 일도 있거니와 그 주변의 미심쩍은 노파의 예견이 적중하기도 하지. 이번에도 그런 사건 중 하나겠지. 사진을 봤을 때부터 뭔가 심상치 않은 기운도 느꼈어. 그러니 나 혼자서 온 거야. 파트너는 차 안에서 기다리게 하고 있어."

아오야마는 그리 말하면서 현재 경찰의 수사 상황을 알려주었다. 외부인에게 알려줘도 되는지 묻자 "14년 전의 속죄라고 생각해주길 바라네"라고 말했다.

"하지만 이번에는 특별해. 슬슬 퇴직해서 경비회사에 재취업하고 싶거든. 그래서 내가 자율적으로 움직일 만한 여유가 있어. 무책임한 형사가 와준 걸 고맙게 생각하게나."

"감사합니다. 아오야마 씨라서 정말 다행이에요."

요헤이는 기뻤다. 동시에 조금 후회도 했다. 아오야마가 있는 걸 알고 있으면 더 빠른 단계에서 경찰을 의지할 수도 있었을지도 모른다. 터무니없는 가정이기는 하지만 그렇게 생각하는 수밖에 없었다.

"이번에는 그 아이를 지켜줄 거라네. 그건 자네가 해야 할 일이고 이쪽도 정보는 얼마든지 필요해. 이쪽으로서는 사건 해결을 위해 자네를 이용하려고 하네. 개인적으로 그 환생이라는 걸 눈으로 보고 싶다네만."

그리 말하고 그는 몇 가지 사건과 관계가 있을 만한 정보를 꼽았다. 그 대부분은 엇나간 느낌이 들었지만, 경찰은 분명 그것들도 속속들이 검증해나가는 게 일일 테다.

그중에 하나 신경 쓰이는 게 있었다. '행방불명으로 보이는 소녀가 경트럭 조수석에 앉혀져 있었다. 운전하고 있던 건 중고생 정도 되는 젊은 남자였다'라는 것이다.

농가의 방탕한 자식이 여자를 데리고 다니는 일은 있을지도 모르지만, 어딘가 마음에 걸렸다. 스나다 다케히코였다. 그 중학생은 본가가 전업농가였다. 아버지가 "그 스나다 씨 말이지"라고 말할 정도니까 나름대로 큰 농가일 테다. 그렇다면 집에 농작업용 경트럭이 없는 게 더 부자연스럽고, 운전을 할 수 있어도 이상하지 않다. 예전 시골에서는 흔한 일이었다. 떳떳한 일은 아니지만 자택의 부지 내나 농지에서 자식에게 경트럭 운전을 시키는 것이다. 한때 요헤이의 동급생 중에서도 중학교 때 수동 기어 차를 운전할 수 있었던 아이가 몇 있었다.

더구나 스나다는 사건과 전혀 무관계인 사람이 아니었다.

아오야마에게 그 말을 하자 "흥미진진하군"이라고 했다.

　"그 중학생 이름은 기억하고 있다네. 드문 이름이었으니까. 시라네 사건에서 거짓 목격증언을 했던 아이라네. 검은색 대형 왜건을 탄 중년 남자를 사체유기 시간대에 봤다고 하더군. 나중에 주변 방범 카메라를 조사해봤지만, 그런 건 어디에도 찍혀 있지 않았지."

　그러고 보니 스나다는 그런 말을 했다. 역시 마음에 걸렸다.

　"그 나이대의 애들이 허위 증언으로 경찰을 약 올리는 건 실은 그렇게 드물지 않다네. 이쪽으로서는 한두 번 있는 일도 아니니 공무집행방해로 체포하고 싶을 정도지만 그럴 수도 없지. 그래서 그 이름은 마크하고 있던 차였어."

　"그런데 그 친구는 아사쿠라에 대해서 오른쪽 손등에 화상 자국이 있다는 걸 알고 있었어요."

　그렇다. 그때 미유의 질문에 대해서 그는 먼저 입을 열어 답했을 터였다. 어째서 알고 있을까. 아사쿠라가 입은 화상에 대해서는 사건 이후 쭉 정보를 쫓아온 나마저도 몰랐던 것이다.

　"그렇군. 그런데 지금은 어렵지 않을 걸세. 그 사건 후 아사쿠라 졸업앨범 사진은 대량으로 유출됐었고 그때 화상 자국도 찍혀 있었을 거야. 그건 아사쿠라가 초등학교 때 괴롭힘을 당했을 때 생긴 걸세. 지금은 보이지 않게 됐지만, 옛날 초등학교 때는 큰 석유난로가 있었잖나? 자네도 알고 있을 테지만."

요헤이는 고개를 끄덕였다. 확실히 있었다. 교실 전방, 선생님 책상 옆에 떡하니 자리하고 있었다. 겨울에는 체육관 등유 보관소에서 등유가 담긴 폴리탱크를 둘이서 옮겼다. '석유담당'이라는 당번이 있었던 것이다.

"아사쿠라는 그 난로에 오른손이 지져졌어. 사리분별 못하는 동급생 때문에. 보도되지는 않았지만, 그의 주변에서는 유명한 이야기였지. 중학생이 어쩌다가 들었다고 해도 이상하지는 않아."

아오야마는 그리 말하더니 휴대전화를 사용해 요헤이로부터 얻은 정보를 그대로 어딘가에 전하고 있었다. 아마 조사 대상으로 삼는 것일 테다.

그리고 열어젖혀져 있던 창밖을 노려보았다. 아마 요헤이와 같은 생각을 하는 듯했다.

"난 일단 서로 돌아갔다가 다시 움직일 작정이라네. 경찰은 번거로운 집단이라서 가택수사나 뭔가의 절차가 필요하거든. 더구나 상대가 중학생이라면 더하지. 안심해. 이번에야말로 반드시 구출해내겠네."

그리 말하고 요헤이의 어깨를 두드렸다. 14년 전을 떠올렸다. 그때는 결국 마유를 구할 수 없었다. 비아냥대기라도 하고 싶었지만 말로 하지 못하고 고개를 숙일 뿐이었다. 그의 잘못은 아니다.

아오야마가 물러난 후 요헤이도 계단을 내려갔다. 1층에 이미 미유의 어머니 말고는 아무도 없었다. 모두 근처를 찾아 돌아다니고 있다고 했다.

요헤이도 바깥으로 나갔다. 자신은 어떻게 해야 할까. 역시 경찰에 맡겨야만 하나. 애초에 자신이 할 수 있는 일은 뭘까.

생각하니 망설일 필요가 없었다. 14년 전을 반복해서는 안 된다. 그뿐이다.

예전의 자신은 아사쿠라 나오야에게 찔려서 아무것도 할 수 없었다. 하지만 지금은 어떠한가. 그로부터 세월을 거쳐 지혜를 얻었다. 아직 찔리지도 않았고 운전도 할 수 있다. 또는 지금의 이우라 요헤이라면 다른 결과를 얻을 수 있지 않을까.

그렇다. 운명은 반복되지 않는다. 반복되게 해서는 안 된다.

요헤이는 근처에 주차되어 있던 차에 뛰어올라 시동을 걸었다.

[2]

스나다 집은 처음이었다. 근처 공원 옆에 주차했다. 대문에 달린 등불을 지나 20평쯤 되는 정원을 빠져나가자 안채가 나왔다. '스나다'라는 멋들어진 문패를 걸고 그 옆에는 이 지구의 자치회 임원을 표시하는 간판이 걸려 있었다. 회계담당이었다.

지역의 다른 농가와 마찬가지로 농지는 안채에서 떨어진 곳에 있을 테다. 집 옆에 헛간과 비닐하우스가 하나 있을 뿐이었다.

역시 경찰이 온 흔적은 없었다. 아직 이곳까지 도달하지 못했을지도 모른다.

현관 안에 빛이 보였다. 집이 비어 있는 건 아닌 모양이었다.

어쩌면 이곳에 본인이 있지 않을까. 미유와 함께.

그런 아련한 기대감을 가슴에 품고 초인종을 눌렀지만, 나온 것은 그의 할머니로 보이는 여성이었다.

나이든 시골 아주머니의 모습이지만, 어딘지 모르게 기품이 있었다. 널찍한 현관에서 무릎을 꿇고 요헤이를 맞이해주었다. 그 건너편에는 멋들어진 남송화가 그려진 칸막이가 보였다.

포토스튜디오 이우라 명함을 보이고 그에 대해서 물어보니 그녀는 "다케히코는 아직 안 돌아왔다우"라고 말했다. 다정하고 고상한 사투리였다. "어쩌면 별채에 있을지도 모르겠구랴. 그 아인 거기에 틀어박혀 있을 때가 많다우."

들어보니 그는 안채 뒤편의 별채에 자신의 방을 가지고 있는 모양이었다. 요헤이의 심상치 않은 표정에 생각하는 바가 있었는지 그쪽으로 안내해주려는 듯했다. 수상쩍게 여기는 기색은 없었다. 요헤이의 명함을 소중히 에이프런 주머니에 넣고 "일부러 찾아주시고 수고가 많구랴" 하고 고개를 숙여주었다. 이쪽도 송구스러웠다.

안채를 빙그르 돌아가자 뒤편에는 정문보다 더 훌륭한 정원이 가꿔져 있었다. 마루 건너, 객실 쪽에서 새어나오는 빛에 비추어져 단풍이나 백일홍 등의 나무가 보였다. 연못 수면이 일렁였다. 아마 비단잉어라도 기르고 있겠지.

스나다 다케히코가 자신의 방으로 삼고 있다는 별채는 그 끝자락에 있었다. 창문은 커튼이 내려져 있었다.

그 입구에서 그녀가 "다케히코, 있누?" 하고 말을 걸고 노송나무의 미닫이를 두드렸다. 하지만 대답이 없었다. 요헤이에게는 부재처럼 여겨졌지만, 그녀는 "들어가마" 하고 주저하지 않고 문을 열고 형광등 스위치를 켰다.

그녀는 입구에서 한 걸음 나아가 그 자리에 우두커니 서서 말문을 닫았다. 무슨 일인가 싶어서 요헤이도 뒤를 따랐다. 그리고 마찬가지로 방 안을 보고 압도당해 그 자리에서 꼼짝도 못했다.

　벽에는 여러 스크랩이나 사진이 붙어 있었다. 그건 아이돌 팬이 포스터나 브로마이드를 장식하는 수준이 아니라, 벽 한 면을 가득 채우고 있어 강렬한 광기를 느끼게 했다. 조금도 기울어지지도, 틈도 없이 신경질적으로 나란히 늘어선 모습은 심상치 않았다.

　방은 6조 크기의 다다미방으로 도코노마*가 있었다. 예전에는 객실이었다는 사실을 알 수 있었다. 또는 집주인이 다실로 삼으려고 생각했을지도 모른다. 하지만 지금 그 광경은 어디에도 없다. 이곳은 괴물의 거처가 되어 있었다.

　요헤이는 벽에 붙어 있는 것을 뚫어지게 보았다. 그 절반 정도는 낯익었다. 하나같이 신문이나 주간지에서 오려낸 것으로 그중 대부분에 요 14년간 한 번도 잊은 적 없는 아사쿠라 나오야 얼굴이 있었다. 마유를 죽이고 체포되었을 때 매체에서 사용된, 그리고 영정사진으로도 사용된 그의 고등학교 시절의 사진이었다. 열등감을 느끼면서 미소 짓는 그 얼굴을 요헤이는 몇 번이나 가위로 잘게 오렸다. 잊을 수 있을 리가 없었다.

　소년 스나다가 어떤 경위로 그 사건과 아사쿠라에게 흥미

---

* 일본식 다다미방에서 바닥을 한층 높게 만든 곳으로, 벽에는 족자를 걸고 바닥에는 꽃이나 장식물을 꾸며놓는 자리를 뜻한다.

를 가졌는지는 모른다. 다만 붙어 있는 이것들에서 신앙이나 외경의 이념 같은 것이 느껴졌다.

사무용 책상이 눈에 들어왔다. 위에는 아무것도 놓여 있지 않았다. 요헤이는 반사적으로 서랍을 열었다. 잠겨 있지 않았다. 손에 닿는 대로 열어서 내용물을 꺼냈다. 그의 할머니는 아무 말도 하지 않았다. 손주의 마음에 자리를 튼 괴물을 접하고서 그럴 경황이 없었을 테다.

서랍 내용물에서도 그 사건에 대한 스크랩물이나 손으로 쓴 메모가 연달아 나왔다. 암호처럼 의미불명으로 나열된 글이나 엉망진창으로 그려진 일러스트 종류, 그리고 그 안쪽에서 큰 캔이 발견되었다. 여러 과자가 담겨 있는 듯한 물건이었다. 오사카야의 답례품인 모양이다. 낯익은 로고에 크리스마스 리스가 나란히 있었다. 낡은 게 아니었다. 비교적 새것이었다.

책상 위에 놓고 캔을 단번에 열었다.

그곳에는 사진 다발이 있었다. 아직 새로운 것이었다. 그는 폐허 촬영이 취미다. 하지만 이곳에 있는 것은 그것과는 달랐다. 미유의 사진이었다. 하나같이 렌즈에 시선을 맞추고 있는 것은 없었고 모두 다 도촬이었다. 가방을 메고 하교하는 모습도 있거니와 망원렌즈로 촬영한 것으로 보이는 교정에서 체육복을 입은 것도 있었다. 전부 서른 장 정도였다.

그 밑에는 노트도 있었다. 펼쳐보자 조금 전의 사진과 비슷한 것을 평범한 인쇄용지에 프린트한 것이 스크랩되어 있었다. 그뿐만이 아니었다. 노트 왼쪽에는 미유의 도촬 사진. 그리고 오른쪽에는 예전의 마유가 있었다. 요헤이 시절의 졸업 앨범을 어딘가에서 입수한 모양이었다. 초등학교 6학년인 사카구치 마유의 얼굴, 5학년 때 다이나이 시에서 열린 숙박연수에서 촬영된 것으로 보이는 스냅사진도 있었다. 더구나 중학생이 된 이후의 사진도 말이다.

그리고 다음 페이지에는 검은 볼펜으로 빼곡하게 쓰여 있었다. 간신히 읽은 부분에는 '그녀는 환생했다. 기적의 소녀, 나의 여신, 사랑한다'고 되어 있었다.

더구나 캔 바닥에는 종잇조각이 흩어져 있었다. 판지일까. 아니, 그건 사진 프린트 용지였다. 남은 조각을 이어붙였다. 그러자 그곳에 찍혀 있는 것은 도촬된 현재의 요헤이였다. 그 찢어진 방식에서 강한 악의가 느껴졌다. 그 중학생은 요헤이가 누구인지 알고 있었던 것이다.

무엇이 계기였는지는 확실하지 않다. 하지만 지금은 아무래도 좋다.

역시 그는 알고 있었던 것이다. 미유의 비밀을. 그리고 그는 깊은 어둠을 가슴에 품고 있었다.

무심코 토할 것 같았다. 이 방에 있으니 자신의 머리도 이상해질 것 같았다.

그리고 이곳에는 미유도 스나다도 없다. 대체 어디에 있을까. 방 안을 둘러보았다. 이 방대한 스크랩 어딘가에 단서가 있을 테다.

문득 시선이 머문 것은 사카구치 마유가 살해된 그 쓰키가타 병원 터인 폐허였다. 요헤이에게 있어서도 잊을 수 없는 장소다. 분명 스나다 다케히코는 폐허 사진을 가지고 있을 테다. 그때 자신에게 보여준 것은 무슨 의미였을까. 그리고 만약 아사쿠라를 신봉하고 있다고 한다면 미유를 어디로 데려갔을까. 그곳에서 무엇을 하려고 할까. 생각하지 않더라도 답은 나와 있었다.

[3]

요헤이는 바로 병원 터를 향해 차를 몰았다. 어두운 밤 속, 이따금 반대편에서 오는 차 헤드라이트와 교착했다.

도중에 행방불명인 미유를 찾고 있는 듯한 지역 주민과 스쳐지나갔다. 형광반사재질로 된 재킷을 걸치고 회중전등을 들고 있었다. 무언가 전할까 싶었지만, 지금은 그럴 겨를이 없었다.

그런데도 만약을 위해서 운전하면서 미나미 경찰서에 전

화를 했다. 아오야마에게는 전해두어야 한다 싶었다. 하지만 전화를 받은 경찰 말로는 지금은 전화를 받을 수 있는 상황이 아닌 모양이었다. 분명 이 경관은 사정을 아무것도 이해 못하고 있는 것이다. 괜찮다, 천하의 그 형사다. 바로 스나다의 집에 가서 요헤이와 같은 생각을 하고 같은 곳으로 향할 테다. 또는 그 할머니가 전해줄지도 모른다.

오히려 지금은 한시라도 빨리 미유를 구해야 한다. 시간이 없다. 마유와 같은 운명을 반복해서는 안 된다. '이미 때는 늦었다'만큼은 싫었다. 이제 두고 가버리는 건 사양하고 싶었다.

이번에야말로, 이번에야말로 자신은 그녀를 따라잡는 것이다. 그때 본, 비 오는 날의 광경, 수국을 바라보는 소녀를 따라잡아 보이는 것이다.

폐허 앞에서 차에서 내렸다. 이제 돌아오지 못할지도 모른다는 예감도 들었다. 하지만 상관없다. 설령 자신이 그렇다고 해도 미유만큼은 무슨 일이 있어도 구할 것이다. 그녀가 살해되게 둘 수 없다.

만약을 위해 다시 한번 미나미 경찰서에 전화를 했다. 하지만 전파가 불안정한지 잘 연결되지 않았다. 그렇다. 역시 이것도 운명일지도 모른다. 곧 아오야마가 이곳에 도착할 것은 틀림없지만, 자신 혼자서 안에 들어가야만 하는 것이다. 그런 시나리오처럼 여겨졌다.

예전과 같은 방법으로 안으로 들어갔다. 이번에는 회중전등을 가지고 왔다. 상대에게 들킬 가능성은 높아지지만, 어둠과 대치하는 것보다는 나을 듯했다.

바람이 강하고 아직 보슬비가 흩날렸다. 몸이 서늘해졌다.

우선 무기가 필요하다 싶었다. 무방비 상태는 어쩐지 불안했다. 상대는 중학생이지만 자신보다 체격이 좋다. 주위를 들여다보았다. 그러자 금속봉 끝자락 같은 것이 번뜩 빛났다. 무언가 떨어져 있는 것이다. 힘껏 들어올려보았다. 예상보다 짧은 40센티미터 정도밖에 되지 않았다. 쇠 파이프나 그런 걸까. 표면은 녹이 슬어 있었다. 어두워서 보이지 않았지만, 제대로 된 것이 아니었다. 그런데도 맨손보다는 나을 것 같았다.

미유가 위험하다. 그래서 초조하기도 하다. 동시에 스나다에 대한 분노나 증오도 있었다. 한편 절대 부정적이지 않은 감정도 다소 있었다. 이건 신이 내린 기회일지도 모른다는 마음이다. 14년 전에는 마유를 구하지 못했다. 아무것도 할 수 없었다. 그래서 그로부터 오랫동안 어두운 구멍 아래에서 간신히 숨을 쉬고 있는 듯한, 두려운 시간을 보내왔다.

하지만 그것도 끝이다. 그날 잃어버린 것을 이제야말로 되찾는 것이다.

덧없더라도 희망이 있기에 요헤이는 평정심을 아슬아슬하게 유지하고 있었다. 가볍게 심호흡을 했다. 갑자기 비바람이 멈추었다. 올려다보니 큰 달도 나와 있었다.

들키지 않도록 깨진 유리를 피하면서 안으로 살며시 들어갔다. 로비는 달빛 덕분에 회중전등을 사용하지 않아도 주변을 확인할 수 있었다. 안타깝게도 로비 주변에 인기척이 없었다.

그러면 안쪽인가.

라이트를 켜고 천천히 앞으로 나아갔다. 폐허 안에 발소리가 울려퍼졌다. 방화벽은 열려 있었다. 누가 있는 걸까. 안으로 나아갔다. 먼젓번 날에도 왔지만, 이곳은 딱히 손상이 심하지 않다. 그리고 그 모퉁이에 마유가 살해당했다는 방이 있다.

유심히 보자 문 윤곽을 도려낸 듯이 희미하게 빛이 새어나오고 있었다.

요헤이는 숨을 참았다. 그곳에 있는 것이다. 미유와 스나다가.

오른손에 든 쇠파이프를 꽉 움켜잡았다.

망설일 일은 없었다. 두려워할 것도 없었다. 이미 감정은 마비되어 있었다. 그저 14년 전의 과오를 돌이키기만 하면 된다. 미유를 구한다. 그게 유일한 속죄이자 자신의 역할인 것이다. 자신이 죽더라도 그녀는 계속해서 미래를 살아간다. 운명은 바뀐다. 그것만으로 충분하다. 달리 뭘 바라겠는가.

조용히 문으로 다가가서 단숨에 거칠게 손잡이를 돌려 앞으로 잡아당겼다. 삭은 세월을 느끼게 할 정도로 문은 매끄럽게 열렸다.

방 안은 밝고 눈부셨다. 캠핑용 형광등 스탠드를 몇 개 들인 상태였다. 더구나 벽에는 그림이나 태피스트리 같은 것이 장식되어 있었다. 이상한 냄새도 났다. 마치 무언가 종교적인 행사를 하는 방 같았다.

방 중앙에 스나다 다케히코가 조용히 서 있었다. 평소의, 포토스튜디오 이우라에 올 때와 별반 다를 것 없는 얼굴과 차림새였다. 근처에는 그가 자랑하는 니콘 일안 리플렉스도 놓여 있었다.

하지만 그 손에는 중학생에게 어울리지 않는 크고 두꺼운 날이 달린 나이프가 쥐어져 있었다. 스탠드 빛을 받아 날이 꺼림칙하게 빛났다.

"도망쳐!"

그가 무언가 말하려고 입을 열었을 때 뒤에서 그것을 방해하듯이 외치는 목소리가 높아졌다. 그곳에는 미유가 있었다. 손발이 묶여 구속되어 있었지만, 무사했다. 달리 험한 일을 당한 형색은 아니었다.

"요헤이, 도망쳐! 얼른!"

"나도 그러는 편이 좋다고 봐요."

스나다가 말했다.

"역시 그럴 거다 싶었어요. 구하러 온다면 경찰보다 이우라 씨겠죠. 이 친구도 그걸 애타게 기다리고 있었을 겁니다. 아무래도 '전생부터 연인'이잖아요. 부럽네요. 그런 거. 오컬트 애호가로서는 차, 참을 수 없네요."

그리고 요헤이를 향해 칼을 들이댔다. 긴장하고 있는지 목소리가 조금 떨렸다. 아니, 더듬거리듯이 들렸다.

"넌 뭐가 하고 싶은 거야? 왜 아사쿠라 나오야를 흉내 내는 거지? 미유를 당장 풀어줬으면 해."

요헤이는 물었다. 설득할 작정이었다. 상대는 칼을 가지고 있다.

"단순한 호기심이에요."

스나다 다케히코는 평소의 목소리로 답했다. 포토스튜디오 이우라에서 나오가 우려준 커피를 마시고 한숨 돌렸을 때 같은 말투로, 이제 와서 무슨 뚱딴지같은 소리냐는 듯한 말하는 어조였다.

"작년이었던가 미유짱을 우연히 보고 궁금했어요. 아니, 전 누구랑 다르게 롤리타 콤플렉스는 아니에요. 그냥 마음에 걸렸어요. 그래서 알아봤더니 아사쿠라에게 살해당한 여중생이랑 똑같이 생긴 게 아니겠어요? 그 사건은 좋아하는 사건이어서 똑똑히 기억하고 있었어요. 더구나 도쿄에서 온 이우라 요헤이 씨가 남자친구잖아요? 아무리 생각해도 우연이 아니지 않겠어요?"

어째서 그 깨달음이 그를 끔찍한 행위로 내달리게 했는지 요헤이는 전혀 이해할 수 없었다.

"그래도 이우라 씨는 도망쳐도 돼요. 알잖아요? 이 앤 앞으로 어떤 난폭한 일을 당해도, 살해당해도 다시 환생할 거잖아요? 기적의 아이니까요."

스나다의 눈은 맑았다. 자신의 생각을 의심하지 않는 자의 눈이었다. 그리고 그 말투에는 너도 그렇게 생각하잖아, 하고 말하고 싶어 하는 기색이 엿보였다.

"닥쳐!"

요헤이는 온힘을 다해 거부했다. 스나다의 변명을 전혀 이해할 수 없었다. 그리고 스나다의 발 언저리에서 이쪽을 올려다보는 미유를 보았다. 살짝 눈물을 글썽이며 온화한 표정으로 입을 뗐다.

"요헤이! 얼른 피해. 나 신경 쓰지 말고. 다시 만났으니 그것만으로 충분해."

각오를 다진 미유의 얼굴을 보고 요헤이는 잽싸게 스나다에게 달려들었다.

망설일 일은 없었다. 이번에야말로 운명을 바꾸자 생각했다. 자신에게는 그것을 행할 힘이 있다고 믿었다. 더 이상 그 시절의 중학생이 아니니까.

요헤이는 스나다를 때렸다. 자 같은 어설픈 쇠파이프를 휘두르자 그 단정한 얼굴이 일그러졌다. 그도 반격했다. 칼이 자신의 무릎을 찔렀다. 선혈이 뿜어져 나왔고 낡은 리놀륨 바닥을 적셨다. 예전의 화장실 바닥을 떠올렸다. 역시 반복되는 걸까. 답은 노다.

아팠지만 신경 쓸 상황이 아니었다. 쇠파이프를 휘둘러 몇 번인가 더 구타하여 스나다의 움직임이 멈추는 것을 지켜보다가 파이프를 어깨 너머로 내던졌다. 등 뒤의 방화문에 부딪쳤는지 금속이 내는 비명이 울려 퍼졌다.

아직 몸은 움직여졌다. 움직여서 스나다를 힘껏 쓰러뜨리고 덮쳤다. 순간 의식이 멀어졌다. 출혈이 예상보다 심했다. 요헤이에게 남겨진 시간은 그다지 없었다.

몸이 갈수록 피를 잃어갔다. 이것도 14년 전과 마찬가지다. 하지만 그때의 자신은 아니다. 남겨진 힘으로 스나다를 압박했다.

이윽고 멀리서 경찰차 사이렌 소리가 들렸다. 환청일지도 모른다. 하지만 안심했다. 타임오버. 이걸로 운명은 바뀌었다. 그렇게 믿을 수 있었다. 요헤이의 몸은 제로가 되어가고 있었지만 마음은 충만해졌다.

괜찮다. 이런 곳에서 죽지는 않는다. 그리고 정신을 차렸을 때는 미유가 미소를 지으며 맞이해줄 게 분명하다. 요헤이는 그리 바라면서 잠시 잠들기로 했다.

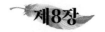

제8장

[1]

경찰차는 집에도 경찰서에도 가지 않고 사이렌을 울리면서 니가타 방면으로 달려갔다. 병원에서 정밀 검사를 받게 할 모양이다. 미유가 아무리 무사하다고 호소해도 집에는 보내주지 않았다. 지금은 어디든지 좋으니 눕고 싶었다.

몸은 무사하다. 긁힌 상처 정도였다. 하지만 마음은 믹서에 빙빙 갈린 것처럼 다양한 감정이 소용돌이쳤고 스스로도 어떻게 받아들여야 할지 알 수 없었다. 뒷좌석에 앉아 있었지만, 이따금 자신이 어디에 있는지 알 수 없었다.

곁에 앉은 여성경관이 손을 살포시 잡아주었다. 초등학생이니 신경을 쓰고 있는 걸 테다. 지금은 그 따스함이 고마웠다.

"괜찮니?"

조수석에 앉아 있던 중년의 남자 형사가 이쪽을 향해 말했다. 이름은 모르지만, 미유를 구해준 사람이었다. 다른 젊은 형사가 미유를 취조하려고 하던 중에 "애를 상대로 무슨 짓이야? 지금은 쉬게 해줘"라고 한소리 해주었다.

고개를 끄덕이자 "그 친구가 걱정이군" 하고 미유의 마음을 꿰뚫어본 것처럼 말했다. 그 눈동자는 마치 모든 것을 알고 있다는 듯 차분했다.

미유는 바로 조금 전까지의 광경을 떠올렸다. 시야에 각인되어 있었다.

병원의, 그 공간에 미유를 데리고 온 스나다 다케히코는 "넌 기적의 소녀지?"라며 웃었다. 그건 모른 것을 다 알고 있다는 듯 말하는 미소였다. 그 중학생은 모든 것을 파악하고 있었다. 미유가 사카구치 마유의 환생이라는 사실, 그리고 요헤이에 대한 것과 아사쿠라 나오야에 관한 것.

'예전에 죽인 애는 그냥 사람이었거든. 왠지 미안한 짓을 했네.'

스나다가 말했다. 시라네에게 발견된 아이는 이 남자에게 살해당한 건가. 놀랐다.

'그렇구나, 몰랐구나. 그것도 내가 한 짓이야. 실험을 해봤지. 어릴 적부터 쭉 생각했거든. 영혼은 어디에 있는지 말

이야. 그게 몸에서 빠져나가는 순간을 보고 싶었어.'

한순간이라도 이 중학생 소년을 요헤이와 겹쳐본 자신이 역겹게 느껴졌다. 이 사람은 대체 뭐란 말인가. 그런 인간이 요헤이의 사진관에 드나들고 당연한 듯이 세상사에 대해 이야기를 주고받았던 건가.

미유는 믿을 수 없었다. 하지만 이 세상에는 모르는 게 많다. 아사쿠라 나오야처럼 정신 나간 인간은 결코 드물지 않을지도 모른다. 악몽이다.

방에는 조명이 몇 개 세팅되어 있고, 어째서인지 향이 피워져 있었다. 불단의 선향과는 달리 달콤해서 기분 나쁜 냄새였다. 그리고 벽에는 오래된 아시아 태피스트리 같은 것이 장식되어 있었다.

'이건 말이야, 만다라라고 해. 미유짱은 도서관에 갈 정도로 영리한 애니까 잘 알지? 아니 중학생이잖아. 나보다 머리가 좋을지도 모르겠네. 이 금강계랑 태장계 두 개를 봐봐. 너도 알잖아. 환생한 리플레이어라면.'

알 리가 없었다. 아무래도 이 소년은 이 방을 무언가의 제단이라고 생각하는 듯했다. 오컬트 마니아라는 말을 요헤이로부터 들었는데 이렇게까지 미쳐 있을 줄은 몰랐다. 그는 자신이 말한 '리플레이어'라는 말이 마음에 들었는지 몇 번이나 웃으면서 '리플레이어, 리, 플레이어'라고 반추하고 있었다. 그리고 끝에는 큰소리로 웃기 시작했다.

'진짜 재미있네. 그래서, 나, 나도 그 기적이 정말인지 아닌지 시험해보고 싶어졌어. 여기서 네가 죽으면 분명, 다시 환생하지 않을까? 그걸 확인하고 싶어, 즉, 생명의 리사이클을 발견하고 싶다는 장대한 실험이지.'

스나다는 그리 말했다. 그 미묘하게 더듬는 말은 14년 전을 떠올리게 했다. 예전에 아사쿠라 나오야도 그랬다. 흥분하면 말을 더듬게 되는 건가. 마치 정말 운명을 반복하고 있는 듯했다.

요헤이가 들어온 것은 그때였다. 미유를 구하러 온 것이다.

그는 스나다와 충돌했고 그리고 무릎 부근을 찔렸다. 선혈이 뿜어져 나왔다. 무심코 미유는 고개를 돌렸다.

그런데도 그는 몸을 뻗어서 스나다를 압박했다. 그 옆얼굴을 지금도 잊을 수 없다. 피를 흘리면서도 그의 얼굴은 어딘가 만족스러웠다. 바보라고 생각했다. 날 구할 수 있으면 그걸로 만족스러운가. 날 두고 어쩔 셈인 걸까.

그때 바깥에서 경찰차 사이렌 소리가 들렸고, 바로 경찰들이 들이닥쳤다. 피를 뒤집어쓴 스나다는 체포되었고 아직 숨이 붙어 있던 요헤이는 즉시 들것으로 옮겨졌다. 미유는 그 자리에서 몇 가지 질문을 받은 후에 이렇게 경찰차에 탔다.

체포된 스나다를 보았다. 그도 어째서인지 만족스럽게 웃고 있었다.

"나는 요헤이 군한테서 다 들었단다. 네 몸에 일어난 신비한 현상도 말이지."

형사가 말했다. 그때 미유는 알아차렸다.

"혹시 아오야마 형사님이세요? 예전 사건 때 담당하셨던? 요헤이한테 들었어요."

그렇다. 그때 편지에 쓰여 있었다. 예전에 사카구치 마유 사건으로 조사를 담당했던 사람. 마유를 지키지 못했던 것을 속상해했던 형사님.

"그래. 네가 생각하는 그 사람이야. 이번 건으로 그 친구와 재회했을 때 사정을 들었어. 그건 그렇고 늦어서 미안하구나. 그리고 그 친구가 무사해주기만 하면 이제 되겠네. 그러면 다 잘 해결되겠지. 나한테 가해진 14년 전의 저주도 사라질 거고."

옆에 앉아 있던 여성 경관이 두 사람의 대화를 의아한 듯한 얼굴로 듣고 있었다. 사정을 모르면 이상하게 보일지도 모른다. 아홉 살짜리 꼬마와 마흔을 넘긴 중년형사가 나눌 만한 대화가 아니니까.

"……14년 전, 그때의 나는 말이지, 나이차가 많이 나는 여동생이, 당시의 너, 사카구치 마유와 같은 나이였어. 그래서 내버려둘 수 없었지. 다만 온힘을 다해 범인 체포에 힘썼지만 구해낼 수 없었어. 이 일을 하고 있으면 잔인한 현장을 종종 목격하는데 말이야. 그 사건은 잊히질 않더라. 그래서 요헤이 군한테 감사해하고 있어. 너뿐만이 아니야. 나도 그에게 구원받은 게지."

아오야마는 그리 말하더니 "그런데 정작 중요한 그를 못 구해내면 무의미하겠지"라고 힘없이 웃었다. 그 말이 맞다. 사건이 해결된 지금, 요헤이가 없는 세상에 더 이상 자신이 존재할 의미가 없다고 여겨졌고 그런 세상을 인정하고 싶지 않았다.

차는 어두운 밤을 달려갔다.

미유는 고개를 가로저었다. 곁에 앉은 경찰이 무슨 일인지 놀랐지만 신경 쓰지 않았다. 그럴 일이 없을 거라 생각하고 싶었다. 이제 와서 '나보다 훨씬 먼 미래를 살아갈 모토미야 미유에게'라니 불길하기 짝이 없었다.

[2]

요헤이가 사망한 것이 알려진 건 이튿날 아침 병문안을 온 부모님에게서였다.

그것만큼은 믿고 싶지 않았다. 미유는 울었다. 입장이 반대가 된 것이다. 이번에는 자신이 남겨지고 말았다.

어째서 자신은 다시 이 세상에서 삶을 부여받았을까. 그 의미가 사라져 없어졌다.

부모님이 한 말이 틀렸다고 믿고 싶었지만, 병실에서 보는 낮 뉴스가 잔인하게도 작은 기대를 깨부수었다. 모든 채널에서 그의 죽음을 보도하고 있었다. 방송에서 하나같이 요헤이는 '동네 소녀를 구하려고 맞선 용감한 청년'으로 대우받고 있었다. 아니다, 그렇지 않다. 몇 번이나 화면에다 대고 그리 말하고 싶었다.

정밀검사를 마치자 미유는 마침내 집으로 돌아올 수 있었다. 자신의 방으로 돌아오자 어딘가 위화감이 들었다. 경찰이 조사하기 위해서 이것저것 건드렸을지도 모르지만, 그것만이 아닌 듯했다. 방뿐만이 아니었다. 창문에서 보는 경치도 그랬다. 한참 후에 요헤이가 사라진 후의 세상이어서라는 것을 알아차렸다.

그러고 보니 사카구치 마유였을 무렵의 기억이 점점 잊혀져갔다. 생각나지 않는 것이다. 중학생 시절의 요헤이의 얼굴도, 그 시절에 본 달도, 게다가 그 푸르고 아름다운 날개를 가진 곤충은 이름이 뭐였더라. 마치 자신의 역할을 마친 것처럼 모두 흐릿하고 애매해져갔다.

하지만 슬픔이 사라진 건 아니었다. 마유가 사랑하던 것과 마찬가지거나 그 이상으로 미유도 요헤이를 사랑했다. 그래서 미유는 울었다. 실컷 울었다. 지금의 자신은 그것밖에 할 수 없었다.

　사건은 한동안 매체에서 크게 다루어졌다. 살해당한 요헤이는 여전히 '용감하게 소녀를 구하려고 한 히어로'라고 칭찬받았다. 시시하다. 그런 보도로 대체 그의 무엇을 전할 수 있단 말인가. 한편 스나다 다케히코에 대해서는 실명으로 나오지는 않았지만, 그 비이상적인 모습이 연달아 보도되었다.
　얼마 후에 스나다의 자택에서 아동 포르노가 여러 개 압수되어 시라네 초등학교 살인사건 범인이라는 게 확인되었고 그 열기는 피크에 치달았다. 14년 전 아사쿠라 나오야와의 관련성도 많이 다루어졌다. 그의 방에서 아사쿠라에 대한 스크랩이 수없이 압수되었다. 그 후의 보도에서는 그가 취조에서 '아사쿠라를 존경했다'고 말한 사실이 보도되었다. 진의는 확실히 알 수 없다. 어릴 적부터 세계 각지에서 일어난 엽기살인사건에 대한 책을 즐겨 읽었다고 하니 그것과 관계가 있을지도 모른다. 초등학교 4학년의 몸으로는 그 이상은 알 방도가 없었고 알고 싶지도 않았다.
　더구나 어딘가 남의 일 같다고 할까, 자신이 사건에 휘말렸던 것, 게다가 요헤이가 죽었던 것과 정보가 연결되지 않았다. 하지만 이미 요헤이는 이 세상에 없고 스나다도 사라졌다. 아빠의 말에 따르면 스나다 일가는 어딘가로 야반도주나 마찬가지로 이사를 갔다고 한다.

[3]

일주일 정도가 지나 무라카미 나오가 놀러 왔다. 병문안 선물은 니가타 역 근처에서 샀다고 하는 케이크 세트였다. 부모님이 바빠서 자신의 방으로 불러 둘이서 이야기를 했다.

요헤이의 장례식 이후였다. 그때는 둘이서 얼굴을 마주하고 울었다. 출관 전 요헤이는 편안한 얼굴을 하고 있었다. 남겨진 쪽의 심정도 모르고, 라고 속으로 얄미운 소리를 했지만 곰곰이 생각해보면 그는 14년간 내내 똑같은 것을 짊어지고 왔다. 이번에는 자신의 차례라고 생각했다. 하지만 약았다. 요헤이는 14년이면 됐는데 남겨진 쪽은 평생 짊어져야만 한다.

"미유짱 방은 참 예쁘네"라고 나오가 미소 지었다. 그러고 보니 몇 번인가 집에 왔던 적은 있지만, 방에는 들이지 않았다. 하지만 바로 진지한 얼굴을 하더니 다다미에 앉았다. 그리고 무거운 입을 열었다.

나오는 모든 것을 고백해주었다. 그때 신발장에 못된 장난을 친 건 그녀였다고 한 것이다. 나오는 말하면서 울고 있었다.

"내가 그런 짓을 안 했더라면, 요헤이 씨는 살았을지도 모르는데"라며 몇 번이나 미유를 향해 "미안해, 정말 미안해"라고 가느다란 목소리로 사과했다.

그녀는 조만간 경찰서에 출두할 생각이라고 했다. 하지만 미유는 그걸 말렸다. 들어보면 요헤이도 용서했다고 한다. 그 의사를 존중해야 한다고 생각했고, 그 이상 미유 자신도 그래야 한다고 생각했다.

그녀도 요헤이를 사랑했던 것이다. 그건 알고 있다. 그를 볼 때의 눈동자로 바로 이해했다. 알기 쉬웠다. 어른인데도. 분명 요헤이도 알고 있었을 것이다. 하지만 그 시선을 흘려버렸다. 어째서인지.

그건 뻔하다. 자신이 있어서이다. 자신이 기억을 되찾아버렸기 때문이다. 만약 그렇지 않았더라면 지금쯤 두 사람은 서로 사랑하고 있었을지도 모르고, 미유도 두 사람을 축복할 수 있었을지도 모른다. 모든 것은 우연이다. 자신에게 있어서는 운명이라도 나오에게 있어서는 납득할 수 있는 것이 아니다. 그래서 나오를 미워할 수 없었다.

미유는 흐느끼는 나오를 살포시 끌어안았다. 아담한 몸집을 힘껏 사용해도 모자랐지만, 그런데도 그렇게 해주고 싶었다. 나오의 마른 몸이 가늘게 떨렸다. 그 심장 고동도 느낄 수 있었다.

그녀는 살아 있는 것이다. 살아 있는 인간에게는 의사가 있다. 해야 할 일이 있는 것이다. 그가 있었더라면 분명 그리 말하지 않았을까 생각했다.

나오가 물러난 후 현관 벨이 울렸다. 부모님을 대신해서 가게의 젊은 요리사가 대처해주었다. 미유의 근처에도 어디서 냄새를 맡았는지 모르지만 주간지나 신문 기자가 끊임없이 방문했다. 지금도 가끔 온다. 그래서 한동안은 집에 들어박혀 있기로 했다. 14년 전의 요헤이도 고생했을 테다.

집이 고요함을 되찾았을 무렵 미유는 창문을 열어 바깥을 바라보았다.

황금색의 이삭을 석양이 물들이고 있었다. 공기는 서글플 정도로 맑았다. 그리고 도쿄로 향하는 신칸센이 순식간에 동쪽에서 서쪽으로 달려갔다. 그렇다. 그가 없는 세상은 그런데도 활동을 이어가고 있는 것이다. 시간은 기다려주지 않는다.

그리고 살아 있는 한 자신이라는 존재도 계속 변화한다.

시간이라는 이름의 물결은 기억의 모래알을 어머니인 바다에 떠밀어나간다. 이윽고 나는 사카구치 마유도, 예전의 모토미야 미유도 아닌 무언가로 변화해가는 것이다. 지금은 그저 그것이 서글펐다.

편지

요헤이에게.

나는 내일 쓰키가타를 떠나 도쿄로 가게 됐어.

여름까지 갓포 요리집을 폐업한 부모님도 뉴질랜드로 이주하기 때문에 이제 이곳에 돌아올 이유는 없어졌어. 그래서 마지막으로 인사를 하고 싶었어. 몇 년인가 전에 아빠가 가게를 접겠다고 말을 꺼냈을 때는 놀랐는데 이걸로 다행이다 싶네. 뉴질랜드에서 일식집을 한다고 해. 대단하지? 그 무렵보다 훨씬 세상이 가까워진 것 같아.

쓰키가타는 여전해. 요헤이가 있던 포토스튜디오 이우라는 노력하고 있지만, 작은 가게는 일제히 폐업했어. 우리 가게도 그중 하나. 인구 감소 때문이라고 해. 우리가 다니던 초등학교도 한 학급만 남았어. 왠지 쓸쓸한 일이지.

실은 요헤이네 집 불단에 편지를 가지고 가려고 했는데 쑥스러워서 장난감 배를 만들어 강에 흘려보내려고 해. 그래도 되지? 이 나카노쿠치가와 강은 니가타의 넓은 들판 부근에서 시나노가와 강에 흘러들어 바다로 돌아간다고 하니 분명 요헤이에게도 도달할 거라고 믿고 있어.

요헤이가 세상을 떠난 후, 내 안의 사카구치 마유였던 시절의 기억은 점점 색이 바라 옅어져버렸어. 중학교를 졸업할 무렵에는 그게 어느 기억인지 알 수 없어지는 일이 늘었고 말이지. 때때로 처음 가는 장소나 처음 만나는 사람, 처음 들은 음악 속에서 데자뷔를 느끼고 마유였던 시절을 의식하는 일이 있을 정도야.

중학교 때까지는 전철로 아이즈에 가서 마유였던 시절의 엄마를 만나러 가볼까 생각한 적도 있었어. 부모자식 간에 싸우고 난 후에는 특히 그래. 그래도 이제는 그것도 흥미가 사라졌어. 이미 얼굴도 목소리도 떠오르지 않아.

그래도 그 사건 뉴스를 보거나 무언가의 기회로 자택에 아오야마 씨가 방문하면 그게 확실히 현실이었던 걸 실감해. 경찰을 관두고 민간 경비회사에서 일하는 아오야마 씨는 지금도 기일에는 요헤이의 무덤을 찾아가곤 해. "마유짱의 기일은 챙기지 않아도 되니까"라며 나를 보고 늘 말하지.

요헤이와의 추억도 마찬가지야. 이미 중학생 시절의 요헤이의 얼굴은 아무리 애를 써도 떠오르지 않아. 목소리도 말도 꽤 애매해서 형태를 바로 이루기 힘들 지경이야.

그래도 마유였던 시절의 너에 대한 마음, 그리고 내가 초등학교 4학년 때 보낸 아주 짧은 시기에 함께할 수 있었던 것, 그때의 사랑스러운 마음은 지금까지 한 번도 잊은 적이 없어. 여름의 기적 같던 그 일은 내 마음속에 확실히 뿌리 내리고 있어.

난 지금도 네가 좋아. 계속 좋아. 그 마음은 전혀 변하지 않았어.

봄부터는 드디어 대학생이 돼. 세타가야 구랑 무사시노 시 경계에 있는 여대야. 도쿄에 산 적 있던 요헤이라면 알고 있을지도 모르겠네. 그곳에서 새로운 인생을 펼쳐가려고 해. 솔직히 이제 쓰키가타에 돌아갈 마음은 없어. 그곳에 있으면 분명 난 변하지 않을 거라 생각하니까. 아마 변하지 않으면 살아갈 수 없을 테고 미래로 나아가지 못할 거야. 분명 요헤이는 그걸 바라지 않겠지?

그래서 난 결심했어.

대학을 졸업하기 전까지 내 마음에 매듭을 지으려고 해. 그건 한 가지 도박이기도 하지. 대학교 4학년에 요헤이를 추억으로 삼을 수 있다면 다른 누군가를 좋아하려고 해. 그리고 네가 모르는 길로 걸어가려고 해.

그 편지, 기억해?

'어른이 되는 건 다양한 사람의 죽음을 경험하는 거야.'

예전에 네가 그렇게 가르쳐줬었지. 그 말이 전적으로 맞다고 생각해. 그리고 그 슬픔이나 쓴맛을 넘어서야만 해. 그게 어른이 되는 거라고 실감하고 있어.

어제까지의 나는 널 보고 싶었어. 한 번 더 기적이 일어나서 슬쩍 돌아와주지 않을까 마음속 어딘가로 기대하고 있었어. 하지만 그런 마음도 이걸로 끝이야. 이 편지와 함께 바다로 돌려보낼게.

도쿄는 벚꽃이 만개했다고 하네. 어딘가의 공원인지 모르지만, 텔레비전에 나오더라. 쓰키가타의 벚꽃은 아직 먼 4월에 들어서고 나서 피든가 그랬지? 분명 요헤이의 무덤에서 벚꽃을 볼 수 있을 무렵에는 난 대학교에서 새로운 생활을 보내고 있겠지.

잘 지내.

제3부
헤이세이 30년
(2018년)

[1]

LED 가로등 주변에는 안개가 껴 있었다. 도쿄에서는 자주 볼 수 있는 광경이었다. 안개의 정체는 모르지만, 이 땅에서는 이게 당연하다.

미유는 느긋하게 젠푸쿠지 절을 걷고 있었다. 아르바이트를 하고 돌아가는 길이었다. 젠푸쿠지가와 강을 길을 따라서 거슬러 올라가 공원과 연못에 접한 길을 걷는 걸 좋아했다. 역에서는 조금 멀리 돌아가지만, 길거리를 걷는 것보다 조용하고 차분했다. 이상한 호객행위를 당하거나 번호를 따는 남자를 만날 염려도 없다.

주변은 나무들이 무성한 보행로로 되어 있었다. 가로등도 많아 주변에 지나다니는 사람도 어느 정도 있고 무엇보다 물가 바람이 기분 좋았다. 아주 조금 고향의 분위기가 느껴져 그리운 마음이 들었다.

이쪽 생활에는 꽤 익숙해졌다. 대학 생활도 2학년에 들어서자 여유가 생겼다. 1학년 때는 강의 요강을 보고 빈 시간에 닥치는 대로 일반교양 과목을 넣고 권유받는 대로 들어간 동아리에도 매일 얼굴을 내밀고 있었지만, 서서히 그런 열의도 사라져서 올해는 적당히 학교생활을 소화해내면서 근처 찻집에서 아르바이트를 하고 있다. 그리고 휴일에는 거리를 걸으며 책을 읽고 영화를 봤다. 혼자서 보내는 시간의 즐거움을 마침내 알게 된 느낌이 들었다.

찻집 아르바이트는 즐거웠다. 갓포 요리점에서 태어난 덕분에 주방일도 테이블 세팅도 익숙했다. 접객도 힘들지 않아 매니저로부터 특히 예쁨을 받았다. 일손이 부족한 탓도 있어서일지도 모른다. 대학교에서도 구인광고가 많이 게시되어 있고, 지금의 찻집보다 시급이 높은 곳이 아주 많았다. 하지만 미유는 지금 일이 마음에 들었다. 매니저인 여성이 예전의 무라카미 나오를 닮아서일지도 모른다. 나이는 두 바퀴 띠동갑쯤 되지만, 어딘가 분위기가 겹쳐진다.

진짜 나오는 그 사건이 있은 후 니가타 점으로 전근했다. 요헤이를 잃은 충격으로 쓰키가타에는 있을 수 없었을 테다. 사건 후에도 몇 번인가 전화로 대화했지만 어딘지 모르게 어색해서 이윽고 관계는 끊어지고 말았다. 사이가 좋았던 만큼 너무나도 안타깝다. 다만 요헤이의 인연으로 이어져 있어서 그가 사라지면 끊어지는 게 당연할지도 모른다.

도쿄에는 예전의 지인은 거의 없다. 어떤 의미에서 그것도 환생 같다는 생각이 든다. 쓰키가타의 모토미야 미유와 세타가야 구의 모토미야 미유는 닮은 듯하면서도 어딘가 다르다. 그걸로 괜찮다고 본다. 자신은 어떤 사람일까. 그건 스스로 정하면 된다. '진정한 자신'은 애초에 어디에도 없다.

머리를 기르고 웨이브를 살짝 줬다. 화장도 도전했지만, 귀찮아서 오래 가지는 않았다. 귀걸이를 하려고 귀를 뚫은 게 고작이었다. 그게 지금의 나다.

때마침 올해가 헤이세이 30년이다. 내년 5월에는 연호도 바뀐다고 한다. 시대는 흘러 자신도 변했고 예전의 기억은 사라져갔다. 그게 자연의 섭리다. 아무도 거역할 수 없고, 그걸로 충분하다. 그렇지 않으면 사람은 앞으로 나아가지 못한다.

그래서 이렇게 강변길을 걸으며 어딘가 그리움을 느끼는 정도가 딱 적당하다. 추억은 어디까지나 추억으로 담아둬야 한다. 이렇게 여름이 올 때마다 그를 떠올릴 수 있으면 그걸로 됐다.

다음 주부터는 여름방학이다. 부모님이 계시는 뉴질랜드에 혼자 여행을 갈 계획이다. 그러기 위해서 지금은 아르바이트로 돈을 벌어야 한다. 찻집 말고도 대학교 사무국에서 부탁받은 오픈캠퍼스 학생 대표 아르바이트도 하기로 예정되어 있다. 나는 그의 몫까지 지금을 열심히 살아가고 있다. 그러고 있는 셈이었다.

하지만 역시 어려웠다. 매일 아침 눈을 뜰 때마다 자신을 타이르는 것이 어지간히 능숙하게 되지 않았다.

결국 도쿄에 와도 그를 잊지 못하고 있었다.

곰곰이 생각해보면 이상한 이야기다. 초등학교 4학년에 경험한 이상한 환생 추억 말고, 그 이우라 요헤이와 보낸 시간은 아주 짧은 한여름에 지나지 않는다. 그런데 스물일곱이 된 그의 옆얼굴이나 손등에 희미하게 떠오른 혈관, 안경 안에 자리한 다정한 눈동자는 지금도 마음에 각인되어 떠나갈 줄 몰랐다.

고등학교 시절에는 동급생의 제안으로 미팅에도 참석했다. 동아리 선배와 몇 번인가 데이트를 해보았다. 예전에 요헤이와 가고 싶었던 니가타 반다이 시티를 선배와 나란히 걸어보았다. 장난스럽게 손도 잡았다. 하지만 마음속 어딘가로 위화감이 느껴졌다. 둘이서 경찰놀이를 한 초등학교 4학년 여름, 못된 짓만 골라서 하던 그 여름이야말로 자신의 마음속에 뿌리내리고 있었던 것이다. 그렇게밖에 생각할 수 없었다.

도쿄로 갈 때 그렇게나 잊자고 결심했고, 그리고 작년에는 다른 사람을 좋아해보려고 맹세했는데, 결국 이루어지지 않았다. 25년 전에 죽은 사카구치 마유가 지금도 마음 어딘가에 있을지도 몰랐다.

[2]

이미 해가 저물기 시작했다. 희미하게 둥근 달도 보였다.

그런데도 이따금 보행자 도로가의 수풀에서 매미가 우는 소리가 들렸다. 하지만 그 음량은 예전의 니가타와는 비교가 되지 않을 만큼 연약했다.

역에서 귀로에 오른 사람들이 연달아 미유를 추월해갔다. 이쪽이 느긋하게 걷고 있는 탓도 있지만 역시 도시 사람들은 걸음이 빠르다. 그건 자신의 주위를 둘러싼 시간의 흐름 그 자체처럼 느껴졌다. 미유도 필사적으로 다른 사람이 되려고 하는데 그런데도 남겨져가는 듯했다.

미유는 별 뜻 없이 발걸음이 빨라졌다. 왠지 그러지 않으면 안 될 것 같았다. 이제 남겨져버리고 싶지 않아서였다. 과거를 떨쳐내듯 오른발과 왼발을 교대로 앞으로 내밀었다. 등이 무언가에 떠밀리듯 더욱 템포를 올렸다.

더 빨리, 더 빨리!

등 뒤로 찾아온 추억을 떨쳐내듯이.

'내일'이라는 이름의 전철에 타는 데 늦지 않도록.

서둘러, 서두르라고!

그때 건너편에서 몇몇 소년이 걸어왔다. 그중 한 아이는 자전거를 끌고 있었다. 초등학교 고학년 정도쯤 될까. 웃고 서로 장난치는 소리는 아직 변성기를 지나지 않았다. 분명 그들도 머지않아 여름방학을 맞이한다. 그래서 마음이 들떠 있는 걸 테다.

미유에게도 그런 시기가 있었다. 선명한 해방감에 설레는 것과 동시에, 자각하기 전의 자신은 운동신경에 자신이 없어서 마을 대 마을의 피구대회가 조금 우울하게 느껴졌다. 그 흥분과 불안감이 뒤섞인 듯한 마음은 이제 더 이상 얻을 수 없을 테다. 성장이란 늘 불가역적인 법이다.

소년들은 점점 다가왔다. 저마다 하프팬츠에 알록달록한 티셔츠를 입고 있었다. 공원에서 놀다가 집으로 가는 길일까. 자전거 바구니 안에서 야구 글러브가 보였다.

그중 한 사람이 눈에 띄었다. 키가 크고 연약해 보이는 짧은 머리의 아이로, 그만은 이야기에 끼지 않고 멍하니 하늘을 올려다보고 있었다.

어느새 자신의 발은 걷는 속도를 늦추고 있었다. 어째서인지 그 소년에게서 눈길을 뗄 수가 없었다.

"유야, 너, 또 찾고 있어?"

다른 소년이 키가 큰 그 아이를 놀리듯이 말했다.

"응. 그런데 LED 등불에는 안 모이긴 하지. 곤충 말이야. 애사슴벌레도 분명 없을 거고."

마음이 딴 데 있는 듯한 얼빠진 목소리로 그는 답했다. 곤충 말이구나. 왠지 그리웠다. 그 여름이, 먼 옛날의 기억이 마음을 빼앗았다. 그리고 자신의 마음속 깊숙한 곳에 무언가가 닿은 느낌이 들었다. 마음의 마개가 빠져 바깥에서 따스

한 게 흘러들어오는 듯했다. 그건 훨씬 옛날부터 알고 있는……

"여전히 넌 곤충광이구나. 뭐 상관없지만."

그렇다. 그도 그런 것이다. 카메라와 같거나, 그 이상으로 곤충을 사랑했다. 또는 나보다 더 사랑할지 모른다. 그래서 조금 질투한 적도 있었다. 곤충을 상대로 질투하다니 지금 생각해도 어리석지만, 그 무렵에는 진심이었다. 곤충 따위보다 나를 봐주었으면 했다. 그런 어린 시절을 떠올리자 그리워졌다.

"아."

유아라고 불린 소년이 소리를 냈다. 그리고 위를 가리켰다. 미유도 덩달아 그쪽을 보았다.

가로등 불빛 주위를 큰 그림자가 날아다니고 있었다. 날벌레가 모여드는 가운데 그것은 월등히 큰 곤충이었다. 그 격렬하게 발버둥치는 듯한, 생명을 필사적으로 불태워 빛을 쫓는 애절한 날갯짓을 미유는 알고 있다. 에메랄드그린색의 날개도 그렇다. 아직 날개는 예쁘다. 날개화된 지 얼마 안 된 개체일지도 모른다. 유성처럼 길고 아름다운 꼬리도 버젓하게 있었다.

어스름한 달빛 아래, 필사적으로 밤하늘을 나는 모습을 미유가 잊을 리가 없었다. 그건 나비가 아닌 나방이다. 하지만 달의 여신의 이름을 딴 아름답고 고고한 곤충이다.

쭉 잊고 있었던 이름. 분명히…….

미유는 별다른 생각 없이 그 이름을 말했다.

"긴꼬리산누에나방."

자신 말고 다른 목소리가 겹쳐졌다. 그 유아라는 소년이었다. 놀라서 무심코 그쪽을 보았다.

상대도 이쪽을 보고 있었다. 해 질 녘 아래 두 사람은 서로 바라보았다.

미유의 입이 저절로 움직였다. 마치 주문처럼 입술 틈새에서 말이 흘러나왔다.

"1993년 7월 27일. 나 사카구치 마유는 이우라 요헤이와 함께 긴꼬리산누에나방을 봤습니다."

그의 친구가 아무래도 소란을 떨고 있는 듯하지만, 시야에는 들어오지 않았다. 귀에도 들어오지 않았다. 두 사람의 주변에는 아무것도 없었다. 그는 미동도 하지 않고 쭉 미유를 보고 있었다.

그 얼굴을 잊을 리가 없다. 안경이 있고 없고는 아무래도 상관없다.

도쿄에 오고 나서 온화했던 자신의 마음에 큰 파도가 밀려

왔다.

거칠고 큰 파도는 그날 이후 억누르던 이성이나 각오를 훌쩍 날려버리고 단단히 잠겨 있던 문을 부수고 마음의 바다 건너편으로 흘러왔다.

"오랜만이야, 캡틴!"

미유의 입에서 자연스레 말이 튀어나왔다.

소년은 어떻게 해야 좋을지 당황한 모습이었지만 옛날과 마찬가지로 소극적인 미소를 띤 채 이쪽을 향해 일직선으로 달려오기 시작했다.

(끝)

한국 독자님들께 보내는 후기

제가 쓴 소설이 설마 이렇게 바다를 건너 한국에서 번역되어 출간될 날이 올 줄은 몰랐습니다. 겨울에 내리는 폭설로 알려진 지방도시 니가타에서 소소하게 아마존에서 소설을 발표하기 시작한 2015년 봄에서 꽤 멀리까지 와버린 것 같습니다.

지금 일본에는 음악과 영화, 또는 아이돌 등으로 한국 콘텐츠가 큰 자리를 차지하고 있습니다. 아침에 일어나 민영 방송국의 '모닝쇼'와 같은 장르의 방송을 보면(슬프게도 일본에는 전통적인 아침 정보 프로그램은 그 정도밖에 없습니다), 거의 확실히 최신 한류 아이돌이나 한국 맛집 방송이 나오고 있습니다. 아내의 직장 동료가 BTS의 열광적인 팬이라서 라인 이모티콘을 열심히 모으고 있다는 이야기도 들었습니다.

이번 출판 이야기를 아내에게 했을 때 돌아온 대답이 '니가타 공항에서 서울로 가는 직행편도 있으니까'였습니다. 다만 역시 코로나가 유행하는 지금, 해외여행은 무리일 것만 같습니다. 안타깝게도 한국 정부와 달리, 결코 유능하다고 할 수 없는 우리 일본 정부에서는 이 감염병에 대한 대책을 세우기가 어려운지, 여전히 수습하는 데 시간을 필요로 할 듯합니다. 한인타운으로 젊은 친구들에게 인기인 도쿄의 신오쿠보에 가서 기분이라도 내볼까 싶습니다.

이야기가 벗어나버렸지만 세상에 그런 즐거움을 주고 있는 한국에서 제 글이 출판되는 건 무척이나 영광스러운 일입니다.

저에게 있어서 한국은 탁구에 열을 올리던 중학생 시절의 절대적인 영웅이었던 에이스, 김택수 선수를 제일 먼저 떠오르게 합니다. 지금도 한국대표를 이끄는 명감독이지만, 현역 시절은 일본의 탁구 소년에게 무척이나 큰 인기를 끌었습니다. 당시에 이미 일본에서도 보기 힘들어져가던 펜홀더 테크닉으로 종횡무진 코트를 뛰어다니며 다이내믹하게 공격하는 스타일을 열렬하게 동경했습니다. 탁구 리포트라는 전문 잡지에 한 달이 멀다 하고 플레이 해설이 실려 있어서 '어떻게 하면 이렇게 움직일 수 있을까' '어떻게 단련하면 저렇게까지 허벅지에 근육이 붙을 수 있을까' 하고 같은 팀 친구와 이야기를 나누던 걸 기억합니다. '군대에 있을 때 아이스크림이 먹고 싶었다'는 에피소드마저 왠지 멋있게 느껴졌습니다.

이 이야기를 쓰는 계기가 된 것은 김택수 선수를 동경하던 중학생 시절, 어떤 사건으로 친한 친구가 세상을 떠나게 된 데 있습니다. 아직 가까운 사람의 갑작스러운 죽음을 경험한 적이 없었던 어린 저는 엄청난 충격을 받았습니다. 한동안은 감정이 미동도 하지 않아 자신이 살아 있는지 죽어 있는지조차 알 수 없었습니다.

세월이 흘러 자신이 어른이 되어 가정을 꾸리고 그 무렵을 생각했을 때 이 작품의 주제와 플롯이 떠올랐습니다.

가까운 사람을 떠나보냈을 때 사람들은 많이 슬퍼하고 재회하는 기적이 일어나길 바랍니다. 세상 어딘가에 환생해서 다시 한 번 더 만날 수 있지 않을까 바라는 사람도 있습니다. 이렇게 과학이 발전해도 각지에서 유령 목격담이 끊이지 않고 때로는 윤회전생 이야기나 도시전설이 들리는 것은 그들의 애절한 마음을 대변하는 게 아닐까 싶습니다. 저의 마음도 마찬가지입니다.

한편 많은 사람이 나이를 먹는 과정에서 가까운 죽음을 경험하고 받아들이고 변해갑니다. 그것도 성장의 일부로 불가역적인 것이기도 합니다. 고인이 추억으로 변모해가는 것은 슬프지만, 그건 내일을 향해 살아가는 데 있어서 어쩔 수 없는 일입니다. 어떤 의미에서 둔감해지지 않으면 사람은 나이를 먹어갈 수 없는 게 아닐까요?

제 계획이 성공인지 아닌지는 어디까지나 독자님께서 판단하시겠지만, 분명 이 주제는 보편적이라고 믿어 의심치 않아, 한국 독자님께서도 받아들여 주시지 않을까 생각합니다. 자신이 조금은 없지만 말입니다.

또한 이 작품을 쓰는 데 있어서 큰 영감을 가져다준 동향 작가 오우키 보이치로 씨, 이번에 한국에서 이 작품을 출간할 수 있도록 제안을 해주신 소미미디어의 유재옥 대표님을 비롯해 이 책과 관련된 모든 분들께 깊은 감사의 인사를 드립니다.

야마다 마코토

아르테미스의 날개

2022년 6월 23일 1판 1쇄 인쇄
2022년 6월 30일 1판 1쇄 발행

원　　　작	야마다 마코토
일 러 스 트	나카시마 나기사
옮 긴 이	김현화
발 행 인	유재옥
본 부 장	조병권
편 집 1 팀	김준균 김혜연 박소연
편 집 2 팀	정영길 조찬희 박치우 정지원
편 집 3 팀	오준영 곽혜민 이해빈
디 자 인	이가민
라 이 츠	한주원 이승희
디 지 털	박상섭 최서윤 김지연
발 행 처	(주)소미미디어
등　　　록	제2015-000008호
주　　　소	서울시 마포구 토정로 222, 403호(신수동, 한국출판콘텐츠센터)
판　　　매	(주)소미미디어
제 작 처	코리아피앤피
영　　　업	박종욱
마 케 팅	한민지 최원석 최정연 한소리
물　　　류	허석용 백철기
전　　　화	편집부 (070)4253-9250, (070)4164-3960 기획실 (02)567-3388
	판매 및 마케팅 (070)4165-6888, Fax (02)322-7665

ISBN 979-11-384-1163-9 (03830)